루팡의 딸 3

DAUGHTER OF LUPIN

루팡의 딸 3

DAUGHTER OF LUPIN

요코제키 다이 지음

BOOK PLAZA

홈즈의 딸이 루팡의 아들을 만났다!

다시 모습을 드러낸 L의 행보는?

DAUGHTER OF HOLMES

목   차 — 홈즈의 딸

DAUGHTER OF HOLMES

제 1 장

범죄의 할당량

"역시 더 이상은 안 되겠어. 우리 이혼해."

이쿠미가 와인잔을 한 손에 들고 말했다. 그 말을 들으며 카네코 타카시는 속으로 한숨을 쉬었다. 3월 들어 두 번째로 나온 이야기인데, 원인이 전부 자신에게 있어 반박할 수가 없었다.

"짐 정리해서 이번 주 중에 나갈 거야."

이쿠미가 매정하게 말했다. 지난 달, 타카시는 바람피운 사실을 들켰다. 하코네에 위치한 오래된 온천여관에서 날아온 엽서 한 장 때문이었다. 이용객들에게 보내는 감사 엽서였다. 사실 올해 1월, 타카시는 애인과 함께 그 온천여관을 방문했다가 설문 조사지에 주소를 적었다. 여관 측이 감사 엽서를 보낼 줄은 꿈에도 몰랐다.

엽서를 수상하게 여긴 이쿠미는 여관에 전화를 걸어 자초지종을 물은 모양이었다. 하지만 요즘 시대에 전화로 남의 개인정보를 알려주는 가게는 없다. 그래서 이쿠미는 탐정에게 뒷조사를 의뢰했다.

프로의 손에 들어가자, 단번에 아웃이었다. 타카시가 애인과 함께 식사하는 장면, 어깨에 손을 얹고 호텔에 들어가는 모습이 카메라에 찍혔다. 발뺌할 수 없는 증거였다.

"인터넷에서 이혼신고서를 다운로드할 수 있던가?"

이쿠미가 그렇게 말하며 스마트폰을 만지작거렸다. 이쿠미와 타카시는 대학교 동기였고 서른다섯 살 동갑내기였다. 대학 시절에는 마주칠 일이 많지 않았지만 졸업 후에 열린 동창회에서 다시 만나 눈이 맞았고 스물여덟 살에 결혼했다.

"구청에서 가져와야 되네. 아, 귀찮게."

타카시는 도쿄에 지점 세 곳이 있는 식당을 운영한다. 대학교를 졸업한 뒤 식품 제조업체에 들어갔다가 서른 살 때 큰맘 먹고 가게를 차렸다. 조리사 면허는 없지만 실력 좋은 요리사를 고용해 시나가와에 스페인풍 바를 열었다. 지금은 시나가와구에 점포 두 곳, 시부야에 점포 한 곳이 있을 정도로 성장했다.

"다시 생각해 줘. 그 여자랑은 진짜 헤어질게."

타카시가 그렇게 말했지만, 이쿠미는 콧방귀를 뀌었다.

"아니. 벌써 마음 굳혔어. 애가 없어서 얼마나 다행인지 몰라."

결혼한 지 7년 차였지만, 두 사람 사이에는 아이가 없었다. 작년 크리스마스에는 슬슬 불임 치료를 받아보자는 이야기도 나왔다.

"이 집에서 나가면 어디로 가려고? 본가에 들어갈 거야?"

"글쎄. 내가 그걸 당신한테 말해야 해?"

"말이 쉬워 이혼이지, 절차가 얼마나 복잡한데. 위자료 같은 것도 정해야 하잖아."

"위자료는 필요 없어. 애가 없으니까 친권 갖고 싸울 일도 없고."

타카시는 그 말을 듣자 마음이 놓였다. 모든 책임이 타카시에게 있으니 아내가 거액의 위자료를 청구하면 어쩌나 걱정하던 차였다. 타카시는 속내를 들키지 않도록 조심하며 말했다.

"그렇구나. 나는 당신이랑 다시 잘해보고 싶은데…."

사실 그럴 마음은 조금도 없었다. 오히려 아내가 먼저 이혼 얘기를 꺼내서 다행이라고 생각했다. 위자료도 필요 없다고 하니 이게 웬 횡재인가 싶었다.

"근데 그 돈은 돌려줘야겠어."

"그 돈이라니?"

"모르는 척하지 마. 사업 자금 말이야."

사실 타카시는 1호점을 개업할 때 처가에서 사업 자금을 빌렸다. 금액은 2천만 엔. 효고현 고베시에 있는 이쿠미의 본가는 부동산을 여럿 소유한 유복한 집안이었다. 타카시는 이쿠미의 도움을 받아 장인에게 쉽게 사업 자금을 빌렸다. 사업이 잘되면 그때 천천히 갚아도 된다기에 아직 한 푼도 갚지 않았다.

"잠깐만, 이쿠미. 위자료는 필요 없다며?"

"그건 위자료가 아니잖아. 우리가 빌려준 돈을 돌려달라는 거지. 할부로 갚아도 돼. 한 달에 100만 엔씩 갚으면 2년 후에는 다 갚겠네."

타카시는 도쿄에 지점 세 곳이 있는 식당을 운영한다. 그렇게 말하니 듣기에는 그럴싸하지만, 사실 벌이는 썩 좋지 않았다. 사업을 확장하려고 2년 전에 과감하게 시부야에 3호점을 차렸는데, 가게 근처에 큰 복합쇼핑몰이 생겨 손님을 모조리 빼앗기는 바람에 원래 예상만큼 수익이 나지 않았다. 지점 세 곳의 이익을 합해도 적자인 달이 있을 정도였다. 게다가 2호점, 3호점을 세울 때 받은 은행 대출도 남아 있었다.

타카시의 회사는 지금 2천만 엔을 한 번에 갚을 여유가 없었다. 할부로 월 50만 엔씩 갚기도 어려웠다. 타카시가 평소에 타고 다니는 아우디도 이쿠미 명의였고, 회사 주식도 3분의 1은 이쿠미 소유였다. 문제가 산더미처럼 많았다. 타카시가 골머리를 썩이고 있을 때, 이쿠미의 목소리가 들려왔다.

"그럼 그렇게 알고 간다."

이쿠미가 거실에서 나갔다. 그녀도 회사의 내부 사정을 모르지 않았다. 말로는 위자료가 필요 없다고 하면서 사실은 철저히 타카시를 짓밟을 의도인 듯했다. 타카시는 바람피운 자신의 잘못을 인정하면서도, 이렇게까지 가혹한 상황에 놓일 이유는 없다고 생각했다.

타카시는 소파에 앉아 스마트폰 잠금을 해제했다. 인터넷에 접속해 어떤 사이트에 들어갔다. 비밀번호를 입력해야만 들어갈 수 있는 특별한 사이트였다. 타카시는 이쿠미가 처음 이혼 이야기를 꺼냈을 때 이 사이트에 가입했다.

가입비는 20만 엔이었지만, 그 돈으로 완전 범죄를 손에 넣을 수 있다면 오히려 저렴한 편이었다. 이제 신청만 하면 된다.

그러면 아내를 죽일 완벽한 범죄 계획이 손에 들어올 것이다.

타카시는 이런 순간에도 차분한 자신이 신기했다. 그는 손가락으로 신청 버튼을 눌렀다.

★

사건 현장은 시나가와구 오사키 주택가에 위치한 하얀 단독주택이었다. 사쿠라바 카즈마가 도착해 보니 회색 바지 정장을 입은 여성이 문 앞에 서 있었다. 사실 여성이라는 표현보다는 여자애라는 표현이 더 어울리는 외모였다. 오늘은 머리를 하나로 묶었지만, 그래도 여전히 패션잡지에서 막 튀어나온 것처럼 예쁜 얼굴이었다.

"선배님, 왜 이렇게 늦으십니까?"

"미안, 미안."

카즈마가 그렇게 말하며 후배 형사 호죠 미쿠모 쪽으로 달려갔다. 그녀가 경찰청 수사1과에 온 지 약 5개월이 지났다. 교토에 있는 미쿠모의 본가는 전국적으로도 유명한 호죠탐정사무소였고, 그녀의 할아버지는 20세기 홈즈로 칭송받는 명탐정 호죠 소신이며 아버지는 21세기 홈즈라는 별명으로 불리는 명탐정 호죠 소타로였다. 그 피를 진하게 이어받았는지 미쿠모는 수사1과에서도 신입답지 않은 활약을 보여주었다.

"사쿠라바 카즈마입니다. 늦어서 죄송합니다."

"안녕하십니까. 호죠 미쿠모입니다."

카즈마는 미쿠모와 함께 집 안으로 들어갔다. 같은 반 수사관들과 과학수사대 요원들은 벌써 수사에 착수한 상태였다. 얼굴이 낯선 몇 명은 오사키 경찰서 형사인 듯했다. 카즈마는 먼저 시신을 확인하려고 사건 현장인 2층 침실로 향했다. 가장 안쪽에 있는 방이 침실이었고, 안을 들여다보니 침대 위에 30대 여성이 누워 있었다. 멀뚱히 뜬 눈을 보니 사망한 것이 확실했다. 카즈마는 묵념을 했다. 미쿠모도 같이 고인의 명복을 빌었다.

"자, 다들 잠깐 모여봐라."

아래쪽에서 소리가 들리자, 카즈마는 다시 1층 거실로 내려갔다. 마츠나가 반장 주변에 반원들이 모여 있었다. 카즈마도 수첩을 펼치며 모임에 합류했다.

"다 모였군. 간단하게 상황을 설명하겠다. 사망자는 카네코 이쿠미. 35세. 이 집의 안주인이다. 오늘 아침에 귀가한 남편이 사망한 부인을 발견했다고 한다. 사인은 아직 명확하지 않지만, 욕실 창문이 깨져 있었다. 창문으로 침입한 누군가가 피해자의 죽음에 관여했을 가능성이 커서 우리가 사건을 맡게 됐다."

사고사나 병사였다면 카즈마를 비롯한 수사1과가 나설 일은 없었을 것이다. 수사1과는 범죄 가능성이 있는 사건만 담당하기 때문이다.

"시신 최초 발견자는 사망자의 남편 카네코 타카시. 35세. 도쿄에서 식당을 운영한다고 한다. 어젯밤에 술을 마시다가 아침이 돼서야 귀가했다는 게 본인의 주장이다. 뭐, 한마디로 외박을 했다는 거지. 지금 2층 방에서 쉬고 있으니 곧 자세한 이야기를 들어볼 예정이다."

감식에 방해가 되지 않도록 주변 탐문부터 하기로 하고, 반원들끼리 대충 담당 지역을 나누었다. 카즈마는 미쿠모와 함께 사건 현장 북쪽을 맡게 되었다. 카즈마는 미쿠모의 사수라 자연스럽게 그녀와 한 팀이 되는 경우가 많았다.

"그럼 잘 부탁한다. 정오가 되면 다시 여기로 모이도록."

현재 시간은 오전 10시. 2시간이면 어느 정도 탐문을 끝낼 수 있을 것이다. 현관으로 이동하는 수사관들 틈에서 미쿠모가 카즈마에게 말했다.

"선배님, 사건 현장을 조금 더 보지 않으실래요?"

"난 상관없어."

다시 2층 침실로 향했다. 과학수사대 요원들이 사진을 찍고 미세 증거물을 채취하고 있었다. 카즈마와 미쿠모가 방에 들어가자, 중년의 과학수사대 요원 한 명이 미쿠모에게 말했다.

"또 너냐? 이번에는 현장 어지럽히면 안 돼."

미쿠모는 유능한 형사였지만, 덜렁이였다. 같이 있다 보면 넘어지거나 이마와 무릎을 어딘가에 부딪치는 모습을 자주 볼 수 있었다. 바로 며칠 전에도 시신 발견 현장에서 넘어져 꽃병을 깨뜨리는 바람에 혼이 났다. 과학수사대 요원은 그때 일을 두고 한소리하는 것 같았지만, 그 입가에는 미소가 흘렀다. 호의적인 미소였다.

"선배님, 전기나 그 비슷한 것으로 인한 쇼크사인 것 같습니다."

미쿠모가 시신을 관찰하며 말했다. 시신을 무서워하지 않는 것 또한 형사에게 필요한 자질인데, 그 점에서도 미쿠모는 기준에 부합하는 인재였다. 카즈마도 시신을 내려다보며 미쿠모에게 물었다.

"왜 그렇게 생각해?"

"조금 탄 흔적이 있습니다. 여기요."

미쿠모가 가리킨 곳은 시신의 쇄골 언저리였다. 분홍색 잠옷이 약간 바랬다. 미쿠모의 말처럼 탄 것 같기도 했다.

"전기 충격기였을까요? 심장이 약한 사람은 전기 충격기만으로도 사망하는 경우가 있다고 들었습니다."

미쿠모가 그렇게 말하자, 방금 말을 건 과학수사대 요원이 끼어들었다.

"좋은 추리야. 우리도 감전에 의한 쇼크사를 의심하고 있거든. 법의관 선생님의 진단 없이는 단언할 수 없지만."

"역시 그렇군요."

미쿠모가 만족스럽게 고개를 끄덕였다. 감전에 의한 쇼크사. 돈을 노리고 침입한 강도가 전기 충격기로 피해자를 공격한 것일까.

"미쿠모, 이제 탐문하러 가자."

"네, 선배님."

카즈마는 침실에서 나왔다. 언제 어디서든 초동수사가 가장 핵심이다. 이런 사건에서는 목격자 증언이 사건의 중요한 실마리가 되는 경우가 많음을 카즈마는 경험상 알고 있었다.

"미쿠모, 지도를…."

"꺅!"

넘어지려 하는 미쿠모를 보고 카즈마가 재빨리 손을 뻗어 붙잡았다. 바닥에 돌부리가 있는 것도 아닌데 왜 넘어지는지 그 이유를 도무지 알 수 없었다.

"이러다가는 조만간 사건 현장 출입 금지당하겠다."

"죄송합니다. 아, 지도요."

지도가 표시된 태블릿 컴퓨터를 받아든 카즈마는 화면을 보며 자신의 담당 구역을 확인했다.

"아무래도 위증한 것 같네요, 그 남편분."

"그렇네."

지금 카즈마가 있는 곳은 시나가와역 근처 다이닝바였다. 시간은 오후 6시가 되어 가는 참이었다. 피해자의 남편이자 시신 최초발견자인 카네코 타카시는 어젯밤—정확히는 오늘 새벽—1시쯤 이 다이닝바에 들러 새벽 5시까지 계속 술을 마셨다고 증언했다. 그런데 가게에 와서 종업원에게 물어보니 타카시는 가게에 오지 않았다고 했다.

"이 사람이 오지 않은 게 확실한가요? 좀 더 자세히 봐주세
요."

미쿠모가 그렇게 말하며 젊은 남자 종업원을 들볶자, 그는
건네받은 사진을 다시 한 번 확인하고는 고개를 갸웃거렸다.

"역시 못 봤어요."

"정말요?"

"정말이라니까요."

젊은 종업원은 다소 기분이 좋아 보였다. 조금 전부터 넋을
잃고 미쿠모의 얼굴을 쳐다보고 있었다. 미쿠모는 그런 낌새를
알아차리지 못한 채 종업원에게서 사진을 돌려받고는 카즈마
쪽으로 눈을 돌렸다. 두 사람은 일단 가게에서 나가기로 했다.
카즈마는 미쿠모와 나란히 시나가와역 쪽으로 걸었다.

"그 남편분은 왜 위증을 했을까요? 뭔가 켕기는 데가 있는
걸까요?"

"그렇겠지. 아니면 너무 취해서 기억이 왜곡됐거나 가게 이름
을 착각했을 수도 있고."

"하지만 오전에 봤을 때는 숙취가 없어 보였어요."

형사들은 여전히 동네 주민을 상대로 탐문을 이어갔지만 아
직 결정적인 목격자 증언을 얻지 못했다. 정확한 사인은 일러
도 내일쯤 나올 것이다. 다만 사망 추정시각은 오전 1시부터 3
시 사이라고 했다.

수사본부는 욕실 창문이 바깥쪽에서 깨진 것으로 보아 강

도살인일 가능성이 크다고 추측했다. 그러나 피해자의 남편 카네코 타카시의 말에 따르면 값나가는 물건이 사라진 흔적은 없는 듯했다.

"남편분이 수상해요."

"맞아. 알리바이가 없어졌으니까."

"제가 반장님께 연락해보겠습니다."

미쿠모가 그렇게 말하고는 멈춰서서 스마트폰을 귀에 댔다. 카즈마는 시나가와역으로 향하는 사람들을 바라보면서 사건을 곱씹어 생각했다.

타카시와 이쿠미 부부는 사이가 그다지 좋지 않았다. 참고인 조사를 하면서 알게 된 사실이었다. 사망한 카네코 이쿠미의 여동생은 피해자가 바로 며칠 전에도 이혼 이야기—더 정확히 말하자면 이미 이혼을 결심한 듯한 이야기—를 했다고 증언했다. 다만 왜 이혼하려 했는지는 여동생도 모르는 모양이었다.

"선배님, 타카시 씨가 이 근처에 있는 본인 영업장에 갔나 봅니다. 반장님이 직접 만나서 이야기를 들어보라고 하셨습니다."

"식당 위치는?"

"지금 찾아보겠습니다."

미쿠모가 인터넷을 검색하더니, 카네코 타카시가 운영하는 스페인풍 바는 도보로 5분 내에 갈 수 있다고 하기에 걸어서 가기로 했다.

타카시의 가게는 시나가와역 코난 출입구로 나가 조금만 걸으면 나오는 주상복합건물 2층에 있었다. 오후 6시에 막 가게 문을 연 참이라 아직 손님이 없었다. 카즈마가 식당 직원에게 방문목적을 말하려고 하는데, 가게 안쪽에서 카네코 타카시가 모습을 드러냈다.

"수사1과 형사님이시죠? 이쪽으로 오십시오."

타카시가 가게에 있는 별실로 안내했다. 카즈마가 미쿠모와 나란히 의자에 앉자, 맞은편에 앉은 타카시가 입을 열었다.

"방금 다른 형사님한테서 전화로 들었어요. 저랑 할 얘기가 있으시다고요?"

"귀한 시간 내주셔서 감사합니다. 일이 바쁘신 것 같군요."

"아내가 세상을 떠난 지 얼마 안 됐는데 어떻게 일을 하나 싶으시죠? 일이 바빠서가 아니에요. 그 집에 있기 싫을 뿐이에요. 아내의 시신이 자꾸 떠올라서요."

"그 마음 충분히 이해합니다. 그런데 확인하고 싶은 것이 있습니다. 타카시 씨, 어젯밤 이 근처 다이닝바에서 아침까지 술을 마셨다고 증언하셨는데, 정말인가요? 방금 그 가게에 들러 이야기를 듣고 오는 길이거든요. 그곳 종업원은 타카시 씨가 어제 가게에 오지 않았다고 했습니다."

"그렇습니까?" 타카시는 딱히 표정 변화도 없이 말했다. "이 상하군요. 다른 가게였나? 어쩌면 제 착각이었을지도 모르겠네요. 직업 특성상 여러 가게를 들락거리거든요."

"잘 생각해보십시오. 중요한 일입니다."

"형사님, 저를 의심하시는 겁니까?"

카즈마는 순간 말문이 막혔다. 그러자 타카시가 미소를 지으며 말했다.

"역시 그렇군요. 이미 알고 계시리라 생각하지만, 사실 저는 아내와 사이가 좋지 않았습니다. 이혼 이야기가 나오던 중이었어요. 하지만 그렇다고 사람을 죽이지는 않습니다. 겨우 그런 이유로 남편이 아내를 죽인다면 형사님들이 그야말로 눈코 뜰 새 없이 바빠지실 테니까요."

말을 잘하는 사람이었다. 카즈마가 속으로 그렇게 생각할 때, 타카시가 이어서 말했다.

"어제는 밤 10시쯤 이 매장에 와서 가게 일을 끝낸 다음, 단골손님과 술을 마셨습니다. 원래는 오후 11시에 영업을 마감하지만, 그 이후에도 계속 술을 마셨습니다. 그때가 1시가 되기 조금 전이었을 겁니다. 단골손님을 보내고 나니 약간 부족하다 싶어서 혼자 한잔하러 나갔습니다."

"지금 하신 말씀을 이 가게 직원들에게 확인해도 될까요?"

"그러시죠. 제가 간 가게가 어디였는지 생각나면 연락드리는 걸로 마무리해도 되겠습니까? 잠깐 전화할 데가 있어서요."

"알겠습니다."

타카시가 별실에서 나갔다. 카즈마와 시선이 마주치자, 미쿠모가 작게 고개를 끄덕였다.

심증으로는 매우 수상하다. 알리바이도 애매했다. 카즈마는 카네코 타카시의 신상을 철저히 조사하자고 수사회의에 제안하기로 했다.

★

"안녕하세요. 잘 부탁드립니다."

미쿠모 하나코는 그렇게 말하며 현관문을 열었다. 그러자 그녀의 딸 안이 문 사이를 쏙 빠져나가 신발을 벗고 실내로 들어갔다. 몸놀림이 정말 잽싸다. 씁쓸하게 웃으며 실내로 들어간 하나코는 대기실에서 먼저 온 손님을 발견했다. 30대로 보이는 남자가 앉아서 스마트폰을 보고 있었다.

"안녕하세요." 하나코가 인사하자, 남자도 "안녕하세요." 하더니 안을 보고 미소를 지었다. 남자가 물었다.

"아이가 귀엽네요. 몇 살인가요?"

"네 살이에요."

"그럼 저희 아이랑 동갑이네요."

안은 그림책을 집어 들고 보기 시작했다. 이곳은 동네에 있는 피아노학원이었다. 가정집을 개조한 곳이라 겉보기에는 평범한 단독주택과 똑같지만, 현관 안으로 들어오면 바로 대기실이 나오는 구조였다. 지금도 안쪽에서 피아노 소리가 들려왔다. 아마도 이 남자의 아이가 피아노를 치는 모양이었다. 그리 능숙하지는 않았지만, 안과 비슷한 실력인 것 같았다.

안은 1월부터 피아노학원을 다니기 시작했으니 이제 딱 2개월째였다. 일주일에 한 번, 30분씩 개인교습을 받았다. 고맙게도 요일을 자유롭게 정할 수 있는 시스템이었다.

하나코도 소파에 앉아 핸드백에서 작은 책을 꺼냈다. 안을 기다리는 30분 동안 여유롭게 책을 읽을 수 있어서 좋았다. 하나코는 원래 사서로 일하다가 지금은 우에노에 있는 서점에서 일하는데, 안이 태어난 뒤로는 독서 시간이 확연히 줄어 버렸다.

"실례지만," 옆에 앉은 남자가 말을 걸었다. "따님은 어느 어린이집에 다니나요? 저희 애는 히가시무코지마 플라워어린이집에 다녀요."

"똑같네요. 저희 애도 플라워어린이집에 다니거든요. 어느 반이에요?"

"아마 민들레반일 거예요."

안은 해바라기반이니 반은 다른 모양이었다. 하지만 같은 학년이니 아이들끼리는 서로 알고 있을 것이다. 하나코는 그런 생각을 하며 슬며시 남자를 관찰했다. 청바지에 재킷 차림이었고 이 시간에 사복을 입고 여기에 있는 것으로 보아 샐러리맨은 아닌 것 같았다. 아니면 오늘은 쉬는 날이었을까. 맞벌이하는 엄마를 대신해 아빠가 아이를 피아노학원에 데려온 것일지도 모른다.

복도 끝에서 발소리가 들리더니 안과 몸집이 비슷한 여자아이가 나왔다. 아빠 곁으로 오나 싶더니 그림책을 읽는 안을 발견하고는 그쪽으로 가버렸다. 여자아이를 본 안이 "호노카."라고 반갑게 인사했고, 그 뒤로는 둘이서 얼굴을 가까이 대고 무어라 대화하기 시작했다.

"애들끼리는 이미 친구인가 보네요. 저는 이런 일 하는 사람입니다."

남자가 명함을 내밀었다. 거기에는 '웹 디자이너 키노시타 아키라'라고 적혀 있었다. 아키라가 이어서 말했다.

"딸 이름은 호노카예요. 사실 지난달에 이쪽으로 이사를 왔어요."

어쩐지. 원래 어린이집도 같고 학년까지 같은 아이를 둔 부모들은 학예회 같은 행사에서 마주치기 마련이었다. 하지만 호노카는 지난달부터 플라워어린이집에 다녔다고 하니, 하나코가 아키라를 오늘 처음 본 것도 이상하지 않았다.

"그럼 실례하겠습니다. 호노카, 가자."

아키라가 딸 호노카의 손을 잡고 현관문으로 나갔다. 안이 손을 흔들며 친구를 배웅했다.

"안 어머님, 안녕하세요."

이번에는 복도 끝에서 한 여자가 걸어왔다. 피아노 선생님이었다. 음대를 졸업한 뒤 자택을 개조해 피아노를 가르친다고 했다. 나이는 아마 하나코와 비슷한 서른 살 전후인 듯했다.

"선생님, 잘 부탁드립니다."

"저야말로 잘 부탁드립니다. 안의 실력이 많이 늘었어요. 뭐

랄까, 손놀림이 엄청 빨라요. 이대로 크면 초절기교 연습곡이라고 아주 빠른 곡이 있는데, 그런 곡도 칠 수 있을 것 같아요."

"…그렇군요."

그다지 기쁘지 않았다. 사실 하나코도 빠른 손놀림만큼은 자신이 있었다. 안의 빠른 손놀림은 엄마, 아니, 미쿠모 가문의 피를 확실히 물려받았다는 증거였다.

미쿠모 가문은 대대로 도둑질을 가업으로 삼아온 집안이고, 하나코 이외의 가족들은 모두 도둑질로 먹고산다. 그런 도둑 일가에서 태어난 하나코가 선택한 남자는 가족들이 모두 경찰관인 경찰 일가의 장남 사쿠라바 카즈마였으니 운명이란 참으로 아이러니하다. 하지만 우여곡절 끝에, 혼인신고는 하지 않았지만 하나코와 카즈마는 실질적인 부부가 될 수 있었다.

"실력이 쑥쑥 느니까 조만간 발표회에 나갈 수 있을 거예요. 그럼 안, 오늘도 열심히 피아노 쳐보자."

"네. 열심히 칠래요."

안은 그렇게 말하고는 선생님과 함께 복도 끝으로 걸어갔다. 하나코는 손에 든 책을 펼쳤다. 이제 30분 동안은 느긋하게 책을 읽을 수 있다.

"안, 오늘은 뭐 먹고 싶어?"

"음…. 음…. 햄버그스테이크."

"어제도 그거 먹었잖아. 오늘은 다른 거 먹자."

하나코는 피아노학원에서 집으로 돌아가는 길에 안과 함께 가까운 마트에 들렀다. 오늘은 준비해둔 음식이 없어 집에 도착하면 저녁 준비를 해야 했다. 바구니를 들고 마트 안으로 들어가는데 갑자기 안이 목소리를 높였다.

"할부지!"

"안, 잘 있었어?"

어느 틈에 한 남자가 하나코 옆에 서 있었다. 하나코의 아버지 타케루였다. 하얗고 화려한 재킷에 청바지 차림이라 언뜻 봐서는 직업을 추측할 수 없는 수상한 모습인데, 사실 그의 본업은 미술품 전문 도둑이었다. 타케루는 손녀를 안아 들고 활짝 웃으며 말했다.

"안, 많이 컸구나."

"할부지는 똑같아."

5개월 전, 하나코의 부모님은 손녀의 미래를 위해 앞으로는 하나코의 가족—정확히는 사쿠라바 가문—과 일절 교류하지 않겠다고 선언했다. 소위 말하는 절연선언을 한 것이지만, 가끔 이렇게 불쑥 나타나 손녀의 얼굴을 보고 갔다. 정말 제멋대로였다.

"오오, 안. 이 스테이크 엄청 맛있어 보이는구나." 타케루는 그렇게 말하며 상품 진열대에서 스테이크용 소고기를 집어 들었다. "이건 와규라 좋은 고기야. 맛없을 수가 없지."

타케루가 하나코의 바구니에 스테이크를 멋대로 집어넣었다. 하나코는 그 고기를 빼서 원래 있던 자리에 돌려놓으며 말했다.

"이건 안 사. 3000엔이나 하잖아."

"산다고? 훔치는 게 아니고?"

타케루가 신기한 생물을 보듯 하나코를 쳐다보았다. 하나코는 한숨을 쉬며 타케루에게 말했다.

"당연히 사지. 난 아빠랑 달라."

"그런데 하나코, 요즘 별일 없냐?"

"딱히 없어."

5개월 전, 하나코는 충격적인 사실을 알았다. 미쿠모 가문의 어두운 역사라고 할 수 있는 비밀이었다. 타케루에게는 누나가, 그러니까 하나코에게는 고모가 있었고, 그 여자는 살인을 비롯한 여러 죄목으로 무기징역을 선고받아 복역 중이었다. 그런데 그녀는 교도관의 마음을 교묘하게 쥐고 흔들며 그를 이용해 사건을 일으켰고 가석방이라는 명목으로 교도소에서 출소했다. 그녀의 이름은 미쿠모 레이였다.

"조심해서 나쁠 건 없어. 조금이라도 이상한 낌새가 있으면 바로 나한테 연락해."

"알았어."

출소한 미쿠모 레이의 행방은 지금도 오리무중이다. 타케루는 미쿠모 가문 사람에게 접근할 가능성이 크다고 보는 듯했지만, 아직은 그런 조짐이 없었다. 어쩌면 해외로 도망쳤을지도 모른다.

핸드백 안에서 스마트폰 불빛이 깜박였다. 하나코가 스마트폰을 꺼내 화면을 확인하니 카즈마에게서 문자메시지가 와 있었다. 오늘은 조금 늦을 테니 저녁을 차리지 않아도 된다는 내용이었다. 무언가 사건이 일어난 모양이다.

"누구냐?"

"카즈마. 오늘 늦는다네."

"그래? 그럼 나랑 밥 먹자. 안, 라멘 어때? 할부지가 만든 라멘 먹을래?"

"먹을래. 할부지가 만든 라멘 먹을래!"

"좋았어. 그럼 결정! 하나코, 그거 이리 줘봐라."

타케루는 하나코의 손에서 바구니를 뺏어 들고 안을 품에 안은 채 마트를 돌아다녔다. 타케루가 도둑임은 틀림없는 사실이지만, 그에게 안은 사랑스러운 손녀였다. 억지로 떼어놓을 수는 없었다. 가끔 같이 식사만 하는 관계는 괜찮겠지. 그렇게 스스로를 다독이며 하나코는 두 사람의 뒤를 쫓았다.

★

밤을 샜지만 수사에는 별다른 진척이 없었다. 다만 아침 수사 회의에서 감식 결과가 발표되어 피해자의 사인은 역시 감전에 의한 쇼크사임을 알 수 있었다. 피해자 카네코 이쿠미는 심장에 지병이 없었으니 범행도구는 특수 개조로 강도를 높인 전기 충격기일 것이라고 과학수사대는 추측했다. 정말 그렇다면, 이번 사건은 강도로 위장한 살인이라는 뜻이었다. 전기 충격기를 개조했다는 것은 다시 말해 살의가 있었다는 의미였다.

수사가 시작된 지 이틀째, 카즈마는 미쿠모와 함께 시부야 스페인풍 바의 직원에게 이야기를 들어보기로 했다. 피해자의 남편 카네코 타카시가 운영하는 가게였다. 오전이라 영업시간은 아니었지만 직원들을 재촉해 모두 한 자리에 불러 모았다. 조사를 시작한 지 1시간이 지났지만 아직 이렇다 할 증언은 나오지 않았다.

"선배님, 다음 사람이 마지막입니다."

미쿠모가 명단을 확인하며 말하자, 한 여자 직원이 안으로 들어왔다. 아직 20대 초반인 듯했고 이목구비가 뚜렷했다.

"안녕하세요. 협조해주셔서 감사합니다. 성함이?"

"타나카 레나입니다."

"사장님이신 카네코 타카시 씨를 아시죠?"

"네. 가게에서 몇 번 대화한 적이 있어요."

타나카 레나는 극단원이라 이 가게에서는 아르바이트 삼아 일한다고 했다. 아르바이트를 시작한 지는 3개월밖에 되지 않았다고 하니 특별한 증언을 기대하기는 어려울 것 같았다. 하지만 대화 중에 그녀는 예상 밖의 말을 꺼냈다.

"이거 제가 말했다는 건 비밀로 해주셨으면 좋겠는데, 저 봤어요."

"봤다니, 뭘 말입니까?"

"그게… 사장님이 어떤 여자랑 남사스러운 곳…이라고 할까요? 그런 곳에 들어가는 걸 봤어요."

2주 전 일이었다고 한다. 그녀가 속한 극단에서 뒤풀이가 있었다. 장소는 신주쿠 카부키쵸였다. 그녀는 1차로 간 술집에서 2차를 하러 이동하는 길에 카네코 타카시 사장을 우연히 보았다. 그는 어떤 여자와 팔짱을 낀 채 걷고 있었다.

"호기심이 생겨서 제가 뒤따라가봤어요. 그랬더니…."

타카시는 여자와 호텔에 들어갔다. 타나카 레나는 그 여자가 사장의 부인이 아니라는 사실을 알고 있었다. 사장의 부인이 몇 번 가게를 방문했을 때 얼굴을 봤다고 했다.

"그 여자는 아는 얼굴이었습니까?"

카즈마가 묻자, 타나카 레나는 고개를 갸웃거리며 대답했다.

"가게에서 한 번 본 적이 있는 것 같아요. 그 여자가 사장님하고 일 이야기를 했어요. 세금이 어쩌고 하면서 어려운 얘기를 한 기억이 나요."

세무사일까. 미쿠모가 잽싸게 일어나 스마트폰을 들고 밖으로 나갔다. 타카시와 함께 있던 여자의 정체를 찾을 생각이리라. 카즈마는 타나카 레나에게 질문을 이어갔지만, 새로운 정보를 얻을 수는 없었다. 감사 인사를 하고 그녀를 내보내자, 미쿠모가 돌아왔다.

"신주쿠에 있는 대형 세무사무소와 계약을 맺었나 봅니다. 방금 세무사무소에 직접 전화해봤습니다. 타카시 씨네 회사 담당자는 지금 부재중이라고 하는데, 오후 6시면 시간이 빈다고 해서 약속을 잡았습니다. 그렇게 하면 되겠죠, 선배님?"

"되고말고. 고맙다. 그런데 그 여자는 이름이 뭐래?"

"나카무라 아리사라고 합니다. 이름이 꼭 여배우 같죠?"

카즈마는 순간 사고가 멈춰서 아무런 반응을 할 수 없었다. 익숙한 이름이었기 때문이다. 그리 흔한 이름이 아니니 아마도 그 사람이 맞을 것이다. 카즈마의 변화를 눈치챘는지 미쿠모가 물었다.

"선배님, 왜 그러세요?"

"그 나카무라 아리사 말인데, 내 고등학교 동창 같아."

"네? 정말 세상 좁네요."

카즈마는 고등학생 때 검도부에 들어갔고, 3학년 때는 주장도 했다. 여자 검도부 주장은 나카무라 아리사여서 자연스럽게 그녀와 대화할 기회도 많았다. 사실 카즈마는 남몰래 아리사를 좋아했는데, 그녀도 자신과 같은 마음인 것 같다고, 이 감정은 쌍방인 것 같다고 생각한 적이 여러 번 있었다. 하지만 결국 두 사람은 연인으로 발전하지 못한 채 학교를 졸업했다. 그로부터 벌써 약 15년이 흘렀다.

타나카 레나를 끝으로 식당 직원 조사는 마무리되었다. 카즈마는 마음을 다잡고 의자에서 일어났다.

"경찰청 수사1과에서 왔습니다. 나카무라 아리사 씨와 약속이 있습니다."

카즈마가 안내데스크에서 경찰 신분증을 보여주자, 직원이 "잠시 기다려 주세요." 하더니 내선 전화로 손을 뻗었다. 현대적인 감각이 돋보이는 빌딩에 위치한 사무실이었다. 오는 길에 홈페이지를 확인해 보니 열 명이 넘는 세무사가 소속된 대형 세무사무소였다.

"복도를 지나서 세 번째 방으로 들어가주세요."

직원이 하라는 대로 복도를 지나 세 번째 방 문을 노크했다. 안에서 "들어오세요."라는 말소리가 들리자, 카즈마가 문을 열었다. 정면에 책상이 있었고 그 앞에 의뢰인을 위한 의자가 놓여 있었다. 책상 앞에 앉은 여자가 카즈마의 얼굴을 보고 눈이 휘둥그레졌다. 카즈마가 가볍게 고개 숙여 인사했다.

"바쁘신 와중에 죄송합니다. 저는 경찰청 수사1과에서 나온 사쿠라바 카즈마입니다. 이쪽은 호죠 미쿠모입니다."

옆에서 미쿠모가 꾸벅 인사했다. 나카무라 아리사가 일어나 약간 흥분 섞인 목소리로 말했다.

"카즈마, 맞지? 경찰청에 들어갔다는 얘기는 들었는데…."

"놀라게 해드려 죄송합니다. 사건 수사 때문에 여쭐 것이 있어서 왔습니다."

형사 일을 하다 보면 수사 과정에서 지인을 우연히 마주칠 때가 종종 있었다. 그럴 때마다 카즈마는 허물없는 태도를 보이지 않으려고 애썼다. 공은 공이고 사는 사이다. 특히 사건 수사에서는 그 지인이 범인일 가능성을 배제할 수 없었다.

"그렇군요." 아리사도 존댓말을 쓰기 시작했다. 카즈마의 반응을 보고 태도를 바꾼 듯했다. 그녀가 손으로 의자를 가리켰다. "앉으세요."

"감사합니다."

카즈마는 의자에 앉으면서 슬쩍 아리사를 관찰했다. 고등학생 때 얼굴이 그대로 남아 있었다. 긴 머리칼이 칠흑처럼 검고 콧대가 오똑한 미인이었다. 졸업식 때 일본 전통의상을 입고 허리를 꼿꼿이 펴고 앉아 있던 모습이 멋있었다.

"그래서 무슨 사건이죠?"

아리사의 물음에 카즈마가 대답했다. 가능한 한 감정을 넣지 않고 설명하려고 노력했다.

"그저께 밤에 시나가와구 오사키에서 살인 사건이 일어났습니다. 피해자는 카네코 이쿠미라는 여성입니다. 세무사님이 담당하시는 주식회사 골드키드의 사장 부인입니다."

주식회사 골드키드는 타카시가 운영하는 회사의 이름이었다.

"타카시 사장님이 운영하는 식당의 직원이 세무사님을 목격했습니다. 사장님과 무척 가까우신 것 같더군요."

"제가 담당자니까요. 사장님은 저를 뭐라고 하시던가요?"

"세무사라고 하셨습니다."

조금 전 전화로 확인했을 때, 타카시는 아리사가 회사 일을 도와주는 세무사라고 딱 잘라 말했다. 전화상이라 아쉽게도 더 이상 추궁하지는 못했다.

"사장님이 그렇게 말씀하셨다면 그런 거 아니겠어요?"

아리사가 카즈마의 눈을 똑바로 쳐다보며 말했다. 그녀는 고등학생 때부터 기가 세서 다가가기 힘든 분위기마저 풍기는 사람이었다. 하지만 카즈마는 언젠가 연습이 끝난 도장에서 아리사가 혼자 우는 모습을 본 적이 있었다. 연습을 따라가기 힘들어 검도부에서 나가겠다는 후배를 붙잡지 못한 자신을 자책하며 눈물을 흘리던 것이었다. 그 모습을 보고 카즈마는 그녀의 올곧음에 감탄했다.

"세무사님을 목격한 직원의 증언에 따르면," 카즈마는 마음을 독하게 먹고 말했다. "세무사님과 타카시 사장님을 목격한 시기는 2주 전이었고, 장소는 신주쿠 카부키쵸였다고 합니다. 두 분은 팔짱을 끼고 있었죠. 그 직원은 두 분이 어디에 가는지 궁금했다고 하더군요. 그래서…."

"그만하면 됐어요."

아리사가 강한 어조로 말했다. 사나운 표정을 짓고 있었다. 그 얼굴을 보고 카즈마는 속으로 한숨을 쉬었다. 형사는 참 불행한 숙명을 지닌 직업이었다.

"알겠습니다." 아리사가 여전히 사나운 표정으로 말했다. "그 사람 부인이 돌아가신 건 압니다. 뉴스에서 보고 깜짝 놀랐어요. 그래서 경찰은 저에게 뭘 묻고 싶은 거죠?"

"사건 발생 시간은 그저께 밤, 더 자세히 말하자면 날이 바뀐 새벽 1시부터 3시 사이로 추정됩니다만, 피해자의 남편인 타카시 사장님은 그 시간대 알리바이가 없습니다. 그때 어디서 뭘 했는지, 저희는 그걸 찾고 있습니다. 사장님은 밖에서 술을 마셨다고 증언했지만, 그 말을 입증할 증거가 없습니다. 세무사님이라면 뭔가를 아실지도 모른다는 생각에 이렇게 찾아뵀습니다."

그때 노크 소리가 들리더니, "실례합니다."라는 목소리와 함께 비서로 보이는 여자가 들어와서 카즈마를 비롯한 세 사람 앞에 커피잔을 내려놓았다. 아리사는 비서가 나간 뒤에야 입을 열었다.

"그러니까 타카시 사장님은 알리바이가 없으니 범인으로 의심된다는 말씀인가요?"

"그분을 의심하는 건 아니지만, 타카시 사장님과 피해자의 사이가 좋지 않았다는 참고인 진술이 있었습니다."

그러자 아리사는 무언가를 곰곰이 생각하듯 턱에 손을 짚었다. 잠시 그 자세로 깊이 생각에 빠져 있다가 이윽고 카즈마를 보며 말했다.

"아까 형사님이 말씀하신 시간, 그러니까 사장님 부인이 사망한 시간에 타카시 사장님은 저랑 같이 있었어요."

"확실합니까?"

"네. 저희 집에 있었어요. 확실합니다."

아리사가 카즈마의 눈을 똑바로 쳐다보았다. 거짓말을 하는 것 같지는 않았지만, 눈동자가 미세하게 흔들렸다. 불륜을 인정한 것과 다름없는 상황이라 다소 수치스러움을 느끼는 듯한 그녀의 눈빛에 카즈마는 당황했다.

아리사가 자세한 이야기를 털어놓았다. 그저께 밤 12시가 되기 전, 타카시가 아리사에게 지금 집에 가도 되냐고 연락했다고 했다. 딱히 거절할 이유가 없어 아리사는 승낙했다. 그리고 30분쯤 후에 집 초인종이 울렸다. 아리사는 그를 집 안에 들였고 그 뒤로 아침까지 죽 함께 있었다고 했다.

"그 사람, 술에 취했는지 바로 자버리더라고요. 그러고 나서 5시쯤 집에 돌아갔어요."

타카시에게는 아내가 있었다. 아리사는 왜 불륜 따위를 저질렀을까. 카즈마는 그렇게 묻고 싶었지만, 지금은 경찰로서 진술을 듣는 자리이니 그런 질문을 하면 사생활 침해에 해당할 터였다.

지금 아리사가 한 말이 위증일 가능성도 없지는 않았다. 타카시의 부탁을 받아 거짓 증언을 하는 것일지도 모른다. 카즈마는 아파트 CCTV를 확인하려고 그녀의 집 주소를 물었다. 아리사는 요츠야에 위치한 아파트에 산다고 했다.

"협조해주셔서 감사합니다."

카즈마는 그렇게 말하며 일어났다. 아리사 입장에서는 말하기 싫었을 일을 증언하게 만들어 그 자리에 계속 있기가 불편했다. 아리사도 자리에서 일어나며 말했다.

"형사님, 이 일은⋯."

"걱정 마세요. 비밀로 하겠습니다."

카즈마는 아리사의 배웅을 받으며 방에서 나왔다. 원래는 잠깐 동창다운 대화를 나눌 만도 했지만, 미쿠모가 함께 있는 자리라 그러기도 힘들었다. 빌딩 밖으로 나오자 미쿠모가 말했다.

"알리바이가 성립됐군요."

"그런 것 같네."

"타카시는 바람피운 사실을 주변 사람들에게 숨기고 싶었나 보네요. 그래서 밖에서 술을 마셨다고 거짓말한 거겠죠."

이혼 이야기가 오갔다는 사실은 조금만 조사해도 금방 밝혀질 터였고, 그 원인이 남편의 외도인 것도 예상 가능한 범위였다. 타카시가 숨기고 싶었던 것은 바람피운 상대의 정체가 아니었을까. 타카시는 아리사의 프라이버시를 지켜주기 위해 가짜 알리바이를 댄 것일지도 모른다.

"그나저나 선배님 동창, 미인이네요."

"뭐, 그렇지. 사실 같은 반이었던 적은 없지만."

미쿠모가 스마트폰으로 눈을 돌렸다. 무언가를 조사하나 싶어 카즈마가 쳐다봤지만, 미쿠모는 바로 화면에서 눈을 뗐다. 그저 시간을 확인한 것이었나 보다.

"미쿠모, 이다음에 약속 있어?"

"아, 아뇨. 그게 아니라…"

속마음이 훤히 들여다보이는 반응이었다. 미쿠모는 훌륭한 추리력을 갖고 있었지만, 아무리 그래도 스물세 살짜리 여자애였다. 친구와 식사 약속이라도 있는 것일까, 아니면….

"미쿠모, 설마 와타루…, 아니, 케빈 씨랑?"

"어, 어, 어, 어떻게 아셨어요?"

"어떻게 모르겠어, 그 반응을 보고."

약 5개월 전 일이었다. 미쿠모는 카즈마의 아내인 하나코의 오빠 미쿠모 와타루에게 첫눈에 반하고 말았다. 와타루는 천재 해커이자 해킹으로 얻은 정보를 팔아 생계를 꾸리는 범죄자였지만, 어쩐지 미워할 수 없는 사람이었다. 미쿠모가 그의 이름을 물었을 때, 카즈마는 본명을 가르쳐주면 안 된다는 생각이 들어 와타루가 예전에 사용하던 케빈 타나카라는 가명을 가르쳐주었다.

그로부터 며칠 뒤에 미쿠모가 케빈의 연락처를 알려달라고 조르기에 와타루의 허락을 받고 번호를 알려줬다. 두 사람이 SNS로 연락을 주고받는 것은 알았지만, 실제로 만날 만큼 사이가 발전했다고 하니 카즈마는 솔직히 놀라웠다.

"케빈 씨랑 저녁 먹기로 한 거지?"

"네. 처음 만나는 거예요."

미쿠모는 그렇게 말하며 얼굴을 붉혔다. 그 모습을 보니 카즈마는 괜히 흐뭇해졌다. 선배로서 미쿠모를 흔쾌히 보내줘야 한다. 와타루라면 괜찮을 것이다. 카즈마는 와타루만큼 온순하고 섬세한 남자를 본 적이 없었다.

"미쿠모, 오늘은 이만 퇴근해. 뒷일은 내가 마무리할게."

"아니요, 그래도…."

"이제 간단한 일만 남았잖아. 요츠야 아파트에 가서 확인만 하면 오늘 일은 끝이야."

나카무라 아리사네 아파트에 가서 CCTV 영상을 요청해야 했다. 지금 시간은 오후 6시 40분이니 시간이 시간인 만큼 오늘은 그것으로 업무가 끝날 것이다. 그 뒤에는 본부로 돌아가 보고만 하면 된다.

"미쿠모, 정말 괜찮아. 그런데 어디서 만나기로 했어?"

"에비스에서 7시에 만나기로 했어요."

"그럼 얼른 가야겠네. 지금 안 가면 늦어."

"알겠습니다." 미쿠모는 결심한 듯 고개를 끄덕였다. "그럼 선배님이 배려해주셨으니 오늘은 이만 가보겠습니다. 선배님, 이 사건은 제가 꼭 해결할 테니까 오늘만 일찍 실례할게요."

자기가 해결하겠다고 단언하는 모습이 미쿠모다웠고, 그런 태도가 바로 그녀가 탐정의 딸이라는 증거였다.

미쿠모가 고개를 꾸벅 숙이고는 역을 향해 걸어갔다. 카즈마의 예상대로 걸어가다가 행인과 부딪쳐서 그 자리에서 고개 숙여 사과했다. 정말 괜찮을까. 카즈마는 조금 걱정스러운 마음으로, 사라져가는 미쿠모의 뒷모습을 바라보았다.

★

약속 시간은 오후 7시였다. 처음 가보는 식당이라 잠깐 길을
헤매는 바람에 호죠 미쿠모는 10분 늦게 약속 장소에 도착했
다. 에비스에 위치한 이탈리안 레스토랑이었다. 생각보다 캐주
얼한 분위기였고, 막 퇴근한 것처럼 보이는 젊은 남녀가 즐겁
게 식사하고 있었다.

미쿠모가 직원의 안내를 받아 자리에 가니 이미 그가 앉아
있었다. 케빈 타나카. 미쿠모가 기다리던 운명의 남자였다. 베
이지색 정장에 하얀 셔츠. 넥타이는 매지 않은 차림이었다. 미
쿠모는 고개를 숙였다.

"죄송해요. 기다리셨죠?"

"안녕하세요. 어…, 케빈입니다. 케빈 타나카입니다."

"호죠 미쿠모입니다. 만나서 반가워요."

약 4개월 전 카즈마에게 연락처를 받은 뒤, 두 사람은 주로
인터넷상에서 대화를 나눴다. 둘이서 자주 한 활동은 온라인
게임이었다. 같은 시간에 같은 게임에 접속해 함께 게임을 즐겼
다. 기사가 되어 이세계를 여행하는 게임이었는데, 케빈은 세계
랭킹에 들어갈 정도로 실력이 뛰어나서 옆에만 있어도 주변의
부러움을 샀다. 휴일 전날에는 새벽 3시까지 게임 속에서 함께
시간을 보낸 적도 있었다.

하지만 실제로 만나서 대화하는 것은 오늘이 처음이었고, 미쿠모는 이렇게 이성과 식사하는 것도 조수 사루히코와 먹었을 때를 제외하면 처음이었다. 사루히코는 미쿠모의 아버지 호죠 소타로가 딸을 감시하라고 도쿄로 보낸 60세 조수였다. 이 레스토랑을 알아보고 예약해준 사람도 사루히코였다. 미쿠모는 나중에 고맙다는 말을 해야겠다고 생각했다.

"실례합니다." 젊은 남자 웨이터가 다가왔다. "저희 레스토랑을 찾아주셔서 감사합니다. 오늘 요리는 코스요리로 예약하셨는데, 그대로 준비해드리면 될까요?"

"네. 그렇게 해주세요."

"음료는 뭘로 하시겠어요?"

"케빈 씨, 스파클링 와인으로 건배할까요?"

미쿠모가 묻자, 케빈이 대답했다.

"저는 다 좋아요."

"추천해주실 스파클링 와인이 있나요?"

미쿠모가 묻자, 웨이터가 대답했다.

"프란치아코르타는 어떠신가요? 이탈리아를 대표하는 고급 스파클링 와인입니다."

"그럼 그걸로 주세요."

"알겠습니다."

웨이터가 자리를 떴다. 미쿠모는 냅킨을 무릎 위에 펼쳤다. 무슨 이야기부터 해야 할지 알 수 없었다. 게임 이야기를 하면 쉽게 해결되겠지만, 모처럼 이렇게 얼굴을 마주했으니 다른 이야기를 하고 싶었다.

그때 와인이 나와서 우선 건배를 했다. 하지만 그 뒤로 대화가 이어지지 않았다. 무슨 이야기를 해야 하나 고민하는 사이에 전채요리인 샐러드가 나왔다. 한동안 조용히 식사를 했다.

미쿠모가 겨우겨우 입을 뗀 것은 샐러드를 다 먹고, 다음 요리인 생햄이 나왔을 때였다. 미쿠모는 용기를 내어 케빈에게 물었다.

"케빈 씨, 싫어하는 음식 있어요?"

"없어요."

대화가 끝나버렸다. 이대로는 안 된다. 이성과 대화하는 것이 이렇게나 힘들 줄은 상상도 못 했다. 차라리 밀실 살인의 비밀을 푸는 것이 훨씬 쉬울 듯했다. 미쿠모가 쭈뼛거리며 말했다.

"케빈 씨, 편하게 말 놓으세요."

"알았어요. 아, 이게 아니지. 알았어."

"케빈 씨, 좋아하는 음식은 뭐예요?"

"치킨 가라아게랑 감자튀김. 미쿠모 씨는?"

"그냥 미쿠모라고 불러주세요. 저는 햄버그스테이크 좋아해요."

대화가 꽤 원활하게 이어졌다. 두 사람이 좋아하는 음식을 주제로 한창 이야기꽃을 피울 때, 옆 테이블에 손님이 앉았다. 두 손님 중 남자는 어느 중소기업의 사장님 같은 인상이었고,

여자는 긴자에서 활동하는 접대부 같은 느낌이었다. 남자가 자리에 앉자마자 웨이터에게 말했다.

"여기 와인 좀 갖다주게. 제일 비싼 보르도 와인, 레드로. 요리는… 흠, 나는 라멘을 먹고 왔지 뭔가? 생햄하고 치즈 모둠 안주를 주게. 어, 요리는 어떻게 할래?"

남자가 묻자, 여자가 대답했다.

"나는 송아지 커틀릿이나 먹을까? 그리고 참치 카르파초랑 차가운 감자수프도 부탁해요."

부부일까. 여자는 몇 살인지 가늠이 되지 않았다. 30대로도 보였지만, 아마 그보다는 나이가 많을 것 같았다. 미쿠모는 개의치 않고 케빈에게 말했다.

"케빈 씨는 어떤 일을 하세요?"

"나는, 음…. 뭐라고 하면 좋을까. 자금 운용 같은 걸 해."

"카즈마 선배님하고는 어떤 관계예요?"

미쿠모가 케빈을 처음 만났을 때, 그는 사쿠라바 카즈마의 딸인 안에게 줄 생일 선물을 건넸다. 그렇게까지 챙길 정도면 꽤 가까운 사이일 것 같았다.

"친구야. 카즈마랑은 가족들끼리 교류가 있거든."

"그렇군요."

코스요리 중 하나인 파스타가 나왔다. 게살 토마토 크림 파스타였다. 파스타를 포크로 말면서 미쿠모가 이야기를 꺼냈다.

"저희 본가는 탐정사무소예요. 어릴 때부터 탐정이 되려고 아버지한테 이것저것 많이 배웠어요. 초등학생 때부터 추리소설만 잔뜩 읽었고요. 이상하죠?"

"이상하지 않아. 나도 비슷한 사람이거든."

케빈은 그렇게 말하며 웃었다. 조금 쓸쓸한 미소였다. 옆 테이블에서 남자의 목소리가 들려왔다.

"와인 맛이 아주 훌륭하군. 마음에 들어."

"여보, 조금 조용히 해줘요. 데이트를 즐기는 커플이 있잖아요."

미쿠모가 그쪽을 힐끔 보다가 여자와 눈이 마주쳤다. 여자는 요염한 미소를 지으며 미쿠모를 향해 와인잔을 들어 보였다. 미쿠모는 예의상 미소 지으며 가볍게 고개를 숙였다. 케빈을 보니, 그도 난감한 표정이었다.

"케빈 씨, 혹시 평소에 음악 들으시나요?"

"응. 록도 듣고, 아무거나 다 들어. 치킨 런어웨이 같은 밴드도 좋아해."

"저도요. 료타 목소리가 진짜 좋죠."

미쿠모는 잔을 들어 스파클링 와인을 마셨다. 운명의 상대와 마시는 스파클링 와인은 놀라울 정도로 맛있었다.

"이건 내가 낼게."

"괜찮다니까요. 제가 낼게요."

계산대 앞에서 실랑이가 벌어졌다. 결국 미쿠모와 케빈은 반씩 내는 것으로 합의하고 계산을 마친 다음 레스토랑에서 나왔다. 시간은 오후 8시 30분이었다. 조금 더 여유를 즐기고 싶었지만, 옆자리 부부가 시끄러워서 일찍 가게를 뒤로했다.

역까지 걷기로 했다. 케빈은 츠키시마에 있는 아파트에 사는 모양이었다. 은행나무 가로수가 길가에 죽 늘어서 있었고 드문드문 벤치가 있었다. 누가 먼저랄 것도 없이 벤치에 앉았다. 케빈이 크게 숨을 뱉었다.

"괜찮아요?"

"응. 사실 아까까지 엄청 긴장했거든."

"왜요?"

"여자랑 단둘이 밥 먹은 건 처음이라서."

'나랑 똑같아.' 그렇게 생각하니 미쿠모는 가슴이 뛰었다. 케빈은 과거를 회상하듯 아련한 눈빛으로 말했다.

"나는 원래 은둔형 외톨이였어. 10대부터 20대까지 종일 방에 틀어박혀서 컴퓨터만 했어. 한 5년 전에 집에서 쫓겨나면서 그때 처음으로 혼자 살게 됐어."

케빈이 타인과 소통하기 어려워한다는 것을 미쿠모도 눈치로 알고 있었다. 처음 만났을 때부터 알았다. 하지만 그것은 결점이 아니라, 미쿠모의 눈에는 오히려 장점으로 보였다.

"나도 언젠가 여자랑 밥을 먹거나 길을 걸을 수 있을까? 그런 생각을 줄곧 해왔는데, 오늘 그 상상이 현실이 됐어. 미쿠모, 정말 고마워."

"제가 더 감사해요."

미쿠모의 심장 소리가 더욱 커졌다. 케빈도 미쿠모와 같은 마음인 것은 아닐까. 아니, 이 사랑은 쌍방임이 분명하다. 미쿠모는 확인하듯 말했다.

"케빈 씨, 이거 데이트 맞죠?"

"···아마도. 적어도 나는 그렇게 생각했어."

"데이트는 서로 좋아하는 남녀가 하는 거잖아요? 그렇다면 우리, 결혼하는 거죠?"

다소 비약은 있었지만, 미쿠모는 자신의 말이 지극히 논리적이라고 생각했다. 케빈이 작게 고개를 끄덕이며 말했다.

"응. 맞아. 응. 분명 그럴 거야. 우리는 결혼하게 될 거야."

"역시 그렇죠?"

5개월 전, 그를 처음 만났을 때 느낀 직감은 착각이 아니었다. 케빈 타나카. 이 사람이 바로 미쿠모의 평생 반려자가 될 남자였다.

"그런데 미쿠모는 형사지?"

"네. 그게 왜요?"

"아니야, 그냥···."

케빈이 말끝을 흐렸다. 미쿠모는 신기하게도 그렇게 쭈뼛거리는 태도조차 귀여워 보였다. 이런 게 사랑일까.

"물론 형사라는 직업을 안 좋게 보는 시선이 존재하는 건 알아요. 하지만 저는 제 직업에 자부심이 있고, 이 길을 선택한 걸 후회하지 않아요. 결혼해서도 일을 그만둘 생각이 없는데, 그런 저라도 괜찮으신가요?"

"…응. 그건 상관없어."

"다행이다. 그렇다고 집안일을 안 하겠다는 말은 아니에요."

미쿠모는 이야기가 너무 빠르게 진행되어 조금 겁이 났다. 역시 에비스답게 주변을 지나다니는 사람들이 다 멋지고 화려해 보였다. 하지만 지금 이 거리에서 가장 행복에 겨운 사람은 미쿠모 자신이 아닐까 생각했다.

"오늘은 거의 첫 만남이니까 이 정도만 정해둬요. 결혼식 날짜나 그 외의 것들은 다음에 만나서 얘기할까요?"

"그래. 그러자."

"그럼 오늘은 이만."

미쿠모가 벤치에서 일어났다. 그대로 떠나려 하다가 생각난 것이 있어서 걸음을 돌렸다. 케빈에게 고개를 숙이며 말했다.

"많이 부족하지만, 오래도록 잘 부탁드립니다."

★

카즈마는 오후 9시가 넘어서야 히가시무코지마에 위치한 집에 도착했다. 이틀 연속 야근을 했지만 수사본부가 설치된 이상 어쩔 도리가 없었다. 아내 하나코도 그 점을 이해해 주었다.

"다녀왔어."

집에 들어가자, 카즈마의 딸 안이 복도 저편에서 달려왔다.

카즈마는 그대로 품에 뛰어드는 안을 안아올리며 말했다.

"안, 아빠 왔다. 오늘도 어린이집 재미있었어?"

"응. 재미있었어. 아까 말이야, 할부지가 있었어."

"그래? 그랬구나."

"할부지가 라멘 만들어줘서 먹었어. 맛있었어."

"그래? 아빠도 먹고 싶다."

이제 네 살이 된 안은 하루가 다르게 어휘력이 늘었다. 거실에 들어가 안을 소파 위에 내려놓았다. 그리고 부엌에 있는 하나코에게 말했다.

"나 왔어."

"왔어요?"

"장인어른이 왔다 가셨어?"

"미안. 갑자기 마트에서 나타났어."

"하나코가 사과할 일이 아닌데, 뭐."

5개월 전, 카즈마의 장인과 장모는 앞으로 사쿠라바 가문 일에 절대 관여하지 않겠다고 선언했다. 양가가 대면할 일은 없어졌지만, 하나코의 부모님은 이따금 손녀의 얼굴을 보기 위해 불쑥 나타나곤 했다. 하지만 카즈마는 그 정도는 눈감아 주어도 될 것이라 생각했다. 사랑스러운 손녀를 보고 싶은 그들의 마음이 충분히 이해되었기 때문이다.

"먼저 씻고 올게."

"알았어. 밥 차려놓을게."

카즈마는 욕실로 가서 따뜻한 물에 몸을 담갔다. 욕조에 기대어 이번 사건을 생각했다.

조금 전 나카무라 아리사의 아파트를 방문한 카즈마는 공동 현관 게시판에서 관리회사를 확인해 곧장 연락을 넣었다. 내일 아침 이른 시간에 약속을 잡았고 그때 CCTV 영상을 보기로 했다. 이 과정은 어디까지나 확인 차원일 뿐이었고, 카즈마는 아리사가 거짓말을 하지 않았다고 생각했다.

그런데 그녀가 불륜을 저지를 줄은 꿈에도 몰랐다. 형사 일을 하다 보면 가끔 알고 싶지 않은 진실을 알게 될 때가 있었다. 오늘이 그 대표적인 예였다.

어떤 이유 때문이든, 아리사가 카네코 타카시와 불륜 관계임은 틀림없었다. 카즈마는 그렇게 총명한 아리사가 왜? 라는 생각도 했다. 하지만 남녀 사이에서는 언제 어떤 일이 일어나도 이상하지 않다는 것을 알고 있었고, 여자에 대한 환상을 품을 만한 나이도 아니었다. 다만 아리사만큼은 그때 그 시절처럼 멋있는 여성으로 있어주기를 바랐을 뿐이다.

카즈마의 얼굴에 갑자기 물이 끼얹혔다. 안이 욕실 문을 열고 들어와 물총을 쏘고 있었다.

"해보자는 거지, 안?"

카즈마가 짐짓 눈을 흘기자, 안이 싱긋 웃고는 도망쳤다. 카즈마는 잠시 후 욕조에서 나와 편한 옷으로 갈아입고 거실로 갔다. 식탁 위에는 저녁 식사가 준비되어 있었다. 중국식 볶음밥과 국, 샐러드였다.

카즈마는 냉장고에서 캔맥주를 꺼냈다. 반쯤 마시고 샐러드를 먹기 시작했다. 안이 카즈마 옆에 놓인 의자에 앉더니 물었다.

"아빠, 오늘은 어떤 사건이었어?"

카즈마는 저도 모르게 실소를 터뜨렸다. 본가에 계신 부모님의 영향일까. 카즈마, 지금은 어떤 사건을 쫓고 있냐? 아버지 노리카즈는 카즈마의 얼굴을 보면 항상 그렇게 물었다. 경찰 일가인 사쿠라바 가문에서는 어떤 사건을 쫓는지 묻는 것이 자연스러운 일이었다.

아무리 그래도 살인 사건이라고 대답할 수는 없어서 카즈마는 안의 머리를 쓰다듬으며 말했다.

"아빠가 하는 일은 말이야, 나쁜 일을 한 사람을 잡는 거야."

"그럼 안도 나쁜 일을 하면 아빠가 잡아?"

"음…. 글쎄. 안은 그냥 용서해주고 싶은데?"

하나코는 바닥에 앉아 빨래를 개고 있었다. 카즈마가 볶음밥을 먹으면서 하나코에게 말했다.

"하나코, 볶음밥 맛있다."

"고마워. 좋은 차슈를 넣어서 그런가 봐."

순간 카즈마는 나카무라 아리사의 얼굴이 떠올랐다. 왜 지금 그녀의 얼굴이 떠오를까. 어쩐지 양심에 찔려 맥주를 한 모금 마시고는 하나코에게 말했다.

"재미있는 일이 있어. 미쿠모가 오늘 저녁에 와타루 형님이랑 데이트를 한대."

"정말?"

하나코가 빨래를 개던 손을 멈추고 고개를 들었다. 흥미가 동했나 보다. 하나코도 호조 미쿠모와 구면이라, 카즈마는 그녀가 와타루를 마음에 들어한다는 이야기를 전에도 한 적이 있었다.

"정말이야. 오늘 저녁에 처음 만난다고 하더라고."

"흠…. 그렇구나. 오빠 괜찮을까?"

"괜찮겠지. 요즘은 멀쩡하게 잘 지내시잖아."

"근데 왠지 좀 안됐다." 하나코가 약간 굳은 표정으로 말했다. "오빠의 정체를 알면 미쿠모가 충격받을 거 아냐? 아무리 그래도 형사랑 해커가 사귈 수는 없을 테고."

그건 그렇다. 미쿠모는 분명 와타루의 정체를 금방 눈치챌 것이다. 미쿠모의 관찰력이 얼마나 뛰어난지를 카즈마는 뼈저리게 알고 있었다.

"뭐, 한 번 식사하고 나면 서로 본능적으로 알겠지. 두 사람 다 어린애가 아니니까."

"그러면 좋겠는데…."

하나코는 다시 빨래를 개기 시작했다. 카즈마는 남은 볶음밥을 입에 넣고 맥주 캔을 비웠다.

　지하철역 계단을 올라갈 때였다. 미쿠모는 뒤에서 다가오는 발소리를 들었다. 돌아보자 초로의 남성이 바로 뒤에서 걸어오고 있었다. 조수인 야마모토 사루히코였다.

　"사루히코, 언제부터 따라왔어?"

　"에비스에서부터입니다, 아가씨."

　사루히코는 미쿠모의 조수였다. 정보 수집 능력이 뛰어나서 미쿠모는 수사를 할 때 그의 도움을 자주 받았다. 사루히코는 미쿠모에게 오른팔 같은 존재였다.

　"그 사람을 봤어?"

　"네. 가게로 들어갈 때 언뜻 뺐습니다."

　사루히코가 가게 밖에서 두 사람을 지켜본 모양이었다. 애초에 감시자로 파견된 사루히코는 미쿠모의 아버지 소타로와 연결되어 있었다. 미쿠모가 도쿄에서 어떻게 생활하는지 일거수일투족을 보고하는 것도 그의 임무 중 하나였다.

　"그 사람 일은 절대 부모님께 말하지 말아줘."

　미쿠모가 그렇게 말했지만, 사루히코는 대답하지 않았다. 원래 미쿠모의 부탁이라면 무조건 받아들이는 사루히코가 이렇게 반응하는 경우는 드물었다. 미쿠모는 계단을 올라 지상으로 나와서 사루히코와 함께 걸었다. 미쿠모는 경찰청 여자기숙사에서, 사루히코는 그 근처에 있는 공동주택에서 살았다.

　"사루히코, 제발 부탁할게. 그 사람 일은 말하지 말아줘."

"아가씨, 정말 그 남자와 결혼할 생각이신 거죠?"

"사루히코도 그 사람을 봤잖아. 어땠어?"

"나쁜 남자 같지는 않았습니다."

"내 눈은 틀림없어. 처음 본 순간, 난 그 사람과 결혼할 운명이라는 걸 직감적으로 느꼈어. 진범을 찾았을 때랑 똑같은 감각이었어."

지나가는 길에 편의점이 보여 미쿠모는 안으로 들어갔다. 사루히코도 뒤따라왔다. 커피를 두 잔 사서 매장 안에 마련된 취식공간에 자리를 잡았다.

"부모님께는 내가 조만간 제대로 설명할게. 그러니까 사루히코, 그때까지는 우리만의 비밀로 해줘."

미쿠모가 그렇게 말하며 종이컵을 사루히코에게 내밀었다. "황송합니다." 하면서 컵을 받아든 사루히코가 말했다.

"하지만 아가씨, 그 케빈이라는 남자 말입니다만, 완전히 믿지는 않는 게 좋을 것 같습니다. 어디서 뭘 하던 놈인지 모르지 않습니까?"

"사루히코, 내 눈을 의심하는 거야?"

"당치도 않습니다. 그래도 말입니다, 아가씨. 결혼은 인생의 중대사입니다. 이렇게 쉽게 결정해도 될지 모르겠습니다."

결혼이 인생을 좌우하는 큰일임은 미쿠모도 알고 있었다. 오히려 그래서 더 자신의 직감을 믿고 싶었다. 5개월 전, 케빈을 처음 만났을 때 느낀 마음의 울림. 그것을 중시하고 싶었다.

게다가 미쿠모는 오늘 처음으로 그와 제대로 된 대화를 나누며 자신의 직감이 옳았음을 재차 확인했다. 그는 틀림없이 미쿠모의 운명이었다.

"아가씨, 이건 그저 제안입니다만," 사루히코가 커피를 한 모금 마시고는 말했다. "제가 그 케빈이라는 남자를 뒷조사해봐도 되겠습니까? 어쩐지 께름칙합니다."

"께름칙하다니, 어째서?"

"그 이유를 몰라서 께름칙합니다. 저는 지금까지 수많은 사람을 봐왔지만, 그 케빈이라는 남자가 어떤 사람인지는 당최 파악이 되지 않습니다."

"뭔가 구린 데가 있을 거라는 말이야?"

"아니요. 꼭 그렇다는 건 아닙니다만…."

앞일이 어떻게 될지는 알 수 없지만, 미쿠모의 남편은 장차 호죠 탐정사무소의 뒤를 잇게 될지도 모른다. 그러니 언젠가는 케빈의 성장배경이나 가족관계를 철저히 조사할 시기도 올 것이다. 하지만 아직은 시기상조였다. 지금은 두 사람의 사랑을 키워나가는 것이 먼저였다.

"사루히코, 뒷조사는 금지야. 꼭 해야 할 때가 오면 부탁하겠지만, 지금은 그 사람에게 손대지 마. 멋대로 움직이면 나랑 연 끊는 거야."

"알겠습니다, 아가씨."

연을 끊겠다는 말이 효과가 있었는지, 사루히코는 순순히 물러났다. 미쿠모는 커피를 마셨다. 사루히코도 똑같이 커피를 홀짝였다. 종이컵을 손에 든 채 사루히코가 진지하게 말했다.

"역시 피는 못 속이는군요."

"그게 무슨 말이야?"

"소장님과 사모님의 연애사 말입니다."

소장님은 미쿠모의 아버지 소타로를, 사모님은 미쿠모의 엄마 타카코를 말하는 것이었다. 타카코는 젊은 시절 오사카경찰청에서 일했고, 소타로는 오사카 경찰과 함께 수사를 한 적이 있는데, 그때 두 사람이 처음 만났다고 했다.

"지금으로부터 한 25년 전이었죠. 오사카시에서 유괴사건이 발생해 소타로 님께 의뢰가 들어왔습니다."

유괴된 아이는 오사카시에 위치한 부동산회사의 사장 아들이었다. 그 사장은 사건을 경찰에만 맡기기가 불안했는지 소타로에게도 수사를 의뢰했다.

"범인은 현금 1억 엔을 요구했습니다. 그 돈을 아이의 엄마, 그러니까 사장 부인이 들고 오사카시 공원에 가라고 했지요. 그것이 범인의 요구 사항이었습니다. 하지만 사장 부인은 무서워서 못 가겠다고 하더군요. 그때 대리인으로 뽑힌 여경이 바로 사모님이셨습니다."

타카코는 사장 부인으로 위장해 몸값을 들고 현장으로 향했다. 그때 차를 운전해준 사람이 운전기사로 위장한 소타로였다.

"사모님이 공원 벤치에 앉아서 기다리니, 곧 한 남자가 다가

왔습니다. 남자는 돈 가방을 받아들고 사모님께 작은 종이를 건넸습니다. 종이에는 '공원 화장실'이라고 적혀 있었습니다."

소타로와 타카코는 곧바로 공원 화장실로 가서 유괴된 아이를 무사히 구해냈다. 수사관들은 돈을 받아간 남자를 미행하다가 그가 아지트에 들어가는 순간 범인을 체포했다. 사건이 해결된 직후, 공원에서 철수하려던 타카코에게 소타로가 말했다.

'거기 자네, 괜찮으면 나랑 결혼하지 않겠나?'

'탐정님이 원하신다면요.'

오전에 처음 만나 그날 오후에 바로 프러포즈를 했으니 그야말로 속전속결이었다.

"역시 그 피가 어디 가지 않는 모양입니다. 두 분에 비하면 아가씨는 오히려 신중한 편이시지요."

그렇게 말하며 사루히코는 유쾌하게 웃었다.

★

"확실한 것 같네요, 선배님."

"맞아. 알리바이가 성립됐어."

카즈마는 미쿠모와 함께 신주쿠에 있는 관리회사를 찾아왔다. 나카무라 아리사가 사는 아파트의 CCTV 영상을 보기 위해서였다. 공동현관에 설치된 CCTV 영상을 확인해 보니 밤 12시 30분에 카네코 타카시로 보이는 남자가 나타나 아파트 안으로 들어갔다. 남자가 밖에 나왔을 때는 오전 5시가 조금 지난 시간이었으니 4시간 반 정도 그 집에 있었다는 뜻이었다.

영상을 확대해서 확인했다. 역시 카네코 타카시가 맞았다. 카즈마와 미쿠모는 영상을 보여준 직원에게 감사를 표한 뒤 관리회사를 뒤로했다.

"역시 강도 사건일 가능성이 커 보여."

"그렇군요."

카즈마 옆에서 걷는 미쿠모는 무언가를 깊이 생각하는 듯했다. 수사를 시작한 지 이틀째였지만, 아직도 이렇다 할 목격자 증언은 나오지 않았다. 원한에 의한 살인도 염두에 두고 수사가 진행되었지만, 피해자에게 원한을 품을 만한 인물은 딱히 없는 듯했다.

그런 의미에서는 남편 카네코 타카시가 가장 의심스러웠다. 피해자에게 이혼하자는 말을 들었고, 처가에서 돈을 빌렸다는 사실도 밝혀졌다. 게다가 피해자의 통화 내역에서 그녀가 탐정을 고용했다는 사실도 알 수 있었다. 탐정 측은 비밀유지의무가 있다며 그녀의 의뢰 내용을 알려주지 않았지만, 아마도 남편의 뒷조사를 의뢰한 것이리라.

"그런데 미쿠모," 카즈마는 문득 생각이 나 미쿠모에게 물었다. "어제 저녁에 케빈 씨랑 만났지? 어땠어? 대화가 잘 통했어?"

"대화가 잘 통했는지는 모르겠지만, 결혼하기로 했어요."

"그래, 결혼을⋯. 응? 결혼? 결혼이라니, 너랑 케빈 씨가?"

"네. 맞아요."

미쿠모는 태연한 얼굴로 말했다. 카즈마는 저도 모르게 우뚝 멈춰섰다. 미쿠모와 와타루가 결혼을 한다니. 두 사람은 어제 저녁이 첫 데이트였을 것이다. 대체 일이 어떻게 어긋났길래 결혼이라는 답이 나올 수 있는가. 도무지 이해할 수 없었다.

카즈마는 한참 멀리 가버린 미쿠모를 허둥지둥 뒤쫓았다. 미쿠모를 다 따라잡고는 물었다.

"저, 저기 말이야, 미쿠모. 아까 네가 결혼이라고 했지? 내가 잘못 들은 거 아니지?"

"네. 결혼이라고 했어요."

"아니, 두 사람, 어제가 거의 첫만남이었잖아? 대체 어쩌다가 결혼하기로 합의가 된 거야? 자세한 정황을 좀 설명해줘."

"운명의 상대를 만났으니까 결혼하는 것뿐이에요. 선배님, 저 생각할 게 있으니까 잠깐 조용히 해주실래요?"

"그, 그래. 미안."

카즈마는 입을 꾹 다물었다. 일이 커지고 말았다. 카즈마는 사태의 심각성을 깨달았다. 도둑 일가의 장남과 탐정 일가의 외동딸이 결혼하겠다고 한다. 꼭 어디서 들어본 이야기 같지 않은가.

미쿠모는 아마 모를 것이다. 케빈 타나카라 불리는 미쿠모 와타루의 정체를. 그는 천재 해커였고, 카즈마나 미쿠모 같은 경찰과는 상극인 범죄자였다. 집안이야 어떻든 본인만은 건실하게 일하던 하나코와는 달리, 와타루는 현역으로 뛰는 도둑이었다.

"미쿠모, 생각하는데 미안하다. 결혼 말인데, 조금 더 신중하게 고민해보는 게…."

카즈마가 그렇게 말하며 옆을 보았지만, 미쿠모는 거기에 없었다. 뒤를 돌아보니 도로와 인접한 카페에 들어가는 미쿠모의 모습이 보였다. 완전히 숙고 모드에 들어간 모양이었다.

카즈마가 따라서 카페로 들어가니, 미쿠모는 "선배님하고 같은 걸로요."라는 말만 남기고 가게 안쪽으로 들어갔다. 하는 수 없이 무인계산대에서 뜨거운 커피를 두 잔 계산하고는 컵을 들고 가게 안으로 향했다. 카즈마가 의자에 앉자마자 미쿠모가 이야기를 시작했다.

"역시 피해자의 남편인 카네코 타카시 씨가 마음에 걸려요. 그 사람은 처음에 애인의 존재를 숨기기 위해서 가짜 알리바이를 댔잖아요? 하지만 잘 생각해 보면 타카시 씨에게 애인이 있다는 사실은 금방 드러날 수밖에 없어요. 그렇다면 처음부터 사실을 말하면 됐을 거예요. 심지어 아내를 살해한 혐의로 본인이 의심을 받는 상황이잖아요. 보통은 애인의 존재를 숨기기보다 본인의 안전을 우선하기 마련이죠. 그리고 자기 입으로 사실을 털어놓는 대신 우리가 알리바이를 찾아내도록 상황을 꾸민 것 같은 느낌을 지울 수가 없어요."

미쿠모는 한 호흡에 그렇게 말하고는 커피를 한 모금 마셨다.
카즈마는 미쿠모의 말에 어느 정도 공감했지만, 그녀가 애인이
라는 단어를 입에 올릴 때마다 나카무라 아리사의 얼굴이 어
른거려 마음이 복잡했다. 카즈마는 황급히 이야기를 이어갔다.

"하지만 타카시는 아리사의 집에서 들어가고 나오는 장면이
찍혔어. 설마 그 중간에 밧줄이나 어떤 도구로 창문을 타고 내
려왔을 거라고 생각해?"

아리사의 집은 3층이었다. 1층까지 밧줄을 타고 내려온 뒤
택시를 이용해 집으로 돌아가서 아내를 살해한 다음, 다시 아
리사의 아파트에 가서 밧줄을 타고 3층까지 올라갔다고 상상
해 보면 불가능하지는 않겠으나, 조금 억지스러운 느낌이 들었
다.

"조력자가 있었을지도 몰라요."

"돈을 주고 조력자를 고용했다고? 하지만 타카시는 일반인
이라 범죄 세계와 연결고리가 없어. 전문적인 살인 청부업자를
고용할 수는 없었을 거야."

"전문가가 아니어도 되잖아요. 그리고 대가는 돈이 아니었을
지도 모르죠."

"돈 이외의 대가?" 카즈마가 팔짱을 꼈다. "돈 말고 뭐가 있
겠어? 살인을 의뢰하는 거잖아. 상식적으로는 돈을 주겠지. 의
뢰받은 입장에서는 거금을 받아야 수지 타산이 맞으니까."

"누군가를 죽이고 싶은 사람 두 명이 뭉치면 돼요. 서로 죽

이고 싶은 사람을 대신 죽여주는 거죠. 소위 말하는 교환살인
이요."

"설마 그럴 리가…."

미쿠모의 표정은 진지했다. 아무래도 진심으로 교환살인을
의심하는 듯했다. 기발하기도 하고 엉뚱하기도 한 발상은 미쿠
모의 특기였지만, 이번 가설은 비현실적이었다.

"선배님, 비슷한 사건이 있는지 찾아보지 않으실래요?" 미쿠
모가 그렇게 말하며 스마트폰을 꺼냈다. "최근에 발생한 살인
사건 중에 범인이 잡히지 않은 사건을요. 유력한 용의자에게
알리바이가 있는 사건이면 제일 좋겠어요."

"그런 사건이 있으면, 타카시가 범인일 거라는 말이야?"

"맞습니다."

미쿠모는 벌써 스마트폰으로 조사에 들어갔다. 카즈마는 어
쩔 수 없이 보조를 맞춰주기로 했다. 카즈마 역시 미쿠모처럼
조사를 시작했다. 지난 한 달간 일어난 사건들을 살펴보기로
했다. 눈에 띄는 사건이 있으면 카페에서 나가 해당 사건의 수
사본부가 설치된 경찰서에 문의를 넣었다.

1시간 정도 조사해보았지만, 딱 들어맞는 사건은 없었다.

범위를 넓혀 두 달 전 사건까지 살펴보기로 했다. 카즈마는
커피를 추가로 사온 뒤에 다시 스마트폰으로 눈을 돌렸다.

역시 조건에 맞는 사건이 없었다. 범인이 잡히지 않은 뺑소
니 사건 하나가 미에현에 있었지만, 문의해본 결과 이미 용의

자가 밝혀졌다고 했다.

"미쿠모, 교환살인이 아닌 것 같아."

카즈마는 그렇게 말했지만, 미쿠모는 아직 포기하지 못하는 듯했다.

"아직 단언할 수 없어요. 앞으로 일어날지도 모르니까요."

★

오후 6시가 되기 전, 하나코는 히가시무코지마 플라워어린이집에 도착했다. 교실을 들여다보자, 근처에 있던 보육 교사가 하나코를 발견했다.

"어머님, 안녕하세요. 안, 엄마 오셨다."

보육 교사가 부르는데도 안은 엄마에게 갈 생각이 없어 보였다. 친구와 둘이서 그림책을 들여다볼 뿐이었다. 그때 뒤에서 목소리가 들렸다.

"안녕하세요."

하나코가 돌아보니, 한 남자가 서 있었다. 며칠 전 피아노학원에서 본 남자였다. 하나코는 그에게서 명함을 받은 기억을 떠올렸다. 이름이 키노시타 아키라였나. 그리고 딸의 이름은 호노카였다.

"아, 안녕하세요. 며칠 전에 뵀죠?"

"네. 미쿠모 하나코 씨죠? 퇴근하시는 길인가요?"

"맞아요. 아키라 씨도요?"

"이 근처에서 회의를 하고 돌아가는 길이에요."

보육 교사가 안과 호노카를 데리고 나왔다. 하나코는 안의 손을 잡고 아키라 부녀와 나란히 복도를 걸었다. 얼마 전 받은 명함에 웹 디자이너라고 적혀 있던 것이 생각나 가볍게 물었다.

"웹 디자이너는 어떤 직업이에요?"

"웹 사이트를 디자인해요. 기업이나 개인의 의뢰를 받아서 홈페이지 같은 걸 만드는 거죠. 저는 제 직업을 소개할 때 웹 디자이너라고 하지만, 사실은 웹 디렉터에 가까워요. 의뢰인의 요청을 듣고 전체적인 방향성을 정하는 거죠. 그런 뒤에 디자이너에게 일을 맡기거나 제가 직접 디자인해요."

하나코가 방금 깨달은 사실인데, 아키라의 왼손 약지에는 반지가 없었다. 평소에 결혼반지를 끼지 않는 남자가 워낙 많으니 천편일률적으로 단정할 수는 없었지만, 하나코는 아키라가 혼자서 아이를 키우는 싱글파파일지도 모르겠다는 느낌을 받았다.

"하나코 씨는 무슨 일을 하세요?"

"서점에서 일해요. 우에노에 있는 서점 직원이에요."

"아, 그렇군요. 저도 예전에는 책을 꽤 많이 읽었는데, 요즘에는 거의…. 아이가 있으니 책 읽기도 힘들더라고요."

"저도 그래요. 서점에서 일하는데도 도저히 책을 읽을 수가 없어요."

아키라는 말투가 부드럽고 대화하기도 편한 사람이었다. 아이들끼리도 사이가 좋아 지금도 둘이서 까르르 웃으며 걷고 있었다.

"하나코 씨, 오늘 저녁 식사는 뭐 드세요?"

"저희 집은 오늘 카레예요. 오늘 아침에 만들어놔서 데우기만 하면 돼요."

"카레 드시는군요. 우리는 뭘 먹어야 하나."

저녁 식단을 고민하는 모습을 보니 부인이 없을 확률이 훨씬 높아지는 듯했다. 아키라는 지난달에 이사를 왔다고 했다. 이혼을 계기로 이사한 것일지도 모른다.

"사실 제가 블로그를 하거든요." 아키라가 그렇게 말하며 태블릿 컴퓨터를 꺼냈다. 화면을 몇 번 터치하더니 하나코에게 넘겨주었다. "육아로 고군분투하는 일기예요. 주로 요리와 관련된 글을 올려요. 이것저것 연구하고 있거든요."

하나코가 태블릿 컴퓨터 화면을 보았다. 그의 말처럼 요리에 관한 글이 많은 듯했다. 시간을 아끼기 위한 레시피들도 눈에 띄었다. 꽤 재미있어 보이는 블로그였다. 블로그 이름은 '싱글파파의 육아일기'였다.

"괜찮으시면 나중에 한 번 구경해보세요. 그럼 저희는 여기서 이만. 호노카, 가자. 안, 다음에 또 호노카랑 재미있게 놀아줘."

아키라가 딸의 손을 잡고 모퉁이를 돌아 사라졌다. 오늘은 장을 볼 필요가 없어서 하나코는 그대로 안과 함께 집으로 돌아갔다.

카레 냄비를 불에 올리고 냉장고에서 토마토를 꺼내 썰었다. 카레가 데워지는 동안 방금 아키라가 가르쳐준 블로그를 스마트폰으로 구경하기로 했다.

그가 말한 대로 요리와 관련된 게시물이 대부분이었다. 최근 인기 있는 게시물이 랭킹 형식으로 올라와 있어 하나코는 1위인 글을 읽어 보았다. 전자레인지만으로 비빔밥을 만드는 내용이었다. 나물뿐만 아니라 고기까지 전자레인지로 익히는 듯했다. 의외로 건강에도 좋을 것 같았다.

하나코는 다음 날 식단을 보통 그 전날 밤에 생각한다. 하지만 바쁠 때는 그마저도 못 하고 안을 데리러 가는 길에 식단을 고민했다. 전자레인지로 만드는 간단한 비빔밥. 당장 내일 만들어봐도 괜찮을 듯했다.

스마트폰으로 블로그를 구경하는데 문자메시지가 왔다. 보낸 이는 카즈마였고, 오늘 잠복을 해야 해서 아침까지 집에 들어오지 못한다는 내용이었다.

"아빠 오늘도 늦어?"

안이 물었다. 네 살이 되더니 눈치도 빨라지고 아는 것도 많아졌다. 하나코가 대답했다.

"응. 그렇대."

"아빠가 일을 그만두면 좋을 텐데."

"안 돼, 안. 아빠가 일을 하시니까 우리가 이렇게 맛있는 음식도 먹을 수 있고 장난감도 살 수 있는 거야."

"그치만 엄마도 서점에서 일하잖아."

"그건 그렇지만…. 아, 카레 다 데워졌겠다."

하나코는 스마트폰을 내려놓고 일어나서 가스레인지 쪽으로 걸어갔다.

★

"어디로 가는 걸까요?"

"어디든 따라갈 수밖에. 너무 멀리 가지 않기만을 바라야지."

카즈마는 지금 잠복용 차량을 몰고 칸에츠자동차도로를 달리고 있었다. 앞에서 달리는 자동차는 카네코 타카시가 운전하는 아우디 SUV였다. 지금 시간은 밤 1시를 넘었다.

수사본부도 미쿠모가 주장한 교환살인설은 신빙성이 떨어진다고 일축했지만, 미쿠모는 절대 자신의 주장을 꺾지 않았다. 카네코 타카시가 곧 살인을 저지를 것이라는 미쿠모의 주장을 믿고 카즈마는 그의 움직임을 지켜보기로 했다. 아무래도 낮보다는 밤에 움직이리라. 그렇게 요행을 바라고 그의 집 앞에서 야간 잠복을 시작했다. 그저께와 어제는 움직임이 없었고, 잠복을 시작한 지 사흘째인 오늘에서야 드디어 타카시가 움직였다.

계속 추월차선을 달리던 타카시의 아우디가 왼쪽으로 차선을 변경했다. 카즈마도 핸들을 꺾었다. 어쩌면 무언가 새로운 움직임을 보일지도 모른다.

아우디가 타카사키 나들목에서 고속도로를 벗어나 타카사키 시내로 들어갔다. 익숙하지 않은 도로라 미행도 녹록지 않았다. 타카시의 차는 주택가를 달렸다. 지나다니는 차가 거의 없어서 차간 거리를 넓게 벌린 채로 뒤를 밟았다. 드디어 아우디가 멈춰서는 것을 보고 카즈마도 잠복용 차량을 세웠다.

"내리는 것 같습니다."

미쿠모가 옆에서 말했다. 카즈마는 쌍안경으로 타카시의 차를 관찰했다. 미쿠모가 말한 대로 운전석에서 내리는 타카시가 보였다. "가자."라고 미쿠모에게 말하며 카즈마가 잠복용 차량에서 내렸다.

3월이지만 바람은 한겨울처럼 차가웠다. 카즈마는 낮은 자세를 유지하며 타카시의 뒤를 쫓았다. 너무 가까이 가면 들킬 위험이 있어 일정 거리를 확보한 채 뒤를 밟았다.

타카시가 멈춰섰다. 한 단독주택 앞이었다. 카즈마는 전봇대 뒤에 숨어서 고개만 내밀어 그 모습을 관찰했다. 타카시는 주변을 살피듯 두리번거리더니 주머니에서 복면을 꺼내 푹 뒤집어썼다.

"선배님, 저건…."

불법침입하려는 것이 틀림없었다. 카즈마가 미쿠모에게 말했다.

"여기 주소 찾아서 경찰에 신고해줘."

카즈마는 그렇게 말하자마자 아스팔트를 박차고 뛰어갔다. 타카시의 모습은 이미 사라지고 없었다. 카즈마는 타카시가 들어간 주택 앞에 도착했다. 문패에는 '이케타니'라고 써 있었고, 그 집의 거주자는 잠들었는지 불이 모두 꺼져 있었다.

현관문 손잡이를 돌려보니 문이 열렸다. 실내는 어두컴컴했다. 방법은 두 가지였다. 큰소리를 내서 괴한이 침입한 사실을 거주자에게 알리는 것, 또는 숨을 죽이고 타카시를 찾는 것.

카즈마는 후자를 택했다. 괜히 소란을 피워서 타카시를 자극하고 싶지 않았기 때문이다. 타카시는 아마도 이런 일에 서투른 초짜일 것이다. 그런 사람이 패닉에 빠지면 무슨 짓을 저지를지 알 수 없었다.

신발을 벗고 발소리가 나지 않게 복도 안쪽으로 걸어갔다. 수중에 권총이 없는 지금, 진압봉만이 몸을 지킬 수 있는 유일한 무기였다. 거실로 들어서자 인기척이 느껴졌다. 그다지 멀지 않은 곳에 그놈이 있었다.

카즈마는 기척을 살폈다. 그때 시야 한쪽 구석에서 빛이 보였다. 열린 냉장고에서 새어나오는 조명이었다. 냉장고 빛이 복면을 뒤집어쓴 남자를 비추었다.

타카시는 냉장고를 열어놓고 무언가를 부스럭거렸다. 남의 집에 침입해 냉장고를 뒤지다니, 대체 무슨 생각인지 알 수가 없었다. 카즈마는 발소리를 죽이며 부엌으로 향했다. 그리고 타카시의 등 뒤에서 말을 걸었다.

"뭐 하는 거야?"

"헉!" 하는 목소리와 함께 복면을 쓴 남자가 바닥에 자빠졌다. 카즈마는 진압봉을 꺼내 들었지만, 남자는 무기를 소지하지 않은 것이 확실했다. 그 대신 물이 든 페트병을 들고 있었다. 목이 말라서 냉장고를 연 것일까. 정말 그렇다면 그 배짱만큼은 대단하다고 할 만하지만….

"선배님."

뒤에서 목소리가 들렸다. 집 안으로 들어온 미쿠모였다. 카즈마는 진압봉을 남자 쪽으로 들이밀며 나지막한 목소리로 말했다.

"복면 벗어."

남자가 떨리는 손으로 복면을 벗었다. 역시 카네코 타카시였다. 타카시가 겁먹은 눈으로 카즈마를 올려다보았다.

카네코 타카시는 타카사키 경찰서로 연행된 뒤 모든 것을 자백했다. 역시나 미쿠모의 추측대로 교환살인이었다. 카즈마는 지금 타카사키 경찰서 심문실을 빌려 피의자를 조사하는 중이었다.

"그러니까 당신의 부인, 카네코 이쿠미 씨를 죽인 사람은 히구치라는 거죠?"

"맞아요. 한 번도 만난 적은 없지만."

타카시의 말에 따르면 히구치라는 남자는 타카사키시에 사는 샐러리맨이었다. 인터넷으로 알게 된 두 사람은 교환살인을 하기로 하여 히구치는 타카시의 아내를, 타카시는 히구치가 지정한 상대를 살해하기로 약속했다. 히구치라는 남자가 죽이려고 한 사람은 타카시가 조금 전 침입한 집에 사는 이케타니 신스케였다.

"히구치와 이케타니는 어떤 관계죠? 히구치는 왜 이케타니를 죽이려고 했습니까?"

"자세한 건 모르지만, 회사 동료라고 했어요. 파벌인지 뭔지가 있는데 이케타니라는 사람이 방해가 됐나 봐요."

두 사람이 실행하려던 계획은 이러했다. 어젯밤, 히구치는 동료들과 함께 이케타니의 집에서 술을 마셨다. 이케타니는 아내와 이혼한 뒤 그 단독주택에서 혼자 살고 있었다. 히구치는 이케타니를 부추겨 술을 잔뜩 먹였고 취해서 쓰러진 이케타니를 침실로 옮긴 다음 현관문을 잠그지 않고 밖으로 나왔다.

그 다음은 실행범인 타카시 차례였다. 체포 당시 타카시가 갖고 있던 물건은 독이 든 페트병이었다. 이케타니가 즐겨 마시는 생수와 똑같이 생긴 병이었고, 타카시가 할 일은 그것을 냉장고에 들어 있던 생수와 바꿔치기하는 것뿐이었다. 이르면 오늘 아침, 이케타니는 독이 든 생수를 마시고 숨을 거둘 터였다. 그것이 두 사람의 계획이었다.

"형사님, 고맙습니다. 형사님이 막아주신 덕분에 살인범이 되지 않을 수 있었어요."

타카시가 그렇게 말하며 고개를 숙였다. 어처구니가 없는 남자였다. 나카무라 아리사는 이런 남자가 왜 좋았을까. 남자 보는 눈이 없는 것일까. 아무튼 히구치라는 남자만 억울하게 됐다. 그는 자신의 손을 더럽혔지만, 진짜 목표인 이케타니를 죽이는 데에는 실패했다. 그래도 카네코 타카시 역시 살인교사죄로 형을 받을 테니 약간의 위안은 받을 수 있을 것이다.

심문실 문이 열리더니, 타카사키 경찰서 형사 한 명이 안으로 들어왔다. 그가 카즈마의 귀에 대고 말했다.

"히구치의 신병을 확보했습니다. 곧 이쪽으로 올 겁니다."

"알겠습니다."

"오늘은 이쯤에서 마무리할까요?"

새벽 4시가 되어가는 참이었다. 벌써 아침이라고 해도 무방할 시간이었다. 역시 이 이상 심문을 이어나가는 것은 가혹할지도 모르겠다.

"알겠습니다. 그럼… 오전 10시에 다시 시작하겠습니다. 내일 중에는 경찰청으로 호송할 예정이니 그쪽 상사 분께도 그렇게 전해주십시오."

"네. 전달하겠습니다."

카즈마는 타카사키 경찰서 수면실에서 자고 가라는 권유를 마다하고 경찰서를 빠져나왔다. 주차장에 세워둔 잠복용 차량에 올랐다. 지금 비즈니스호텔에 방을 잡기는 돈이 아까우니 근처 PC방에서 잠깐 눈을 붙이기로 했다. 스마트폰으로 PC방을 찾는 미쿠모를 향해 카즈마가 말했다.

"미쿠모, 이번에도 한 건 했구나."

"저는 수수께끼를 풀었을 뿐이에요."

카즈마는 대단하다고 생각했다. 미쿠모가 교환살인 이야기를 꺼내지 않았다면 사건은 미궁에 빠졌을 것이다.

가령 타카시의 계획이 성공하여 이케타니라는 남자가 독을 마시고 사망했다고 해보자. 카네코 이쿠미 살인사건과 이케타니 독살 사건, 이 둘 사이에는 아무런 연결고리가 없다. 게다가 도쿄와 군마는 지리적으로도 멀어서 관할 경찰서가 다르기 때문에 두 사건의 연관성을 찾기는 몹시 어려웠을 것이다. 미쿠모의 공이 굉장히 컸다.

"아, PC방 찾았습니다. 여기서 가까워요."

정작 당사자인 미쿠모는 사건을 해결했다고 우쭐해하는 기색도 없이 태평한 얼굴로 말했다.

★

"생맥주 하나 더 주세요. 케빈 씨도 지금 드시는 거랑 같은 걸로 하실 거죠?"

"응. 같은 걸로."

"그럼 레몬 사와도 추가할게요."

두 번째 데이트 장소는 이자카야였다. 어디에나 있을 법한 대중적인 이자카야였다. 미쿠모가 담당하던 사건이 거의 해결되어 서둘러 케빈과 만날 약속을 잡았다.

"그래서 결혼식은 어떻게 할까요?"

"좀 쑥스러워, 결혼식은."

케빈의 말을 들으며 미쿠모는 노트에 '결혼식 ×'라고 적었다. 결혼식은 하지 않겠다는 의미였다. 이것저것 의논하는 중이었는데, 결과적으로 생략하는 것이 많았다. 폐백도 하지 않을 것이고, 결혼식과 피로연도 없을 것이다. 두 사람이 얼마나 합리적으로 사는지 알 수 있는 대목이었다. 미쿠모는 이 점만 보아도 케빈과 자신이 매우 이상적인 커플이라고 생각했다.

"케빈 씨, 결혼식은 생략해도 되지만, 웨딩드레스는 한 번쯤 입어 보고 싶어요."

"그러면 좋겠다. 나도 보고 싶어."

"가까운 스튜디오에서 사진만이라도 찍을까요?"

"그러자."

미쿠모는 노트에 '웨딩사진 촬영 ○'라고 적었다. 주문한 생맥주가 나와 한 모금 마시고는 케빈에게 물었다.

"신혼여행은 어떻게 할까요?"

"가고 싶지만 시간이 없지 않아?"

"어떨지 모르겠네요. 그치만 형사도 결혼할 때는 제대로 된 휴가를 받을 수 있을 거예요. 신혼여행은 일단 보류할까요?"

미쿠모는 노트에 '신혼여행 △'라고 적었다. 많은 것들이 조금씩 결정되어 갔지만, 사실 미쿠모는 자신이 가장 중요한 일을 뒷전으로 미루고 있음을 알았다. 부모님을 어떻게 설득할 것인가. 그렇다. 그것이 가장 중요하다. 그 결과에 따라 케빈과 결혼을 할 수도, 못 할 수도 있다.

피할 수 없는 관문이었다. 케빈을 어서 부모님에게 소개해야 하지만, 부모님이 그리 쉽게 결혼을 허락해줄 것 같지 않았다. 특히 아버지. 괴짜인 소타로가 어떤 반응을 보일지 예측이 되지 않았다.

"케빈 씨, 혹시 부모님께 제 이야기했어요?"

"아직."

"결혼을 반대하시지는 않겠죠?"

"모르겠어. 하지만 반대하신다고 해도, 결혼은 우리가 하는 거잖아."

케빈은 그렇게 말하며 레몬 사와를 마셨다. 술이 센 편은 아닌지, 레몬 사와 단 두 잔에 얼굴이 새빨개져서 귀여웠다. 결혼은 우리가 하는 거잖아. 그 대사에 심장이 두근거렸다.

"그렇죠. 결혼은 우리가 하는 거죠."

미쿠모는 최악의 경우 사랑의 도피를 해야겠다고 마음먹었다. 부모님이 반대하더라도 케빈과 함께할 것이다. 그런 굳은 의지를 갖고 임해야 했다.

"그럼 계속할게요." 미쿠모가 재차 의지를 다지며 다음 주제를 꺼냈다. "아이는 어떻게 할까요? 케빈 씨, 아이를 원하시나요?"

"글쎄…. 언젠가는 생기면 좋겠지만, 너무 서두를 필요는 없을 것 같아."

"알았어요. 가사 분담은 어떻게 할까요?"

"미안해, 미쿠모. 나한테 집안일은 기대하지 않는 게 좋아. 내가 집에 틀어박혀 지내던 시절에는 일주일 동안 똑같은 추리닝을 입었을 정도거든."

"걱정하지 마세요. 제가 다 할게요."

자신만만하게 말했지만, 사실 미쿠모가 자취를 시작한 지는 5개월밖에 되지 않았다. 기숙사에서 사니 요리도 하지 않았고, 청소도 전부 로봇청소기에 떠맡겼다. 하지만 어떻게든 되리라. 가사대행업체를 이용할 수도 있고, 사루히코도 집안일을 도와줄 터였다.

"그런데 케빈 씨의 부모님은 어떤 일을 하시나요?"

"자영업을 하셔."

자영업도 종류가 무수히 많지 않은가. 이렇게 애매하게 대답하는 것을 보니, 어쩌면 케빈은 가업을 탐탁지 않게 여기는 것일지도 모르겠다. 언젠가 케빈의 부모님과 만날 날도 오겠지만, 미쿠모는 우선 자신의 부모님을 설득하는 것이 먼저라고 판단했다.

"제안이 있는데요." 미쿠모는 스마트폰으로 달력을 확인했다. "이번 주말에 시간 있어요? 괜찮으면 저희 집에 케빈 씨를 소개하고 싶어요. 우선은 저희 부모님을 만나줬으면 좋겠어요."

약혼자의 부모님을 만나는 일이다. 어느 정도 마음의 준비가 필요할 것이다. 미쿠모는 반쯤 거절당할 각오를 했지만, 케빈은 의외로 흔쾌히 대답했다.

"좋아."

"정말요? 저 방금 영화 보러 가자고 한 거 아니에요."

"그래. 미쿠모네 부모님을 뵙자며? 결혼하려면 당연히 만나 봬야지."

미쿠모는 가슴이 찡했다. 정말 좋은 남자를 선택한 것 같다 는 생각이 들었다. 그리고 자신이 전에 이야기한 적이 없나 싶어 노파심에 말했다.

"케빈 씨, 저희 본가는 교토예요. 1박 2일 일정이 될 것 같은데, 괜찮아요?"

미쿠모는 이번 주말에 마침 비번이었다. 토요일 오후에 출발해서 본가에서 식사한 다음 하룻밤을 묵고 도쿄로 돌아올 생각이었다. 케빈은 스마트폰이나 다이어리를 확인하지도 않고 환하게 웃으며 고개를 끄덕였다.

"응. 괜찮아. 교토라…. 우리 여동생이 야츠하시(교토의 특산 과자 - 옮긴이 주)를 좋아하는데."

"여동생이 있었어요?"

"내가 얘기 안 했나? 조만간 소개할게."

케빈은 서른다섯 살이라고 했다. 나이 차이가 커서인지, 아니면 케빈만의 특성인지는 모르겠지만, 미쿠모는 사소한 일에 일일이 신경 쓰지 않는 그의 성격이 부러웠다. 미쿠모는 형사라

는 직업 특성도 있고, 탐정의 딸로서 영재교육을 받아온 배경
도 있어서 사건 해결을 위해 사소한 것들을 신경 써야만 하는
사람이었다. 그런 의미에서 대범한 그의 성격은 미쿠모를 매료
하기에 충분한 무언가가 있었다.

"그럼 기차표 예약해둘게요."

미쿠모는 그렇게 말하며 생맥주 잔을 비웠다.

★

그 가게는 니시신주쿠에 위치한 고층빌딩 꼭대기 층에 있었
다. 창밖으로 보이는 야경이 아름다웠지만, 카즈마가 안내받은
좌석은 안타깝게도 창가 자리가 아니었다. 그래도 한쪽 벽에
달린 창문을 통해 바깥의 야경을 조금이나마 엿볼 수 있었다.

"미안해요. 갑자기 불러내서."

카즈마가 웨이터의 안내를 받아 자리로 가자, 나카무라 아리
사가 벌써 테이블에 자리를 잡고 앉아 있었다. 카즈마가 의자
에 앉으며 말했다.

"아뇨, 괜찮습니다. 식당이 멋있네요. 형사가 오기에는 과분
한 곳입니다."

"전 고객들이랑 식사하려고 몇 번 온 적이 있어요. 보기보다
가격대가 합리적이에요."

카즈마는 집으로 돌아가다가 모르는 번호로 연락이 와 전화
를 받았는데, 놀랍게도 발신자는 아리사였다. 그녀는 카즈마와

아리사를 동시에 아는 친구—고등학교 때 검도부원이던 친구—에게서 카즈마의 연락처를 받았다고 했다. 사건과 관련해 궁금한 것이 있다기에 카즈마는 이 자리에 나왔다. 아리사가 한 손에 메뉴를 들고 물었다.

"싫어하는 음식 있어요?"

"딱히 없습니다."

아리사가 웨이터를 불러 주문을 했다. 그녀는 검은 원피스를 입고 있었고 그 귀에는 은색 귀걸이가 반짝였다. 얼마 전에 만났을 때는 머리를 묶고 있었지만, 오늘은 풀어서 늘어뜨린 상태였다.

"그 사람은 좀 어때요?"

아리사가 물었다. 그 사람은 카네코 타카시를 가리키는 말일 것이다. 카즈마가 대답했다.

"순순히 심문에 응한다고 합니다. 역시 그 사람이 걱정되나 보군요?"

"조금은요. 솔직히 이번 소동으로 정은 뚝 떨어졌지만. 그 사람은 역시 죗값을 치르게 되겠죠?"

"아마도요. 하지만 뒷일은 사법부, 그러니까 재판 결과에 따라 결정될 겁니다."

카네코 타카시가 경찰청으로 호송된 것은 그저께였다. 그의 조력자이자 타카사키시에 거주하는 히구치도 함께 호송되었다. 두 사람은 현재 심문을 받고 있다. 경찰 수뇌부는 이번 사건에서 카즈마를 비롯한 형사들, 특히 미쿠모의 활약을 높이 평가하는 듯했다. 카즈마도 그녀의 사수로서 어깨가 으쓱했지만, 사실 전부 미쿠모가 자기 능력으로 세운 공이었다.

한편 타카시의 증언 가운데 마음에 걸리는 부분이 있었다. 그의 증언에 따르면, 이번 사건의 계획은 타카시나 히구치가 세운 것이 아니라 인터넷을 통해 제삼자에게서 구입한 것이라고 했다. 죽이고 싶은 대상과 사례금을 제시했더니, 그 제삼자가 이번 계획을 짜주었다고 했다. 히구치 역시 인터넷에서 범죄 계획을 샀다고 진술했다.

범죄 계획을 판매한 누군가가 있다. 수사본부는 그 사실을 주시하며 두 사람의 컴퓨터와 스마트폰을 회수해 조사했지만, 범죄를 계획한 사람의 정체를 알 만한 흔적은 아직 발견되지 않았다. 유일하게 밝혀진 사실은 두 사람에게 범죄 계획을 제공한 누군가가 자신을 '모리어티'라고 칭했다는 것이었다.

제임스 모리어티. 아서 코난 도일의 소설, 셜록홈즈 시리즈에 등장하는 홈즈의 라이벌이자 범죄계의 나폴레옹이라 불리는 천재 범죄자.

"카즈마 씨, 결혼하셨나 보네요."

아리사의 시선이 카즈마의 왼손에 머물렀다. 카즈마는 웨이터가 내온 와인을 한 모금 마시고 대답했다.

"예. 네 살 된 딸이 있어요."

"이제 존댓말은 그만할까?"

아리사가 그렇게 말하며 잔으로 손을 뻗었다. 카즈마가 고개를 끄덕였다.

"그래. 알았어."

"카즈마의 아내는 어떤 사람이야?"

"나이는 나보다 세 살 어려. 도서관에서 처음 만났어. 내가 책을 반납하러 갔다가."

"그래? 의외네. 근데 도서관에서 처음 만났다니 뭔가 로맨틱하다."

"그런가?"

사실 카즈마는 조금 전 하나코에게 문자메시지를 보냈다. 사건 해결 기념으로 회식이 잡혀서 늦게 들어간다는 내용이었다. 하나코에게 거짓으로 문자메시지를 보낸 적은 결혼하고 이번이 처음이었다.

"작년이었어. 와인학원에서 알게 된 어떤 여자가 타카시 사장을 소개해줬어. 그 사람, 원래는 다른 세무사랑 일하고 있었는데, 갑자기 우리 회사에 의뢰를 맡기더라고. 담당자는 당연히 내가 됐지."

카즈마는 묵묵히 아리사의 말에 귀를 기울였다. 그녀는 와인잔을 빙글빙글 돌리며 이야기했다.

"처음에는 일만 하는 사이였는데, 그 사람이 자꾸 같이 식사하자고 하길래 끈기에 져서 한 번 밥을 먹으러 갔어. 난 스쿠버다이빙이 취미인데, 그 사람도 취미가 같아서 대화가 재미있더라고. 그 뒤로는 뭐, 말 안 해도 알겠지?"

아리사는 잔에 담긴 와인을 한 모금 마시고는 창 쪽을 바라보며 말했다.

"정말 멍청하지."

유부남인 타카시가 아리사에게 집적댄 이유를 알 것도 같았다. 아리사의 옆얼굴은 가슴이 내려앉을 정도로 아름다웠다. 고등학생 때는 싱그럽던 미모가 시간이 흘러 농염한 아름다움으로 무르익은 듯했다.

"카즈마, 7, 8년 전인가? 그때 고등학교 동창회가 있었던 거 기억나?"

"그러고 보니 그랬지. 나는 그때 가려고 했는데 갑자기 사건이 생기는 바람에 못 갔어."

"사실 나도 그랬어. 참석할 예정이었는데 갑자기 클라이언트랑 회식이 잡혀서 못 갔거든. 만약 우리가 그때 그 동창회에 참석해서 다시 만났다면 어떻게 됐을까?"

카즈마는 대답을 망설였다. 당시 카즈마는 솔로였고, 하나코를 만나기 전이었다. 정말 그때 아리사를 다시 만났다면, 카즈마는 단번에 그녀에게 사로잡히고 말았을 것이다. 확실하다.

하지만 지금은 다르다. 카즈마에게는 하나코가 있고, 안이 있다. 카즈마는 약간 죄책감을 느끼면서 예의상 미소를 짓고는 잔에 담긴 와인을 마셨다.

★

"모리어티. 자기를 모리어티라고 부르는 누군가가 범죄 계획을 팔았다는 얘기군요."

미쿠모가 그렇게 말하자, 옆자리에 앉은 카즈마가 대답했다.

"맞아. 하지만 정체를 들킬 만한 흔적은 남기지 않은 것 같아."

미쿠모는 경찰청에 있는 자기 책상 앞에 앉아 있었다. 카네코 타카시는 계속 심문을 받는 중이었다. 타카사키시에 사는 히구치라는 남자도 마찬가지였다. 교환살인 사건은 언론에도 노출되었지만, 대중들은 범인이 체포되어 사건이 해결된 줄로 알고 있었다. 두 사람에게 범죄 계획을 판 제삼자가 있다는 사실은 발표하지 않았기 때문이다.

타카시는 가입비로 20만 엔, 계획을 구입할 때 추가로 100만 엔을 지불했다고 했다. 돈을 계좌이체했다기에 수사본부가 해당 계좌를 조사해보았지만, 명의자는 몇 년 전에 도산한 중소기업이었고 돈은 이미 전부 현금으로 인출된 상태였다. 한편 히구치는 가입비로 20만 엔, 계획 구입비로 150만 엔을 지불했다고 한다.

"도쿄와 군마, 같은 시기에 두 개의 의뢰를 받았을 거예요. 그래서 교환살인이라는 계획을 세운 거겠죠."

히구치가 카네코 이쿠미를 살해할 때 사용한 개조된 전기충격기나 타카시가 체포될 때 갖고 있던 독이 든 페트병은 모두 계획자에게 받은 물건이라고 했다. 범행도구까지 준비해주다니 어지간히도 서비스가 좋은 계획자였다.

"모리어티라…. 어떤 놈일까요?"

"궁금해?"

"네."

미쿠모가 그렇게 말하며 팔짱을 끼자, 옆에서 카즈마가 말했다.

"미쿠모의 아버지는 21세기 홈즈라고 불리시지? 넌 홈즈의 딸이니까 아무래도 모리어티라는 이름을 쓰는 범죄자가 신경 쓰이겠지."

"맞아요."

책상 위에서 충전 중인 스마트폰이 진동했다. 미쿠모가 스마트폰을 확인해 보니 화면에 '호죠 타카코'라는 이름이 떠 있었다. 교토에 사는 엄마의 전화였다.

"잠시 실례하겠습니다."

미쿠모는 스마트폰을 들고 일어나 여자화장실로 갔다. 수사 1과는 여자 형사가 적기 때문에 여자화장실은 언제나 한산했다. 사적인 통화를 하기에 최적의 장소였다.

"여보세요."

아무도 없는 것을 확인한 다음 미쿠모가 스마트폰을 귀에 대자, 곧바로 엄마의 목소리가 들려왔다.

"미쿠모, 일하는 중에 미안. 너 요즘 통 연락을 안 하던데, 잘 지내는 거야?"

"잘 지내. 수사 때문에 좀 바빴어."

"그럼 다행이고. 그보다 미쿠모, 맞선 사진은 제대로 보는 거니? 지난 주에도 한 세 명 골라서 사루히코 편에 사진이랑 프로필을 보냈는데."

미쿠모의 엄마 타카코는 딸을 어서 결혼시키고 싶은지, 끝없이 맞선 상대를 찾아왔다. 하나뿐인 딸이 형사가 되어 버렸으니 하루 빨리 손주를 얻어서 탐정사무소를 잇게 하려는 생각인 듯했다. 미쿠모는 아직 결혼 생각이 없다는 말로 지금껏 맞선을 거부해왔지만, 이제는 상황이 완전히 달라졌다. 그렇다. 케빈을 만났기 때문이다.

"엄마, 저기…."

"음…. 어디에 뒀더라? 아, 이거다, 이거. 남자들 프로필. 자, 들어봐. 첫 번째 남자는 있지, 외무부에 다니는 엘리트야. 그놈 참 잘생겼다. 근데 외무부에서 일하다 보면 해외 주재원으로 가야 할지도 모르니까 그게 좀 마이너스네."

미쿠모의 엄마는 수다스러운 성격이었다. 한번 이야기를 시작하면 끝낼 줄을 모르는 여자였다. 지금은 교토에서 살지만 고향은 오사카라서 시간이 흐를수록 전형적인 오사카 아줌마처럼 점점 요란스러워졌다.

"엄마, 저기…."

"두 번째 남자는 변호사야. 이 사람도 멋있다. 취미가 종합격

투기라나 뭐라나? 때리고 차고, 그러는 건가? 뭐, 아무려면 어때? 스트레스 해소도 되고 좋지. 그리고 대망의 세 번째 남자. 무려 의사 선생님이야. 얼굴도 잘생겼고 촉망받는 엘리트 신경외과 의사야. 이 사람이랑 결혼하면 마음이 든든하겠다. 뇌졸중에 걸려도 살려줄 거 아니니?"

"엄마, 저기⋯."

"역시 신경외과 의사가 제일 좋겠어. 외무부도 만만치 않지만. 아무튼 미쿠모, 한 번이라도 좋으니까 꼭 만나 봐. 만나 보고 거절해도 되니까. 이렇게 남자들이 줄을 서는 것도 젊을 때뿐이다, 참말로."

"엄마, 저기, 이번 주말에 본가에 내려갈게."

"진짜?"

"응. 진짜."

미쿠모는 작년 4월 경찰학교에 들어간 이래 본가에 내려간 적이 없었다. 설날에도 당직이라 고향에 가지 못했다. 거의 1년 만에 본가에 내려가는 것이었다.

"아버지한테도 얘기 전해줘요. 꼭 집에 계시라고. 손님 데려갈 거야."

"손님? 형사 친구라도 생겼니?"

"아니야, 엄마. 나 결혼하기로 했어. 약혼자 데려갈 거야."

수화기 너머에서 엄마의 비명이 들리자, 미쿠모는 스마트폰을 귀에서 멀리 떨어뜨렸다.

DAUGHTER OF HOLMES

제 2 장

화려한 탐정 녀석

"안, 딸기 먹을래?"

"응. 먹을래."

"그럼 여기 넣어 줄래?"

안은 딸기가 든 팩을 집어 장바구니에 넣었다. 하나코는 안과 함께 동네 마트에 왔다. 오늘은 토요일이라 파격 세일 전단이 나와서인지, 가게 안에 사람들이 북적거렸다. 하나코는 오늘내일 먹을 식재료를 사러 왔다. 비번인 카즈마는 집에서 낮잠을 자기에 두고 나왔다.

"어머, 딸기가 맛있어 보이네."

"할무니!"

하나코의 엄마 에츠코가 어느새 옆에 서 있었다. 부부가 어찌 그리 똑같이 신출귀몰하는지 놀라울 따름이었다.

"엄마, 여긴 어쩐 일이야?"

"하나코, 큰일 났어." 에츠코가 그렇게 말하면서 안을 안아 들었다. 손녀를 품에 안은 채 에츠코가 말했다. "와타루 말이야. 걔가 결혼을 한대."

"뭐? 오빠가?"

"그래. 정말 어쩌면 좋지?"

그러고 보니 며칠 전 카즈마가 그런 이야기를 했다. 카즈마의 후배 형사 호죠 미쿠모가 와타루를 몹시 마음에 들어해 둘이서 식사를 하러 갔다는 내용이었다. 하지만 그때로부터 아직 일주일도 지나지 않았다.

"엄마, 나 알아, 오빠가 결혼하겠다는 여자."

"나도 봤어."

"정말?"

"첫 데이트 때 봤어. 불안해서 그이랑 같이 걔네 옆자리에 앉아 있어 줬어."

대체 얼마나 과보호를 하는 것인가. 자식의 첫 데이트를 감시하다니, 만약 하나코였으면 참지 못했을 것이다. 하지만 와타루는 옛날부터 특이하다고 할지, 사소한 일에는 그다지 신경쓰지 않는 성격이었다.

예를 들면 밥을 먹을 때도 그랬다. 미쿠모 가문의 식탁은 약육강식이 지배하는 공간이라, 잠깐이라도 한눈을 팔면 으레 접시에서 반찬이 사라졌다. 하나코는 어릴 때부터 와타루를 먹잇감 삼아 오빠의 접시에서 좋아하는 반찬을 뺏어 먹곤 했다. 와타루도 처음에는 울더니, 언제부턴가 반찬이 사라지든 말든 신경 쓰지 않고 한 마디 불평 없이 남은 몫을 먹었다. 와타루는 그런 아이였다. 그래서 데이트 장소에 부모가 나타나도 딱히 신경 쓰지 않았는지도 모른다.

"오빠도 벌써 서른다섯이야. 결혼해도 이상할 것 없는 나이잖아. 엄마가 간섭이 심한 거야."

"간섭하는 게 아니야. 걱정하는 거야."

"그러니까 그게 간섭인 거야. 게다가 미쿠모는 엄청 예쁘잖아. 길거리를 돌아다녀도 그렇게 예쁜 사람은 좀처럼 찾기 힘들어."

카즈마가 호죠 미쿠모의 사수라서 하나코도 그녀를 알고 있
었다. 5개월 전 어떤 사건에 휘말렸을 때 대화를 나눈 적도 있
는 사이였다. 작년 크리스마스에는 미쿠모가 집에 놀러 오기도
했다. 머리도 좋고 예쁜 데다 경찰청 수사1과 형사였다. 꼭 만
화 속에서 튀어나온 캐릭터 같았다. 그렇게 생각하는 하나코
도 도둑 일가의 딸이니 다른 사람을 두고 이러니저러니 말할
자격은 없었지만.

"그렇게 예쁜 사람을 꼬시다니, 난 이번에 오빠를 다시 봤어.
게다가 카즈마랑 똑같은 공무원이니까 전망도 안정적이잖아."

"바로 그게 문제야." 에츠코가 딱 잘라 말했다. "상대가 형사
라고. 어떻게 내가 낳은 애들은 둘 다 형사랑 결혼하겠다고 할
수가 있어? 그리고 하나코, 와타루가 결혼하겠다는 애는 카즈
마보다 더 질이 나빠."

"그래? 그렇게 인성이 나빠 보이지는 않았는데."

"인성 같은 거야 아무려면 어때? 문제는 개네 집안이야. 교
토에 있는 호죠 탐정사무소의 외동딸이라고. 하나코, 너도 알
지?"

"미쿠모네 아버지가 그렇게 유명해?"

하나코는 에츠코와 대화하면서도 계속 장을 봤다. 바구니에
두부를 넣고, 다음에는 달걀을 집어들었다. 에츠코는 수다를
멈출 생각이 없는지 하나코와 나란히 걸으며 조잘거렸다.

"유능한 탐정이야. 이름이 호죠 소타로였나? 예전에 그이가 잡힐 뻔한 적도 있다니까? 뭐, 그때는 운 좋게 빠져나왔지만. '적으로 돌리기에 그보다 위험한 남자는 없다.' 미쿠모 타케루 씨가 한 말이야."

타케루가 그런 말을 할 정도라면, 미쿠모의 아버지는 정말 유능한 탐정인 모양이다. 확실히 탐정 일가의 딸은 조금 위험할지도 모르겠다. 더군다나 장녀가 이미 경찰 일가의 아들과 결혼했으니 말이다.

"적으로 돌리는 게 무서우면, 사돈을 맺어서 같은 편으로 만드는 게 낫지 않아?"

"하나코, 우리는 정말 진지해. 어머, 이 크로켓 맛있겠다."

에츠코의 시선 끝에는 튀김이 줄줄이 늘어선 반찬 코너가 있었다. 먹음직스러운 크로켓이었다. 저녁으로 먹기 좋을 듯했다. 하나코는 팩에 크로켓 여섯 개를 골라 담고 고무줄로 묶은 다음 계산대 앞에 줄을 섰다. 그러자 에츠코가 신기한 생물을 보듯 쳐다보며 말했다.

"하나코, 설마 사려고?"

"당연하지. 난 엄마랑 달라."

몇 번이고 반복해온 대화였다. 에츠코가 하나코의 귓가에 속삭였다.

"내가 도와줄 수도 있어. '화재 발생'이라도 해볼까?"

화재 발생은 절도 수법 중 하나였다. 방법은 간단하다. 화재

경보기를 눌러서 사이렌을 울리는 것이다. 혼란을 틈타 돈을 내지 않고 상품을 갖고 나가는 수법이었다.

"절대 안 해. 안도 같이 있잖아."

"싫으면 말고. 하여간 특이한 애야."

하나코는 받아칠 마음도 들지 않았다. 그때 에츠코가 안고 있던 안을 내려놓고 말했다.

"난 이만 갈게. 정말 어떻게든 손을 써야지 안 되겠어. 하나코, 와타루가 탐정의 딸이랑 결혼하면 너도 어떻게 될지 몰라. 좀 더 위기의식을 가져, 위기의식을."

에츠코는 그런 말을 남기고 사라졌다. 하지만 하나코는 위기의식이라는 말이 와닿지 않았다. 오빠에게 여자가 생겼다는 사실이 그저 기뻤고, 그 여자가 미쿠모라면 면식도 있으니 더 좋았다.

"엄마, 이거 사줘."

안이 계산대 앞에 진열된 사탕을 가리키자, 하나코는 그중 하나를 집어 바구니에 넣었다.

★

기차 지정석은 70퍼센트 정도가 차 있었다. 미쿠모는 2열 좌석 중 창가에 앉았고, 통로 쪽에는 케빈이 앉았다. 이렇게 둘이서 기차를 타다니 미쿠모는 꿈을 꾸는 것 같았다.

앞좌석에 달린 테이블을 내리고 방금 사온 종이가방을 올려놓았다. 그 안에는 유부초밥이 들어 있었다. 조금 전 두 사람은 도쿄역에 들어선 가게들을 구경하다가 긴 대기줄이 있는 유부초밥 전문점을 발견했다. 기차 시간이 남았으니 줄을 서보자는 얘기가 나와 시험 삼아 유부초밥을 샀다. 사는 김에 무인 매점에서 캔맥주도 샀다. 케빈은 페트병에 든 녹차를 샀다.

기차는 아직 출발하지 않았지만, 미쿠모는 더 기다릴 수 없어 유부초밥을 먹기로 했다. 맛있었다. 겉보기에는 수수해도 생각보다 깊은 풍미가 느껴졌다. 유자나 갓이 들어간 유부초밥도 있었다. 이 정도 맛이면 줄을 서서 기다린 보람이 있었다.

"케빈 씨, 맛있어요."

"그러게. 맛있다. 미쿠모, 많이 먹어."

"고마워요."

행복하다. 이렇게 행복해도 되는 것일까. 미쿠모는 기차 안에서 맥주를 마시는 경험이 처음이었다. 평생의 반려자와 함께 마시는 맥주는 더더욱 맛있었다.

드디어 발차를 알리는 음악이 흘러나오더니 기차가 천천히 출발했다. 미쿠모는 캔맥주를 테이블에 내려놓고 스마트폰을 집어 들었다.

'지금 도쿄에서 출발했어.'

엄마 타카코에게 문자메시지를 보냈다. 곧바로 읽음 표시가 뜨더니 답장이 왔다.

'괜히 도쿄 특산품 같은 거 사오고 그러지 마.'

아뿔싸. 유부초밥과 맥주를 사는 데에 정신이 팔려서 본가에 가져갈 선물을 준비하지 못했다. 케빈은 작은 숄더백만 갖고 있는 것을 보니 따로 선물을 준비하지는 않은 듯했다.

미쿠모는 자신의 실수를 자책했다. 정차 시간에 따라 달라지겠지만, 다음 역인 시나가와역이나 그 다음 역인 신요코하마역 근처에 내려서 서두르면 무언가 살 수 있지 않을까.

결정하지 못하고 고민하는 사이에 시나가와역에 도착했다. 창문 너머로 플랫폼을 둘러보았지만, 매점은 눈에 띄지 않았다. 기차 안에 마련된 매점에서 사는 방법도 있었지만, 성의 없는 선물이 되고 말 것이다.

기차가 시나가와역에서 출발할 때였다. 미쿠모는 다가오는 승객을 보고 깜짝 놀랐다.

"사루히코, 여기서 뭐 하는…."

"아가씨, 이걸 가지고 왔습니다."

사루히코는 그렇게 말하며 종이가방을 내밀었다. 미쿠모가 일어나서 그것을 받았다. 역사 깊은 화과자점에서 파는 양갱이었다. 맛도 좋고 인지도도 있었다. 이거라면 본가에 선물할 특산품으로 손색이 없었다.

"고마워, 사루히코. 어떻게 여기에 있어?"

"사모님이 연락을 주셨습니다. 아가씨의 여정을 경호하라는 분부를 받았습니다. 아무튼 다행이군요. 혹시 몰라 사두길 잘했습니다."

"덕분에 살았어, 사루히코. 아, 케빈 씨, 이쪽은 제 조수인 야마모토 사루히코예요."

케빈이 가볍게 고개 숙여 인사했다. 미쿠모는 그가 낯을 가리는 성격임을 알고 있었다. 사루히코가 정중하게 허리를 굽혔다.

"케빈 님, 사루히코라고 합니다. 앞으로 부디 잘 부탁드립니다."

"자… 잘 부탁드립니다. 그런데 '님' 자는 붙이지 말아주세요."

"알겠습니다, 케빈 공. 아가씨, 저는 3호차에 있으니 필요하면 연락 주십시오."

사루히코가 그렇게 말하고는 통로를 지나 사라졌다. 미쿠모는 양갱이 든 종이가방을 짐 선반에 올리고 자리에 앉았다.

"재미있는 사람이네."

케빈이 그렇게 말하자, 미쿠모가 고개를 끄덕였다.

"네. 어렸을 때부터 도움을 많이 받았어요. 정보원으로서도 능력이 아주 뛰어나요."

교토에 도착하려면 시간이 많이 남았다. 미쿠모는 케빈에게 이런저런 이야기를 해두는 것이 좋겠다는 생각이 들었다. 특히 호죠 탐정사무소가 어떤 곳인지 미리 알려줘야 했다.

"케빈 씨, 저희 본가 이야기를 잠깐 해도 될까요?"

"응."

"저희 탐정사무소는 할아버지가 세우셨어요. 할아버지는 성함이 호죠 소신이었고, 20세기 홈즈라고 불리는 명탐정이었어요."

호죠 소신은 미쿠모를 무척 예뻐했다. 미쿠모는 자타가 공인하는 할아버지 껌딱지였다. 미쿠모의 아버지 소타로는 어려운 사건을 해결하기 위해 전국을 떠돌았기 때문에 그녀는 자연스럽게 할아버지와 함께 지내는 시간이 많았다. 미쿠모에게 탐정의 기본 자세를 가르쳐 준 사람도 할아버지였다.

미쿠모는 초등학생 때부터 탐정으로서 능력을 발휘했다. 누군가의 급식비가 없어졌다는 이야기가 들리면 다른 반 일이어도 발 벗고 나서서 사건을 해결했다. 여자 탈의실에서 도난당한 수영복을 되찾거나, 늦은 밤 학교에서 들리는 울음소리의 정체를 과학적으로 입증하면서 바쁜 하루하루를 보냈다. 미쿠모의 할아버지 소신은 훌륭한 조언자로서 매번 시의적절한 의견을 주었다.

미쿠모가 경찰청에 들어가기로 결심한 이유도 할아버지의 영향을 받아서였다. 할아버지는 아무래도 대도시, 그러니까 수도에 큰 사건이 많다는 이야기를 자주 했고, 무엇보다도 살인 같은 형사 사건을 다루려면 경찰관이 되는 것이 가장 빠른 길이라고 가르쳤다. 그래서 미쿠모는 경찰청에 들어가기로 마음먹었다. 이른바 성골이라 불리는 경찰청 종합직이 아니라, 일반직 채용으로 말이다. 미쿠모 정도의 학벌이면 종합직을 노릴 수도 있었지만, 형사로서 현장에서 발로 뛰며 수사에 임하는 이들은 일반직으로 채용된 경찰관들이기 때문이었다.

미쿠모는 작년에 그토록 꿈꾸던 형사가 되었지만, 그 늠름한 모습을 할아버지에게 보여줄 수는 없었다. 할아버지는 4년 6개월 전, 갑자기 암으로 세상을 떠났다. 돌아가신 할아버지의 뜻을 가슴에 새기며 미쿠모는 매일 수사에 전념했다.

"저희 어머니는 예전에 오사카경찰청에서 일하셨는데, 아버지랑 결혼하면서 일을 그만두셨어요. 어머니는 전형적인 오사카 아줌마예요. 수다스럽긴 하지만, 그것만 잘 견디면 문제없을 거예요. 문제는 아버지예요. 좀 특이한 분이거든요. 아니, 조금이 아니라…."

미쿠모가 옆을 보니, 케빈이 졸린 눈을 하고 있었다.

"케빈 씨, 졸려요?"

"어제 조금 늦게 잤거든. 근데 괜찮아. 계속 얘기해."

아무리 예습을 해놓아도 실제로 만나면 어떻게 될지 알 수 없는 법이었다. 이제 와서 애태우기보다는 편안한 마음으로 임하는 편이 나을지도 모른다.

"편하게 쉬어요. 저도 조금 졸리네요."

미쿠모는 그렇게 말하며 캔맥주를 한 모금 마셨다. 차내 안내 방송이 흘러나와 곧 신요코하마역에 도착한다는 소식을 알렸다.

★

"다녀왔습니다."

하나코는 그렇게 말하면서 거실로 들어가 탁자 위에 장바구니를 내려놓았다. 카즈마는 소파에 앉아 잡지를 읽고 있었다. 고개를 든 카즈마의 품으로 안이 뛰어들었다.

"카즈마, 방금 마트에서 엄마를 만났는데, 오빠랑 미쿠모가 잘되고 있나 봐. 결혼 얘기도 나온대."

"그렇다고 하더라. 안 그래도 하나코한테 말하려고 했어."

"나도 엄마한테 전해 들은 얘기라서 어디까지가 진짜인지 모르겠어. 카즈마, 뭐 들은 얘기 없어? 미쿠모의 사수니까 항상 같이 있잖아?"

"미쿠모는 결혼할 의지가 강해 보였어. 어려서 그런지, 뭔가 서두르는 느낌이야. 내가 이것저것 물어봐도 확실하게 대답해 주지 않더라고."

"흠…. 그렇구나."

5년 전, 하나코는 주변의 반대를 무릅쓰고 경찰 일가의 장남인 카즈마와 부부가 되는 길을 택했다. 하지만 지금도 가끔씩 그때의 선택이 옳았는지 고민이 되었다. 하나코는 틀림없이 도둑 일가의 딸이고, 그 사실은 평생 하나코를 따라다닐 것이다. 과연 하나코는 경찰관인 카즈마에게 걸맞는 여성일까. 누군가가 그렇게 단도직입적으로 묻는다면, 망설임 없이 그렇다고 대답할 자신이 없었다.

"카즈마, 그보다 미쿠모는 오빠의 정체를 어디까지 아는 거야? 본명을 말하면 단번에 우리 오빠인 걸 알았을 텐데."

미쿠모는 하나코의 이름을 안다. 미쿠모라는 성씨는 흔하지 않기 때문에 미쿠모 와타루라는 이름을 들으면 바로 하나코의 가족임을 눈치챘을 것이다.

"형님은 가명을 쓰고 있어. 케빈 타나카. 미쿠모는 형님을 케빈 타나카로 알고 있어."

상황이 우스웠다. 예전에 미쿠모 가문은 경찰에 정체를 들킬 뻔한 적이 있었다. 그때 하나코의 아버지 타케루가 가족들을 위해 준비한 가명 중 와타루가 받은 가명이 케빈 타나카였다.

"나도 어쩔 수 없었어. 미쿠모가 이름을 물어봤을 때, 그 이름이 제일 먼저 떠올랐단 말이야. 미쿠모 와타루라는 걸 알려주면 미쿠모가 형님과 하나코의 관계를 의심했을 거야."

"그렇긴 하지만…. 그런데 미쿠모도 의외로 둔한 면이 있네."

"내 말이. 수사할 때는 천재적인 추리력을 뽐내면서 정작 본인 일에는 좀 맹하다니까."

사랑에 빠지면 바보가 된다는 말이 진짜일지도 모르겠다. 하나코가 추측하건대, 호죠 미쿠모는 연애 경험이 적고 남자에 면역이 없는 듯했다. 그런 의미에서는 와타루와 잘 맞을지도 모른다. 와타루는 10대, 20대를 통틀어 방 안에 처박혀 지내왔으니 여자를 만나본 경험이 없을 터였다.

"그나저나 어떻게든 손을 쓰지 않으면 위험해. 하나코, 뭔가 좋은 아이디어 없어?"

"너무 갑작스러워서…."

하나코의 스마트폰이 짧게 울렸다. 메시지가 온 듯했다. 하나코가 스마트폰을 꺼내 화면을 보았다. 키노시타 아키라의 메시지였다. 블로그에 새 글을 올렸으니 봐달라는 내용이었다.

며칠 전, 하나코는 아키라의 블로그를 보고 전자레인지로 만드는 비빔밥을 시험 삼아 만들어보았다. 결과물이 맛있어서 블로그를 통해 메시지를 보내자 곧바로 답장이 와서 이제는 이런 식으로 메시지를 자주 주고받게 되었다. 보통 저녁 식단을 고민하는 시시껄렁한 내용이었다.

"누구야?"

"같은 어린이집 엄마."

하나코는 거짓말을 했다. 키노시타를 이성으로 생각하지 않기 때문에 그다지 죄책감을 느끼지는 않았다.

"하나코가 형님께 말 좀 해줘. 미쿠모를 포기하라고."

"내가 어떻게 그런 말을 해? 난 오히려 그 둘을 응원하고 싶어."

"응원하면 안 되지. 걔네 본가가 탐정사무소야. 미쿠모 가문의 정체를 들켰다간 큰일 나."

하나코도 입장상 반대해야 한다는 것을 알았지만, 사실 응원하고 싶었다. 매일 방에서만 지내던 오빠가 결혼이라니…. 동생으로서 어쩐지 감개무량했다.

"월요일에 미쿠모랑 만나지? 구체적으로 어디까지 얘기가 진행됐는지 물어봐. 진행 상황에 따라서 우리가 앞으로 대응할 방법도 달라질 테니까."

"그래. 물어볼게."

"나 이제 청소할 건데, 카즈마, 안을 데리고 산책이라도 다녀와 줄래?"

"알았어. 안, 아빠랑 자전거 타고 산책 갈까?"

"응. 좋아."

카즈마와 안이 현관으로 향했다. 하나코는 두 사람을 배웅하고는 수납장에서 청소기를 꺼냈다. 청소를 시작하기에 앞서 스마트폰으로 아키라의 블로그를 확인했다. 전자레인지로 치킨 차슈를 만드는 레시피가 올라와 있었다. 담백하고 맛있어 보였다. 다음에 한번 만들어봐야겠다는 생각이 들었다.

하나코는 스마트폰을 내려놓고 청소기 전원을 켰다.

★

미쿠모의 본가는 교토역에서 차로 20분 거리에 있는 4층짜리 건물이었다. 1층과 2층이 탐정사무소였고, 3층과 4층이 주거공간이었다. 오늘은 토요일이라 탐정사무소는 창문 블라인드가 내려가 있었다. 엘리베이터를 타고 3층에서 내려 현관 안으로 들어갔다.

"반가워요, 케빈 씨. 편하게 들어오세요."

"실례하겠습니다."

쉽게 주눅 들지 않는 성격인지, 케빈은 얼굴색 하나 바꾸지 않고 사루히코가 꺼내준 슬리퍼를 신었다. 사루히코가 양갱이 든 종이가방을 바닥에 내려놓고 "그럼 저는 여기서 물러가겠습니다." 하며 현관 밖으로 나갔다. 미쿠모는 사루히코에게 "고마워."라고 말한 뒤, 양갱을 들고 복도 안쪽으로 걸어갔다.

"케빈 씨, 이쪽이에요."

넓은 거실로 나갔다. 바이올린 소리가 들려왔다. 거실 한가운데서 한 남성이 바이올린을 켜고 있었다. 미쿠모의 아버지 소타로였다. 자신의 연주에 흠뻑 취했는지 눈을 감은 채 바이올린을 켜고 있었다.

"어서 와."

미쿠모의 엄마 타카코가 기모노 차림으로 부엌에서 나왔다. 타카코가 케빈을 보며 말했다.

"어서 와요, 케빈 씨. 얘기 많이 들었어요. 생각보다 훨씬 미남이시네. 그랬구나, 미쿠모는 이렇게 선이 가는 남자가 취향이었구나."

"엄마, 이거…."

양갱을 건넬 타이밍도 주지 않고 엄마의 수다는 계속됐다.

"뭐, 사실 결혼할 인연은 정해져 있다고 생각해요. 저도 처음 만난 날 프러포즈를 받았거든요. 그날 처음 본 남자가 갑자기 프러포즈를 하면 싫을 법도 하잖아요? 근데 저는 이 사람이라면 결혼해도 괜찮겠다는 생각이 들더라고요."

"엄마, 이거 도쿄에서 사온 양갱이야." 미쿠모는 엄마 품에 종이가방을 억지로 밀어넣었다. "엄마, 내가 소개할 시간을 좀 줘. 케빈 씨, 이분이 저희 어머니 호조 타카코예요. 그리고 저쪽에 있는 분이 아버지 호조 소타로예요."

소타로는 아직 바이올린을 연주하고 있었다. 완전히 자신만의 세계에 빠져든 것 같았다. 부스스한 머리와 정장을 입은 차림새는 소타로의 트레이드 마크였다.

"아버지, 저 왔어요."

미쿠모가 말을 걸었지만 소타로는 바이올린 연주를 멈출 생각이 없어 보였다. 어쩔 수 없이 미쿠모는 소타로에게 다가가 그의 등을 두드리며 말했다.

"아버지, 저예요. 저 왔어요."

소타로는 그제야 바이올린 연주를 멈추었다. 바이올린과 활을 탁자 위에 내려놓으며 그가 말했다.

"첫 번째 문제. 19세기 유럽에서 햄과 소시지를 먹은 사람들이 식중독에 걸린 사건을 계기로 이 이름이 붙여졌다. 이 독의 이름은 소시지를 뜻하는 라틴어에서 유래했다."

거의 1년 만에 만난 딸에게 뜬금없이 세계 맹독 퀴즈를 내다니. 미쿠모는 속으로 기막혀 하면서도 대답했다.

"보툴리누스균. 정식 명칭은 보툴리눔톡신."

"두 번째 문제. 신경독성을 가진 스테로이드 알칼로이드의 일종으로, 남미 콜롬비아에 서식하는 개구리에서 채취할 수 있다. 현지인들 사이에서는 옛날부터 화살 독으로 사용되었다."

"바트라코톡신. 개구리 이름은 독화살개구리."

"세 번째 문제. 일본에서 볼 수 있는 버섯 중에 가장 위험한 종이다. 유럽에서는 죽음의 천사라는 별명으로 불린다. 이 버섯을 섭취한 사람은 24시간 내에 콜레라처럼 극심한 설사와 복통을 호소하게 된다."

"α-아마니틴. 독우산광대버섯."

"전부 정답이다. 미쿠모, 공부를 소홀히 하지 않는 모양이구나."

"다녀왔습니다, 아버지."

호죠 소타로. 21세기 홈즈라 불리는 명탐정이었다. 그는 추리를 광적으로 좋아하는 어린이가 몸만 자라 어른이 된 것 같은 사람이라, 사회적 동물로서 갖추어야 할 기본 상식이 거의 없었다. 미쿠모는 어릴 때부터 보아와서 익숙했지만, 처음 만나는 사람은 그의 언행에 당황하는 경우가 많다고 했다. 작년에 미쿠모가 형사를 하겠다고 말했을 때도 소타로는 찬성하지도 반대하지도 않고 히죽히죽 웃기만 했다. 미쿠모에게는 피가 섞인 아버지인데도 속을 알 수 없는 사람이었다.

"응? 거기 있는 분이 미쿠모와 결혼하고 싶다는 괴짜인가?"

소타로의 시선이 케빈을 향했다. 케빈은 소타로에게 고개를 숙였다. 소타로는 미소 띤 얼굴로 케빈을 보며 말했다.

"흠. 껑다리구먼."

확실히 케빈은 마르고 키가 컸다. 나란히 서면 미쿠모가 올려다봐야 할 정도였다.

"미쿠모, 그리고 케빈." 거실에 있는 타카코가 말했다. "모처럼 여기까지 왔으니까 같이 저녁이라도 먹자."

미쿠모는 애초부터 그럴 생각이었다. 이제 오후 7시가 넘어 슬슬 배가 고프던 참이었다. 교토역에는 오후 4시쯤 도착했지만, 여기로 오는 길에 케빈에게 인근 신사와 절을 구경시켜주느라 시간이 오래 걸렸다.

"그래, 엄마. 저녁 먹자."

"잠깐." 소타로가 갑자기 막아섰다. "오늘 저녁 메뉴는 무엇일까. 그걸 맞춰라. 맞추지 못하면 오늘 저녁은 없다."

"아버지, 갑자기 그걸 어떻게…"

"어서 맞춰. 생각할 시간은 1분 주겠다."

호죠 가문에서는 자주 있는 일이었다. 언제 어디서든 추리 게임을 한다. 미쿠모는 원래 저녁 메뉴 맞추기 게임에 자신이 있었지만, 오늘은 본가에 온 것이 오랜만이라서 최근 며칠 동안 호죠 가문이 먹은 음식의 경향이나 냉장고에 든 식재료 상황을 알 수 없어 힌트가 없었다. 미쿠모는 고민 끝에 자신의 추리를 내놓았다.

"초밥 같아요. '하나기쿠'에서 사온 초밥."

하나기쿠는 미쿠모의 집 근처에 있는 유명한 초밥집이었다. 미쿠모네 가족은 손님을 맞이할 때 종종 그 가게에서 음식을 주문했다.

"껑다리, 자네 생각은 어떤가?"

소타로는 케빈에게 벌써 별명을 붙인 모양인데, 그것은 나쁘지 않은 징조였다. 소타로는 마음에 들지 않는 것에는 절대 별명을 붙이지 않기 때문이다.

"저는 중화요리일 것 같습니다."

"왜지?"

"제가 먹고 싶으니까요."

추리도 뭣도 아니었다. 그저 희망사항이었다. 하지만 소타로는 케빈의 대답이 마음에 들었는지, 미소를 지으며 말했다.

"그렇군. 중화요리도 괜찮지. 좋아, 타카코. 초밥은 취소하고 중화요리를 예약해야겠어."

근처 중국집에 왔다. 안쪽 룸이 비었다기에 미쿠모와 타카코, 케빈, 사루히코가 원형 테이블을 둘러싸고 앉았다. 문 너머에서 바이올린 소리가 들려왔다. 디저트가 나올 즈음 불러달라는 말을 남기고 사라진 소타로가 식당 어딘가에서 바이올린을 연주하는 모양이었지만, 그의 기묘한 언행은 이미 이 근방에서 유명해 손님들은 그 소리를 배경음악 삼아 흘려듣는 듯했다.

"그런데 케빈은 어떤 일을 해?"

타카코가 묻자, 케빈이 대답했다. 그는 맥주 한 잔 만에 벌써 얼굴이 벌갰다.

"주로 자산 운용을 합니다."

"그래? 멋있는 일을 하는구나."

미쿠모는 그가 구체적으로 어떤 일을 하는지 몰랐다. 어차피 일반인은 들어도 이해하지 못할 내용이라 케빈이 그런 이야기를 자세히 하지 않는 것이라고 멋대로 추측할 뿐이었다.

"부모님은 뭐 하셔? 벌이가 얼마나 되시나?"

타카코의 질문에 미쿠모가 끼어들었다.

"엄마, 좀. 첫 만남에 실례야. 선을 지켜야지."

"얘가 무슨 소리야? 너희 결혼할 거잖아? 결혼하면 집안끼리도 가족이 되는 거야. 이런 것도 아주 중요한 요소란 말이야."

그 정도는 미쿠모도 알고 있었다. 하지만 모든 일에는 순서라는 것이 있다. 우선은 미쿠모네 가족의 허락을 얻는 것. 그것이 첫 번째 관문이자 가장 큰 난관이라고 미쿠모는 생각했다. 그중에서도 변덕이 심한 아버지를 설득하는 것이 가장 난제였다.

"저희 부모님은 자영업자세요. 돈을 얼마나 버시는지는 저도 잘 모르겠습니다."

케빈이 대답하자, 곧바로 타카코가 물었다.

"구체적으로 어떤 일? 자영업도 업계가 다양하잖아."

"미술상…이에요. 저도 자세히는 잘 모릅니다."

"그래? 미술상이구나. 왠지 수입이 짭짤할 것 같다. 분명히

으리으리한 집에서 사시겠지? 차는 큰 걸 타실 테고?"

"엄마, 그만하라니까."

미쿠모는 창피해졌다. 타카코는 조용히 있으면 가련한 미인이었지만, 입만 열면 호들갑스럽고 시끄러운 아줌마가 되어 버렸다. 젊을 때는 길거리만 걸어도 연예계 관계자에게 명함을 받았다는데, 일단 대화가 시작되면 타카코의 말투가 너무 거침없어 스카우트하려던 사람도 학을 떼며 도망쳤다고 한다.

"부모님의 연수입은 모르겠습니다. 댁은 아리아케에 있는 고층 아파트 꼭대기 층이에요. 차는 저번에 봤을 때 포르쉐였지만, 지금도 같은 차를 타시는지는 모르겠습니다. 계속 바꿔 타시거든요."

"역시 집안 좋은 도련님이었네. 딱 보기에도 그래 보여. 미쿠모, 너 진짜 괜찮은 남자를 물어왔구나?"

"엄마, 정말 그만해. 케빈 씨, 일일이 대답하지 않아도 돼요."

"케빈, 사양 말고 많이 먹어. 예의에는 좀 어긋나지만, 이 칠리새우를 이 볶음밥에 얹어서 먹어 봐. 엄청 맛있다니까. 아, 사루히코. 사오싱주 더 시켜야겠다."

"알겠습니다, 사모님."

계속 말없이 식사하던 사루히코가 일어나더니 벽에 비치된 내선 전화기로 사오싱주를 주문했다. 케빈은 타카코가 추천한 대로 칠리새우를 볶음밥에 얹어 먹었다.

"어때? 맛있지?"

"맛있습니다."

"다행이다. 사루히코, 너도 많이 먹어. 도쿄는 어때? 미쿠모랑은 잘 지내?"

"물론입니다. 아가씨께서 잘 해주시지요."

미쿠모는 사루히코에게 늘 고마웠다. 사루히코는 특히 정보원으로서 아주 훌륭한 역할을 해주었다. 그가 없으면 미쿠모가 하는 수사에 큰 영향이 미칠 정도였다. 형사들은 누구나 개인 정보원을 한두 명쯤 거느리는 줄 알았지만, 실제로는 그렇지 않은지 수사본부 내에서도 미쿠모를 특이하게 보는 시선이 많은 것은 의외였다.

"사루히코, 네가 보기에 케빈 어때?"

"좋은 청년인 것 같습니다. 아가씨와 잘 어울리십니다."

미쿠모는 기뻤다. 뺨이 붉어지는 것을 느끼자, 애써 아무렇지 않은 척 말했다.

"사루히코, 괜히 빈말하지 않아도 돼."

"빈말이 아닙니다. 아가씨와 케빈 공은 훌륭한 한 쌍입니다. 비유하자면, 찰스 왕세자와 다이애나 비 같습니다."

타카코가 바로 끼어들었다.

"사루히코, 그건 안 될 말이야. 다이애나는 한참 전에 죽었잖아. 미쿠모를 비극의 여주인공으로 만들면 안 되지."

"실례했습니다."

사루히코가 정중하게 고개를 숙이자, 룸 내에 웃음이 번졌

다. 미쿠모는 케빈이 미소 짓는 것을 보고 안도했다. 사실 조마
조마하고 불안했는데, 케빈을 본가에 데려오길 잘했다는 생각
이 들었다. 무슨 일이든 막상 해보면 별것 아니라는 말은 사실
인 듯했다.

종업원이 룸으로 들어와 사오싱주를 테이블 위에 놓았다. 작
은 그릇에 든 디저트도 함께 나왔다. 그 모습을 보던 타카코가
사루히코에게 말했다.

"사루히코, 소타로 씨를 불러와 줘."

"알겠습니다."

사루히코가 룸에서 나갔다. 잠시 후, 바이올린 소리가 서서
히 가까워졌다. 사루히코의 안내를 받아 룸으로 들어온 명탐
정은 바이올린 연주를 멈출 생각이 없어 보였다. 의자에 앉아
서도 연주를 이어나갔지만, 항상 있는 일이라 아무도 신경 쓰
지 않았다. 의외로 케빈도 웬만한 일에는 놀라지 않는 성격인
지, 동요하는 기색 없이 덤덤하게 식사를 했다.

드디어 연주가 끝났다. 도무지 이유를 알 수 없지만, 소타로
는 테이블이 회전하는 부분에 바이올린을 올려놓고 돌리기 시
작했다. 그러면서 천진난만하게 웃으며 빙글빙글 도는 바이올
린을 바라보았다. 이럴 때 보면 정말 어린아이 같았다.

"여보, 내 디저트도 먹어요."

"소장님, 제 것도 드시지요."

"다들 고맙군."

소타로가 그렇게 말하며 디저트를 먹기 시작했다. 소타로는 편식이 심해 채소와 고기, 생선은 먹지 않았고 주로 면류와 디저트만 먹었다. 올해로 쉰 살인데도 여전히 젊어 보이고 건강검진 결과도 좋아서 그저 놀라울 따름이었다.

"아버지, 드릴 말씀이 있어요." 미쿠모가 그렇게 운을 뗐다. 소타로는 디저트를 먹느라 여념이 없었지만, 미쿠모는 개의치 않고 말했다. "저 케빈 씨랑 결혼할 거예요. 아버지, 이 결혼을 허락해 주세요."

소타로는 대답하지 않았다. 미쿠모가 다시 한 번 소타로에게 말했다.

"네? 결혼해도 되죠? 아버지."

이윽고 소타로는 디저트 그릇을 테이블 위에 내려놓았다. 멈춰 있던 회전 테이블을 돌리며 말했다.

"결혼은 무리야."

"왜요? 왜 안 되는데요? 저는 결심했어요. 케빈 씨랑 결혼할 거예요."

"안 된다고 하지는 않았어. 무리라고 했지."

"그렇게 단정 짓지 마세요. 저도 올해 생일이 지나면 스물넷이 돼요. 이미 어엿한 성인이라고요. 제 일은 제가 결정할 수 있어요."

"이봐, 꺽다리."

소타로는 케빈 쪽으로 눈을 돌렸다. 눈을 가늘게 뜨고 케빈

을 가만히 응시했다. 소타로는 자주 그런 식으로 사람을 쳐다
봤다. 마치 마음속을 꿰뚫어 보는 듯한 그 눈빛에 상대방은 불
안해지기 마련이었다. 미쿠모가 어릴 때 사소한 거짓말을 하면,
소타로는 늘 그런 눈으로 모든 것을 꿰뚫어 보곤 했다.

소타로는 10초 정도 케빈을 바라보다가 이내 눈길을 거두며
말했다.

"재미있는 녀석이군. 사루히코, 돌아가자."

"네, 소장님."

소타로는 자리에서 일어나 회전 테이블 위에 놓인 바이올린
을 들고 룸에서 나갔다. 사루히코도 그 뒤를 쫓듯 사라졌다.
타카코가 혼자 사오싱주를 따라 마시고는 미소를 지었다.

"케빈, 너 보기보다 범상치 않은 친구구나."

케빈은 타카코의 말에 반응하지 않고 태평하게 춘권을 먹었
다. 소타로가 조금 전까지 앉아 있던 의자 앞에는 빈 디저트
그릇 세 개가 반듯하게 늘어서 있었다.

누군가가 떠드는 소리에 미쿠모는 눈이 뜨였다. 침대 옆 협탁
에 놓인 스마트폰으로 시간을 확인하니 아직 새벽 5시였다. 누
구의 목소리인지는 알 수 없지만, 어디선가 이야기 소리가 들
려왔다.

미쿠모는 본가 건물 4층에 위치한 침실에 있었다. 같은 층에
아버지와 엄마가 있었고, 손님방에는 케빈이 자고 있을 터였다.

목소리는 아래층인 3층에서 들려왔다. 소타로가 거실에서 TV라도 보는 것일까. 자유로운 영혼인 소타로에게는 드문 일이 아니었다.

어젯밤 네 사람은 중국집에서 돌아온 뒤, 교대로 목욕을 하고 각자 쉬었다. 지금 이곳은 1년 전까지 미쿠모가 쓰던 방이었다. 변한 것이 하나도 없었다. 책장에 꽂힌 책도 그대로였고, 옷장 속 옷들도 1년 전과 똑같았다.

케빈과의 결혼이 시련에 부딪치자, 미쿠모는 충격을 받았다. 아버지 소타로는 워낙 괴짜라 딸의 결혼상대에게 관심을 두지 않을지도 모른다고 일말의 희망을 품었건만, 돌아온 것은 역시나 부정적인 반응이었다.

그나저나 결혼하면 안 되는 것은 아니지만 무리라니, 무슨 뜻일까. 결혼이 불가능하다는 말일까. 혹시 케빈은 이미 유부남인 것일까. 설마 그럴 리는 없겠지만, 확인해 본 적도 없었다. 미쿠모는 다음번에 제대로 물어봐야겠다고 생각했다.

또 다시 아래층에서 목소리가 들려왔다. 잠이 완전히 달아나버렸다. 십중팔구 소타로가 TV를 보는 것이겠지만, 기왕 잠이 깼으니 아래층을 살펴보기로 했다. TV가 켜진 상태로 방치된 것일지도 모른다.

미쿠모는 침대에서 일어나 슬리퍼를 신었다. 문을 열고 복도로 나갔다. 케빈이 있는 손님방 앞을 지났지만, 이른 아침이라 노크는 하지 않았다. 발소리를 죽이며 계단을 내려갔다.

말소리는 거실에서 들려왔다. 케빈이 데스크톱 앞에 앉아 키보드를 두드리고 있었다. 그 옆에서 소타로가 눈을 빛내며 컴퓨터 화면을 들여다보고 있었다.

"그래, 껑다리. 아주 좋아. 계속 그렇게만 해."

"아버지, 뭐 하시는 거예요?"

미쿠모가 컴퓨터 화면을 들여다보았다. 알 수 없는 문자열이 가득했다. 소타로는 화면에서 눈을 떼지 않고 말했다.

"미쿠모, 마침 잘 왔다. 커피 좀 타다 줘라. 껑다리, 자네도 마실 거지?"

"마시겠습니다."

"그럼 두 사람 몫으로 부탁한다."

미쿠모는 하는 수 없이 부엌으로 가 물을 끓였다. 미쿠모가 커피를 타는 동안에도 두 사람은 정신없이 컴퓨터 화면을 들여다보았다. 미쿠모는 쟁반을 들고 거실로 향했다. 두 사람 앞에 컵을 내려놓고 자기 몫의 컵을 손에 들고는 다시 물었다.

"뭐 하는 거예요?"

"봐라, 미쿠모. 경찰청 홈페이지야."

소타로가 흥분한 목소리로 말했다. 그의 말처럼 경찰청 홈페이지가 화면에 비쳤지만, 그것은 특별한 일이 아니었다. 경찰청 홈페이지에는 누구나 접속할 수 있기 때문이다. 그때 소타로가 커피를 한 모금 마시고 말했다.

"관리자 권한으로 접속한 거야. 대단하지? 이제 여기서 뭐든

할 수 있어."

그러니까 해킹을 했다는 말인가. 이래도 되는 것일까. 아니, 애초에 해킹을 할 수 있다는 것부터가 이상했다. 하지만 케빈은 아무렇지 않은 얼굴로 키보드를 두드렸다.

"껑다리, 내 모자란 딸의 인적 사항 데이터에 접속해주지 않겠나?"

미쿠모가 멍하니 화면을 보고 있자니, 익숙한 얼굴 사진이 떴다. 경찰청에 채용되었을 때 찍은 미쿠모의 사진이었다. 그 사진을 보고 소타로가 유쾌하게 웃었다.

"너답지 않게 잔뜩 긴장한 표정이잖냐, 미쿠모."

"긴장한 거 아니에요. 저기서 웃을 수는 없잖아요. 그보다…."

"미쿠모, 네가 원하면 월급을 올려줄 수도 있다. 아주 간단해. 급여 등급만 올리면 되거든. 이봐, 껑다리, 가능하지?"

"인사 급여 시스템은…. 아, 찾았습니다. 가능해요."

케빈이 가볍게 말했다. 당황한 미쿠모가 말렸다.

"하지 마요, 제발. 케빈 씨, 정말 해킹한 거예요?"

"뭐…, 그런 거지."

"미쿠모, 내 딸답다." 소타로가 만족스러운 얼굴로 말했다. "재미있는 녀석을 데려왔구나. 이제 전 세계의 모든 네트워크에 자유자재로 침입할 수 있겠어. 그야말로 범에게 날개, 아니, 탐정에게 날개 아닌가."

소타로는 기분이 좋은 듯했다. 크리스마스 아침에 산타클로스에게 새 장난감을 받은 어린아이처럼 들떠 보였다.

"케빈 씨, 설마 정보에 손을 댄 건 아니죠?"

"응. 손대진 않았어. 괜찮아. 흔적도 남기지 않을 자신이 있으니까."

미쿠모는 가슴을 쓸어내렸지만, 다시 생각해 보니 안심할 때가 아니었다. 결혼할 남자가 해커였다니. 미쿠모는 두통을 느끼며 그 자리에 주저앉았다.

"재미있어. 자네는 아주 재미있는 사람이야, 껑다리."

소타로는 한 손에 컵을 들고 웃었지만, 미쿠모는 눈앞이 캄캄해졌다.

'설마 내 운명의 남자가 해커일 줄이야…'

★

"하나코 씨, 안녕하세요."

"안녕하세요. 켄세이도 안녕?"

일요일 아침 공원이었다. 하나코와 안이 공원에 도착해 보니, 나카하라 아키와 그녀의 아들 켄세이가 먼저 와 있었다. 안과 켄세이는 같은 어린이집에 다니는 사이였고, 아키는 하나코와 친한 엄마 중 한 명이었다. 아키 가족이 얼마 전부터 토이 푸들을 키우기 시작해서 하나코는 오늘 그들과 함께 아침 산책을 하기로 했다. 안도 개를 키우고 싶어했지만, 공교롭게도 지금 사는 아파트에서는 반려동물이 금지였다. 하나코는 조금이나마 안의 마음을 달래주려고 종종 아키 가족과 함께 산책을 나왔다.

"그럼 출발하죠."

아키가 그렇게 말하며 걷기 시작했다. 목줄을 잡은 사람은 아키였고, 안과 켄세이는 토이 푸들과 나란히 걸었다. 여느 때와 같은 산책 코스를 이용해 공원을 빙 둘러 걸었다. 한 바퀴를 다 돌면 15분 정도가 걸릴 거리였다. 공원을 돌다보면 아키 말고도 개를 산책시키는 사람을 자주 볼 수 있었다.

"안은 이제 피아노 잘 치나요?"

아키가 묻자, 하나코가 대답했다.

"네. 이제 꽤 잘 쳐요. 저보다는 피아노에 재능이 있는 것 같아요. 켄세이는요? 영어 회화는 어때요?"

"켄세이도 열심히 다녀요. 애들은 뭐든 빨리 배우잖아요. 곧 영어 말문이 터질 것 같은 기세예요."

아키는 의류 업계에 종사해서 겉모습이 조금 화려한 편이었지만, 하나코는 그녀가 사실 모 정치인의 숨겨진 자식이었다는 이야기를 카즈마에게 들었다. 5개월 전에 일어난 버스 납치 사건의 범인은 아키의 아버지인 현역 장관에게 어떤 요구를 했다고 한다. 교도소에 수감 중인 무기징역수를 석방시키라는 요구였고, 그 무기징역수가 바로 하나코의 고모에 해당하는 여성이었다.

"그러고 보니 안이 다니는 피아노학원에 키노시타 호노카도 다니지 않아요?"

"맞아요. 만난 적이 있어요."

하나코는 호노카의 아빠 키노시타 아키라와 자주 메시지를 주고받았고, 그의 블로그를 챙겨 보는 독자이기도 했다. 아키라가 여러모로 고심하며 집안일을 하는 것이 느껴지는 블로그였고, 아키라가 웹 디자이너인 덕에 사진도 예쁘고 내용도 이해하기 쉬웠다.

아키에게 키노시타 아키라의 블로그를 소개해줄까. 그런 생각을 하는데, 아키가 생각지도 못한 이야기를 꺼냈다.

"사실 아키라 씨가 다른 엄마들 사이에서 따돌림당하는 것 같아요."

따돌림. 무시를 당하거나 모임에서 배제된다는 뜻이었다. 그가 왜 그런 일을 당한다는 말인가.

"왜요? 사람이 괜찮은 것 같은데."

"그 사람 형이 교도소에 있대요."

"그게 무슨 말이에요?"

"저도 다른 엄마한테 들은 이야기라 자세히는 모르지만…."

아키는 그렇게 운을 떼며 말했다.

아키라에게는 세 살 많은 형이 있는데, 그는 상습적인 빈집털이범이었다. 젊을 때부터 계속 빈집을 털다가 2년 전에 몰래 들어간 저택에서 거주자와 딱 마주쳤다. 거주자를 밀치고 도망쳤지만, 뒤쫓아온 경찰관에게 잡혔다고 한다.

"그때 그 형이 밀친 사람은 큰 부상을 입어서 머리를 몇 바늘이나 꿰맸대요. 2년 전 뉴스라 아직도 인터넷에서 관련 기사를 읽을 수 있어요."

그밖에도 여러 죄목이 있어 아키라의 형은 실형 선고를 받았고, 지금은 교도소에서 복역 중이라고 했다. 안이 다니는 히가시무코지마 플라워 어린이집의 학부모 중 한 명이 아키라의 형과 동창이라 엄마들 사이에 소문이 난 모양이었다.

"근데 이상하지 않아요?" 하나코는 곧바로 의문을 제기했다. "죄를 지은 사람은 형이고, 아키라 씨는 관련이 없잖아요. 그런데 왜 아키라 씨한테 그러는 거죠?"

"아니에요, 하나코 씨. 동생도 관련이 있다는 얘기가 있어요."

아키의 이야기를 들어보니, 실제로 빈집을 턴 범인은 형이었지만 정찰과 계획 단계에서는 동생도 범죄에 가담한 것 아니냐는 억측이 커져가는 모양이었다. 본디 아키라 형제는 부모가 세상을 일찍 떠나 불우한 어린 시절을 보냈다고 했다.

"그런 억측에 휩쓸리는 건 좋지 않아요." 하나코가 아키에게 말했다. 저도 모르게 말투가 날카로워졌음을 하나코 스스로도 인지했다. "그리고 그런 분위기는 애들도 민감하게 알아차리잖아요. 다들 호노카를 그런 시선으로 보면 애한테도 안 좋을 거예요."

아키가 갑자기 입을 다물었다. 그 표정을 본 하나코는 설마 하는 생각이 머리를 스쳤다. 호노카가 벌써 나쁜 영향을 받은 것일까.

키노시타 아키라가 형의 범행에 가담하지 않았다면, 이토록 부당한 일은 없을 것이다. 어린이집 학부모들의 네트워크는 절대 얕잡아 볼 수 없다. 그런 나쁜 소문은 빠르게 퍼지기 마련이었다. 그리고 엄마들의 교류가 깊어질수록 상황이 더 나빠질 터였다. 대세를 따르라고 강요하는 엄마는 없겠지만, 대세를 거스를 수 없는 분위기가 조성되는 것은 사실이었다.

"켄세이, 안, 조심해. 앞에서 자전거 온다."

앞에서 자전거가 달려오자, 모두 길을 비켜섰다. 자전거가 지나가기를 기다린 뒤에 다시 산책을 시작했다.

하나코는 몹시 신경이 쓰였다. 모처럼 생긴 친구가 궁지에 몰렸다. 그의 딸도 마찬가지였다. 하나코는 자신이 할 수 있는 일이 없을지 생각해 보았다.

★

"아가씨, 여기 캔맥주 좀 줘. 그리고 그 전병도. 아, 레드와인은 있나? 가능하면 브루고뉴 피노 누아가 좋겠는데. …없어? 그럼 됐어. 그건 뭐야? 장어 파이? 그것도 줘."

앞에 앉은 승객이 차내 매점 수레를 불러 세워 이것저것 주문하는 소리가 들렸다. 미쿠모는 기차 안에 있었다. 옆자리에는 케빈의 모습도 보였다. 사루히코는 소타로의 심부름을 하기 위해 며칠 더 교토에 머무른다고 했다. 기차는 막 나고야역을 지난 참이었다.

미쿠모와 케빈 사이에는 아무런 대화도 오가지 않았다. 그가 해커라는 사실이 미쿠모의 마음을 무겁게 짓눌렀다. 하지만 혼자 끙끙 앓아봤자 해결되는 것은 없다. 드디어 결심을 굳힌 미쿠모가 큰맘을 먹고 옆에 앉은 케빈에게 말했다.

"케빈 씨, 할 얘기가 있어요."

"뭔데?"

"저기, 오늘 아침 일 말인데요. 케빈 씨, 지금도 그런 일을 하는 거예요?"

지금도 해킹을 하냐고 묻는 것이었다. 현역 해커와 결혼하는 것은 윤리상 문제가 있다. 형사로서, 탐정사무소의 외동딸로서, 범죄자와 결혼할 수는 없었다.

"지금은 안 해." 케빈은 주저 없이 말했다. "옛날에는 했지만, 지금은 평범하게 일해. 주로 주식이나 외환으로 자산운용을 하고 있어. 가끔 아는 사람한테 부탁을 받아서 프로그램을 짤 때도 있어."

"그렇군요…."

과거에는 범죄 행위를 저질렀다는 뜻이었다. 미쿠모는 이를 어떻게 판단해야 할지 고민스러웠다. 사실 엄밀히 말하면 레드카드였다. 지금은 손을 씻었다고 하지만, 전직 해커와 결혼하기는 힘들지도 모른다.

"열일고여덟 살 때였어." 케빈이 갑자기 이야기를 시작했다. "학교에 가도 재미가 없어서 계속 집에서 인터넷게임을 하면서 지냈어. 우리 부모님은 조금 특이한 분들이라 나를 그냥 내버려 뒀지. 그러던 어느 날, 난 충격적인 영상을 봤어."

2001년 9월 11일이었다. 미국 뉴욕에 있는 세계무역센터 빌딩에 여객기가 충돌하더니 불타올랐다. 테러 조직 알 카에다가 일으킨 동시 다발적 테러였다. 그 영상을 목도한 케빈은 큰 충격을 받았다.

"수많은 사람이 죽었다는 건 알았지만, 도무지 이해가 되지 않았어. 일주일 정도 음식이 목구멍으로 넘어가지 않더라. 내가 할 수 있는 일이 없을지 계속 생각했어. 내 눈앞에는 컴퓨터 한 대가 있었지. 인터넷은 참 대단해. 몸은 내 방에 있어도 세상과 연결될 수 있으니까."

처음에는 어린아이 같은 생각이었다. 9·11테러를 일으킨 테러집단의 정보를 모을 수 없을까. 그런 생각으로 네트워크에 침입해 정보를 훔치는 기술, 소위 말하는 해킹 기술을 배우기 시작했다. 원래 재능이 있었는지, 하루가 다르게 해킹 실력이 늘었다. 처음에는 국내 법인 시스템에 침입하면서 기술을 갈고닦다가 곧 해외 시스템에도 침입하게 되었다.

"그러던 와중에 어떤 사람의 메일을 받았어. 그 사람은 정체를 밝히지 않았지만, 아마 미국 첩보 기관 소속이었을 거야. 내기술을 눈여겨보다가 오퍼를 준 거지. 조금 어려운 부탁이었지만, 시험 삼아 받아들였어."

케빈은 이스라엘 군수 산업 시스템에 침입해서 훔친 데이터를 그 남자에게 보냈다. 며칠 후, 계좌에 돈이 입금되었다. 태어나 처음 자신의 힘으로 번 돈이었다. 그 후 해커로서 정보를 팔아 벌어들인 돈을 자산 운용을 통해 늘리는 생활을 10년 가까이 이어나갔다. 어느새 어마어마한 금액의 돈이 모였고, 법인을 설립해 시나가와에 사무실까지 꾸몄다.

"계속 비밀로 하다가 5년 전에 가족들에게 털어놨어. 우리 가족은 전부 특이해서 별다른 말은 없었어. 어머니는 오히려 좋아했지."

미국 첩보 기관을 돕는 해커라는 말인가. 9·11테러를 계기로 해킹에 눈을 떴고 그 기술을 활용해 해커로 활동해온 것이다. 그것이 사실이라고 해도 케빈이 한 일이 범죄 행위임은 분명했다.

"이 얘기를 가족이 아닌 누군가에게 하는 건 처음이야. 하지만 미쿠모한테는 꼭 말하고 싶었어."

엄밀히 말하면 해커는 범죄자가 아니다. 사실 해킹 자체는 시스템 구조를 해석하는 행위일 뿐이라 나쁜 짓은 아니다. 원래 해커는 컴퓨터에 정통한 사람을 가리키는 말이고, 요즘에는 해킹 기술을 악용해 데이터를 훔치거나 파괴하는 사람을 크래커라는 이름으로 부르는 듯했다.

그렇다면 케빈은 어떨까. 그가 해커임은 확실했지만, 과연 크래커에도 해당할까. 그가 데이터를 훔치는 것은 틀림없는 사실이지만, 그 정보를 악용했다고 보기는 어려웠다. 그의 행동은 흑이나 백으로 단정하기 어려운 애매한 영역에 속했다.

갑자기 미쿠모의 눈앞에 그늘이 생겼다. 미쿠모가 고개를 들어 보니 앞좌석 남자가 일어나 있었다. 그의 부인인 듯한 여자도 함께 일어났다. 부부로 보이는 그 두 사람은 어쩐지 낯이 익었다. 이 사람들은 분명….

두 사람은 통로로 나갔다. 기차는 달리는 중이었고, 다음 정차역인 신요코하마에 도착하려면 아직 한참 남았다. 여자가 화장실에 가기 위해 일어난 것일까. 그렇게 생각하는데, 남자가 갑자기 좌석 밑에 달린 쇠붙이를 발로 밟아 좌석을 뒤로 회전시켰다. 미쿠모는 그 모습을 보고 눈을 의심했다.

'응? 왜…?'

여자가 창가 쪽에, 남자가 통로 쪽에 앉았다. 미쿠모와 케빈을 마주 보는 형태였다. 왜 생전 처음 보는 부부와 얼굴을 맞대고 앉아야 한단 말인가. 도쿄에 도착하려면 아직 1시간도 더 남은 상황이었다.

"와타루, 너 의외로 괜찮은 애를 잡았구나."

남자가 케빈에게 말했다. 그리고 캔맥주를 한 모금 마시더니 웃음 띤 얼굴로 미쿠모에게 말했다.

"반가워요, 아가씨. 우리 아들이 신세가 많습니다."

아들. 와타루. 예상치 못한 말이 연달아 나와서 미쿠모는 말문이 막혔다.

"여보, 사람을 겉모습으로만 판단하면 안 돼요." 창가에 앉은 여자가 말했다. 고급스러운 흰 정장을 입은 여자였다. "이 아이, 이래 봬도 호죠 소타로의 딸이라고요. 무슨 꿍꿍이가 있는지 어떻게 알아요?"

"아직 어린애잖아. 그리고 내 눈은 정확해. 얘는 좋은 애야. 확실해."

미쿠모는 두 사람의 대화를 듣다가 드디어 생각이 났다. 케빈과 처음 만난 날이었다. 에비스에 있는 이탈리안 레스토랑에서 옆 테이블에 앉았던 부부였다. 그런데 잠깐. 이 두 사람이 케빈의 부모님이란 말인가. 그렇다면 이들은 첫 데이트 때부터 미쿠모를 관찰했다는 뜻이었다.

"저, 저기, 잠깐 정리 좀 해볼게요. 그러니까 두 분은 케빈 씨의…."

"맞아. 나는 케빈, 아니, 와타루의 아비 되는 사람이야. 와타루, 너 멋대로 가명 쓰지 마라. 케빈이라는 이름이 그렇게 마음에 들었냐?"

"미안해, 아빠." 와타루가 고개를 꾸벅 숙였다. "저기, 나 그 장어 파이 먹어도 될까?"

"너란 녀석은 정말…. 할 수 없지, 딱 하나만 먹어."

지금은 장어 파이나 먹을 때가 아니었다. 미쿠모가 포장을 벗기려 하는 케빈의 손에서 장어 파이를 낚아채며 말했다.

"케빈 씨, 이게 어떻게 된 거예요? 설명해 주세요."

"미, 미안해. 그러니까… 우리 부모님이야. 미쿠모 타케루, 미쿠모 에츠코. 그리고 계속 속여서 미안하지만, 사실 내 이름은 미쿠모 와타루야. 아, 이름은 가짜였지만 그거 말고는 속인 거 없어. 아까 한 얘기도 전부 진짜야."

미쿠모라는 성씨가 귀에 익었다. 미쿠모의 선배 형사 사쿠라바 카즈마의 부인도 성이 미쿠모였다. 정식으로 혼인신고를 하지는 않은 듯했지만, 그의 부인은 이름이 미쿠모(三雲) 하나코였고, 미쿠모(美雲)와는 몇 번 얼굴을 본 적도 있는 사이였다.

"잠깐만요. 그러니까 케빈 씨, 아니, 와타루 씨는 하나코 언니의…."

"맞아. 하나코는 내 여동생이야."

미쿠모는 머리가 어지러웠다. 멀미할 때처럼 현기증이 났지만, 기차 멀미를 한 적은 태어나서 한 번도 없었다.

"그런데 왜… 왜 가짜 이름을 가르쳐 준 거예요?"

"그건 내가 그런 게 아니야. 카즈마가 그랬지. 카즈마가 처음에 나를 가명으로 소개했잖아."

미쿠모는 5개월 전에 케빈, 아니, 와타루를 처음 만났을 때가 아직도 생생하게 기억났다. 그의 말대로 와타루를 미쿠모에게 소개한 사람은 카즈마였다. 카즈마가 가명을 가르쳐준 데에는 나름대로 이유가 있었을지도 모른다.

"와타루를 포기해." 와타루의 아버지 미쿠모 타케루가 불쑥 말했다. "나는 개인적으로 아가씨가 마음에 들지만 말이야, 우리 아들과 잘되기는 힘들어. 기분 나쁘게 생각하지는 말고."

"갑자기 왜 그런 말씀을…."

"아가씨는 아직 젊어. 얼굴도 예쁘니까 금방 좋은 남자를 찾을 수 있을 거야."

"맞아." 미쿠모 에츠코도 동조했다. "지구상에 있는 사람 절반이 남자인걸. 성급하게 굴면 안 돼. 사람을 꿰뚫어 보는 게 중요해. 아직은 한참 일러. 우선 남자 보는 눈부터 키워야 해."

"그리고 아가씨, 만약에 말이야. 만에 하나라도 아가씨가 와타루랑 결혼해서 우리 집안 사람이 되면, 이름이 미쿠모 미쿠모가 돼 버린다고(일본에서는 법적으로 부부가 같은 성을 써야 한다. - 옮긴이 주). 꼭 우에노동물원에 사는 판다 같잖아."

판다 '샹샹'을 말하는 것일까. 받아칠 기력조차 없는 미쿠모는 반격하지 못한 채 맞기만 하는 복서처럼 말없이 두 사람의 이야기에 귀를 기울일 수밖에 없었다.

"아가씨, 그러니까 와타루는 포기해. 그냥 친구 사이로 지내겠다면 거기까지는 관여하지 않을게. 혼인신고를 하고 싶다거나 애를 낳고 싶다는 생억지를 쓰지 않는다면 말이야. 하나코 때도 무진장 고생했거든. 뭐, 그건 그 나름대로 재미있었지만."

카즈마와 하나코가 함께 살게 되었을 때, 약간의 분란이 있었다는 이야기는 미쿠모도 들어 알고 있었다. 카즈마는 원래

다른 여자와 결혼할 예정이었지만 피로연 당일에 하나코와 부부가 되기로 결심했다고 했다. 그때의 영향이 있어서인지 두 사람은 아직 혼인신고를 하지 않았고, 그래서 하나코의 성은 여전히 미쿠모였다.

"아빠."

줄곧 조용히 있던 와타루가 말했다. 타케루가 아들을 보며 말했다.

"뭐냐? 장어 파이는 더 이상 못 줘."

"그게 아니야. 나는 미쿠모가 좋아. 결혼하고 싶어."

"무, 무슨 소리냐? 케빈, 아니, 와타루."

"난 그렇게 정했어. 왜인지는 모르겠지만, 처음으로 평생을 함께하고 싶다는 생각이 든 여자야."

그 말이 미쿠모의 심장을 울렸다.

'케빈 씨, 아니, 와타루 씨가 나를 그렇게까지 생각하고 있었구나….'

"와타루, 그게 무슨 말이니? 엄마는 반대야."

와타루가 미쿠모의 손을 잡았다. 그러고는 자리에서 일어났다. "가자."라고 짧게 말하며 미쿠모의 손을 잡은 채 통로로 걸어 나갔다. 미쿠모는 이끌리듯 통로를 걸었다. 그에게 잡힌 왼손이 몹시도 뜨거웠다.

★

카즈마는 오전 11시가 넘어서야 경찰청 수사1과에 출근했다. 어젯밤부터 감기 기운이 있던 안을 병원에 데려가느라 지각하고 말았다. 물론 반장님에게는 미리 연락해두었다.

"선배님, 지각이에요. 왜 이렇게 늦으십니까?"

카즈마가 도착하자마자 후배 형사 호죠 미쿠모가 다가왔다. 카즈마의 팔을 잡아끌어 창가로 데려가더니, 미쿠모가 무시무시한 표정으로 물었다.

"와타루 씨 말이에요. 저한테 왜 가짜 이름을 알려주셨어요?"

그 이야기구나. 카즈마는 대답하기 난처했지만, 그렇지 않아도 미쿠모와 와타루의 관계가 궁금하던 참이었다. 지난 주말에도 하나코와 몇 번이나 그 대화를 나누다가, 결국 두 사람의 관계가 어디까지 발전했는지 확인하자는 결론에 다다랐다.

"아, 그거?"

"'아, 그거?'라니요? 저는 진짜 심각했단 말입니다. 어제 케빈 씨, 아니, 와타루 씨의 부모님을 만났어요."

"뭐? 그런 일이 있었어?"

"놀라서 까무러칠 뻔했어요."

미쿠모는 분이 안 풀린다는 표정으로 말했다. 미쿠모는 그저께인 토요일에 와타루를 데리고 교토 본가에 가서 그를 부모님에게 소개했다고 했다. 카즈마는 두 사람의 관계가 거기까지 발전했다는 것이 놀라울 따름이었다. 미쿠모의 아버지, 그러니까 21세기 홈즈라 불리는 명탐정 호죠 소타로는 딸과 와타루가 결혼하기는 무리라고 단언했다.

"아버지는 무리라고 했지만, 원체 특이한 분이라서 일요일 아침에는 또 와타루 씨랑 죽이 척척 맞더라고요. 문제는 돌아가는 기차 안이었어요."

타케루, 에츠코 부부가 느닷없이 미쿠모 앞에 나타나 결혼은 절대 안 된다고 딱 잘라 말했다. 카즈마는 '뭐, 그럴 수밖에…' 라고 생각했다. 타케루와 에츠코는 아마 미쿠모의 정체를, 다시 말하면 그녀가 명문 탐정사무소의 외동딸이라는 사실을 알고 있을 것이다. 아들이 그런 여자와 결혼한다고 하니 절대 용납할 수 없었으리라.

"왜죠? 선배님, 왜 다들 저희의 결혼을 반대하는 건가요? 저랑 와타루 씨는 둘 다 어엿한 성인이에요."

미쿠모의 이야기를 들으며 카즈마는 현상황을 대강 파악했다. 미쿠모는 아마도 '모든 것'을 알지는 못하는 모양이었다.

"미쿠모, 너 와타루 형님의 부모님이 무슨 일을 하시는지 알아?"

"알아요. 미술상이시잖아요."

역시. 카즈마는 상황을 이해했다. 이 아이는 아직 미쿠모 가문의 정체를 모른다. 카즈마는 확인차 다시 물었다.

"근데 미쿠모, 너 와타루 형님이 어떤 일을 하는지 알지?"

"네." 미쿠모가 목소리 톤을 조금 낮췄다. "알아요. 주식과 외환으로 자산을 운용하잖아요. 가끔 컴퓨터로 프로그래밍을 하기도 하고요."

"정말 그게 다일까?"

미쿠모는 대답하지 않았다. 그 표정을 보고 카즈마는 그녀가 와타루의 다른 얼굴을 알고 있음을 금방 눈치챘다. 형사로서는 신입답지 않은 능력을 갖춘 미쿠모였지만, 연애에 관해서는 그야말로 햇병아리였다.

카즈마는 헛기침을 하고 설명했다.

"사실 와타루 형님은 예전에 해커였어. 훔친 정보를 팔아서 돈을 벌던 시기가 있었대. 내가 그 사실을 안 건 하나코와 부부가 된 이후였어. 난 형님이 전직 해커라는 사실을 가능한 한 숨기고 싶었어. 그래서 형님의 존재를 사람들에게 알리지 않는 거야."

엄밀히 말하면 사실이 아니었다. 카즈마는 하나코와 부부가 되기 전부터 와타루가 해커임을 알고 있었다. 하지만 당시의 와타루는 집 안에서만 지내며 밖으로 나오지 않았기 때문에 카즈마와 제대로 된 대화를 나눌 수 없었다. 과거의 와타루를 생각하면, 그가 미쿠모와 식사를 하러 간 것 자체가 놀라운 행동이었다. 하물며 미쿠모네 본가에 인사를 하러 가다니, 지금 와타루의 인생은 고도 성장기라고 해도 과언이 아니었다.

"저도 와타루 씨한테 들었어요. 어제요. 그래서 저한테 와타루 씨를 처음 소개할 때 가명을 가르쳐주신 거군요. 제가 와타루 씨에 대해 몰랐으면 해서요."

"맞아."

사실 그때는 떠오르는 대로 케빈이라는 이름을 댔을 뿐, 특별한 이유는 없었다. 만약 그때 미쿠모에게 와타루의 본명을 가르쳐줘서 하나코의 친오빠임을 알게 했다면, 지금 이런 사태를 막을 수 있었을까. 어쨌든 지금이라도 와타루가 해커임을 알았으니, 미쿠모는 결혼을 포기할 것이다. 카즈마는 그렇게 낙관했지만, 미쿠모는 생각지도 못한 발언을 했다.

"마냥 순탄하지만은 않을 줄 알았어요. 장애물이 있으면 사랑이 더 불타오른다는 이야기를 들은 적이 있는데, 그 말이 맞는 것 같네요. 저는 무슨 일이 있어도 와타루 씨랑 결혼하기로 마음먹었어요."

"뭐? 포기하는 게 아니고?"

"포기할 리가 없잖아요. 제 운명의 남자인걸요. 와타루 씨도 저랑 결혼하고 싶다고 확실히 말해줬고요."

"아니, 와타루 형님은 전직 해커라니까? 게다가 엄청 실력 좋은 해커야. 그런 사람이랑 결혼할 수는 없잖아."

"할 수 있어요. 무조건 할 수 있어요. 그러니까 선배님도 응원해 주세요."

미쿠모의 눈빛이 진지했다. 아무래도 진심인 듯했다. 일이 복잡해졌다. 타케루와 에츠코도 어제 미쿠모를 열심히 설득했을 것이다. 하지만 그 결과가 지금 이렇다. 주변 사람들이 오히려 두 사람의 사랑에 불을 지핀 꼴이었다.

"어이, 카즈마, 미쿠모. 이쪽으로 와라. 새로운 사건이다."

마츠나가 반장이 불렀다. "네."라고 우렁차게 대답하며 미쿠모가 마츠나가 쪽으로 갔다. 어떻게 하면 좋을까. 앞으로 다가올 일에 불안을 느끼며 카즈마도 모여 있는 반원들 틈에 끼었다.

사건 현장은 시부야구 하타가야에 있는 단독 주택이었다. 카와키타 야스오라는 70세 남성이 살해되어 카즈마를 비롯한 경찰청 수사1과가 나서게 되었다. 시신을 발견한 사람은 피해자의 아내 리카와 비서 쿠보 마사노리라는 남자였다. 카와키타 야스오는 부동산회사를 운영했고, 그 본사는 니시신주쿠에 있었다.

"사장님은 매일 직접 차를 몰아서 출근하셨어요. 늦어도 오전 10시까지는 회사에 나오셨습니다."

카즈마는 사장비서인 쿠보의 이야기를 듣는 중이었다. 사건 현장인 카와키타 야스오의 저택에 있는 방이었다. 카즈마 옆에는 호죠 미쿠모가 무릎 위에 수첩을 펴고 앉아 있었다.

"오늘은 10시가 되도록 사장님이 오지 않으셨어요. 그래서 10시 조금 넘어서였나? 그때 이미 회사에 계시던 사모님이 댁에 계신 사장님께 전화를 거셨습니다. 원래 사모님은 일찍 출근하시고, 사장님은 나중에 출근하시거든요."

쿠보는 40대 남성이었다. 오랫동안 카와키타 야스오의 비서로 일했다고 했다. 야스오의 아내 리카는 시신을 목격하고 충격을 받아 아직 경찰 조사를 받을 상태가 아닌 모양이었다. 반면 쿠보는 카즈마의 질문 하나하나에 깔끔하게 답변했다. 일을 잘할 것 같은 남자였다.

"사장님은 사모님의 전화를 받으신 것 같았습니다. 수화기 너머로 이제 집에서 나선다는 얘기를 하시는 듯했어요. 그 직후였습니다. 사모님이 갑자기 낯빛을 바꾸시더니 다급하게 사장님을 부르셨어요."

피해자의 아내 리카의 이야기에 따르면, 카와키타 야스오는 통화 중에 차고에 있다고 말했다고 한다. 그런데 그때 수화기 너머로 뭔가 부딪히는 소리와 함께 야스오의 신음 소리가 들렸다. 리카는 필사적으로 남편의 이름을 외쳤지만, 야스오는 대답하지 않았다.

"그래서 저는 곧바로 사모님을 모시고 회사를 출발해 이 집으로 왔습니다."

"이동하면서 경찰이나 구급차를 부를 생각은 없었나요?"

"실제로 무슨 일이 일어났는지 확실하지 않아서 신고를 보류했습니다. 사장님이 단순히 넘어지신 것일지도 모르니까요. 하지만 지금 돌이켜보니 그때 바로 경찰에 신고하는 게 좋았을 것 같습니다."

카와키타 야스오의 시신은 차고 안에서 발견되었다. 저택에 숨어든 누군가가 휘두른 둔기에 뒤통수를 맞아 그대로 사망한 것 같았다.

범행도구는 아직 발견되지 않았다. 범인은 그대로 저택 안에 침입해 귀금속을 훔쳐 달아난 듯했다. 피해액은 아내 리카가 진정을 찾은 뒤에 자세히 조사하기로 했다.

"저와 사모님이 이 저택에 도착했을 때가 10시 30분쯤이었습니다. 저는 차고에서 쓰러진 사장님을 발견하자마자 경찰에 신고했습니다. 사모님은 충격을 받고 그 자리에 주저앉으셨고요."

쿠보의 증언이 사실이라면, 야스오가 습격을 받은 시간은 리카가 전화를 건 시간과 일치할 터였다. 통화 기록을 확인하니 그 시간은 오전 10시 6분이었다.

"사장님께 원한을 품을 만한 사람이 있었습니까?"

"글쎄요…. 사장님은 온화한 분이셨습니다. 형사님, 강도 사건이 아닌 겁니까?"

역으로 질문을 받은 카즈마는 미소를 지으며 대답했다.

"이런 상황에서 모든 가능성을 열어두고 생각하는 게 저희의 일이거든요. 공적으로든 사적으로든 사장님께 원한을 품을 만한 사람은 없다는 말씀이죠?"

"제가 아는 선에서는 없습니다. 직함은 사장이지만 이제는 일선에서 물러나신 상태라 사람을 만나시는 일도 거의 없었습니다."

카와키타 야스오가 경영하는 '카와키타 에스테이트'는 주로 도쿄에서 무인 주차장 사업을 벌이는 회사였다. 매출도 나날이 늘어나는 모양이었다. 니시신주쿠 노른자 땅에 위치한 빌딩에 본사가 있다고 했다. 더구나 이 호화로운 저택만 보아도 야스오가 얼마나 성공했는지 쉽게 알 수 있었다.

"뜬금없는 질문일지도 모르겠습니다만," 그렇게 운을 떼며 카즈마가 물었다. "사모님이 상당히 젊으시더군요. 재혼하신 건가요?"

조금 전 언뜻 봤을 뿐이지만, 피해자의 아내 리카는 무척 젊어 보였다. 카즈마와도 나이 차이가 크게 나지 않을 것 같았다.

"올해로 서른일곱이실 겁니다. 예전 사모님은 한 10년 전에 돌아가셨고, 사장님은 작년에 지금 사모님과 재혼하셨습니다."

리카는 현재 카와키타 에스테이트에서 근무하지만, 야스오와 처음 만난 장소는 긴자에 위치한 고급 클럽이었다. 야스오는 거기서 만난 접대부 리카를 자기 회사에 고용했고, 심지어 결혼까지 했다. 두 사람의 나이 차는 서른세 살이었다. 카즈마는 상상도 못 할 나이 차였다.

"사모님은 어떤 일을 하시죠?"

"결혼 전에는 인포메이션 데스크에서 일하셨지만, 결혼 후에는 경리 관련 일을 하셨습니다."

"사모님이 매일 사장님보다 일찍 출근하시는 거죠?"

"거의 그렇습니다. 가끔 같이 출근하실 때도 있었지만요. 아까도 말씀드렸지만, 지금 사장님은 일선에서 물러나신 상태라 여유롭게 출근하셔도 문제가 없었습니다."

그 뒤로도 몇 가지 질문을 이어갔지만, 특별히 참고가 될 만한 내용은 없었다. 카즈마는 쿠보를 보내고 옆에 앉은 미쿠모에게 물었다.

"어떻게 생각해?"

"아마 강도의 짓이겠죠. 하지만 선배님이 신경 쓰시는 것처럼 저도 부인이 너무 젊은 게 마음에 걸려요."

범행 시각, 피해자의 아내 리카와 비서 쿠보는 니시신주쿠에 위치한 회사에 있었기 때문에 범행을 저지를 수 없었다. 다만 다른 누군가와 공모해서 범죄에 가담했을 가능성은 있다. 남편의 유산을 차지하려고 아내 리카가 누군가에게 협조를 의뢰했을지도 모른다.

"아무튼 이제 현장 주변 탐문을 시작하자."

카즈마가 그렇게 말하며 일어났다. 이번 사건은 카즈마가 속한 마츠나가반이 담당하게 되었고, 동시에 요요기 경찰서에 수사본부가 설치되었다. 마츠나가 반장은 강도 사건일 가능성이 짙으니 우선은 현장 주변에서 목격자 증언을 모으는 것이 사건 해결을 위한 첫걸음이라는 결론을 내렸다. 카즈마도 거기에 이견은 없었다.

"미쿠모, 가자."

"네, 선배님."

카즈마는 미쿠모와 함께 방에서 나갔다. 1층에서는 여러 수사관, 특히 과학수사대 요원들이 현장 감식을 하고 있었다. 피해자의 아내 리카는 보이지 않았다. 아직 충격에서 벗어나지 못한 모양이었다. 카즈마는 미쿠모와 함께 저택 밖으로 나가 배정받은 담당 구역을 확인했다.

★

"아, 어머님, 안녕하세요. 안, 엄마 오셨다."

하나코가 어린이집에 딸을 데리러 가자, 보육 교사 한 명이 안을 불렀다. 하지만 안은 엄마에게 갈 생각이 없는 듯했다. 친구와 함께 멜로디언을 치며 놀 뿐이었다. 옆에 있는 여자아이는 키노시타 호노카였다.

"안녕하세요."

그 목소리에 하나코가 뒤를 돌아보니 키노시타 아키라가 서 있었다. 아키라는 교실을 들여다보고는 말했다.

"한창 재미있어 보이네요. 하나코 씨, 둘이 조금만 더 놀게 해줄까요?"

"네. 그럼 5분만 더 놀게 해줘요."

두 사람은 교실 입구에서 멀어졌다. 복도에는 아이들이 그린 그림이 걸려 있었다. 아키라가 하나코에게 말을 걸었다.

"어떠셨어요? 치킨 차슈, 맛있게 만들어졌나요?"

며칠 전 아키라의 블로그에 전자레인지로 만드는 치킨 차슈 레시피가 올라왔다. 그 글을 본 하나코는 자기도 만들어보겠다는 메시지를 그에게 보냈다.

"네. 맛있었어요."

"그런가요? 다행입니다."

"근데 뭐 하나가 더 들어가면 좋겠더라고요. 음, 예를 들어

굴소스 같은 걸 넣으면 좋을 것 같아요."

"굴소스요? 그런 생각은 못 했네요. 참고할게요."

하나코는 같은 어린이집 엄마인 나카하라 아키에게 어제 들은 이야기를 떠올렸다. 키노시타 아키라의 형이 빈집털이 상습 범이고 지금은 교도소에 있다는 소문이었다. 아직 알고 지낸 지는 얼마 되지 않았지만, 아키라는 대화를 나누기 편한 사람 이었고 성격도 좋은 듯했다. 그런 어두운 면이 있을 줄은 꿈에 도 몰랐다.

"안녕하세요."

엄마 두 명이 아이를 데리러 왔다. 두 사람 다 하나코와 비교 적 사이가 좋은 편이라 함께 나들이를 간 적도 있었다. 두 사 람은 하나코 쪽으로 시선을 던지다가 곁눈질로 아키라를 보았 다. 평소 같았으면 하나코에게 말을 걸었을 두 사람이 오늘은 어쩐 일인지 하나코 앞을 그냥 지나치더니 교실을 들여다보며 아이의 이름을 불렀다. "엄마." 하면서 달려오는 아이의 손을 잡고 두 엄마는 하나코 앞을 지나쳐 사라졌다.

어쩐지 불편한 공기가 흘렀다. 아키라는 하고 싶은 말이 있 는 표정이었다. 하나코가 선수를 치며 말했다.

"어떤 엄마한테 들었어요. 형님 일이요."

"그렇군요…."

아키라는 그렇게 말하며 어깨를 축 늘어뜨렸다. 갑자기 그의 몸이 작아진 것만 같았다. 아키라가 약간 목소리를 낮추며 말했다.

"참 빠르네요, 소문이. 제가 직접 얘기한 적도 없는데."

"학부모 중에 형님의 동창이 있었나 봐요. 그래서 소문이 퍼진 것 같아요."

"소문이 많이 퍼졌나요?"

"아마도요. 제 귀에도 들어왔을 정도니까요."

엄마들의 네트워크를 얕잡아 보면 안 된다. 아니, 이렇게까지 입소문이 빠른 네트워크는 다시없을 정도이다. 누구네 아빠가 다니던 회사가 파산했다든가, 누구네 엄마가 둘째를 임신했다든가, 그런 이야기가 무시무시한 속도로 퍼져 나간다.

"조심한다고 했는데…." 아키라가 한숨을 쉬며 말했다. "예전에 다니던 어린이집에서도 그랬어요. 학부모 한 명이 하필 신문기자여서 저희 형 일을 알더라고요. 거기 있기가 힘들어져서 이쪽으로 이사한 거예요."

형은 형이고 아키라는 아키라이다. 하지만 세상은 그렇게 봐주지 않는다. 범죄자의 가족이니 가까이 가지 말자는 분위기가 형성되었을 것이다. 사실 조금 전에 마주친 엄마들의 반응이 그러했다. 엮이기 싫다는 듯 살살 눈치를 보며 지나갔다.

"호노카한테 나쁜 영향이 가지 않아야 하는데…. 그게 걱정이에요."

아키라는 그렇게 말하며 교실 안쪽으로 시선을 던졌다. 안과 호노카는 여전히 멜로디언을 연주하고 있었다. 둘 다 피아노학원에 다녀서 연주가 꽤 그럴듯했다.

"혹시 이사한 이유가 호노카한테…."

아이에게 나쁜 영향이 미쳐서는 아니었을까. 하나코는 그렇게 생각했다. 아키라가 고개를 끄덕이며 말했다.

"조금은요. 어린아이들은 잔인하잖아요. 부모가 누구누구랑 놀지 말라고 하면 그 말을 그대로 따르니까요."

'우리 안에게는 그런 짓 시키지 않을 거예요.' 하나코는 그 말을 하려다가 차마 입 밖으로 꺼내지 못했다. 호노카의 주변에도 악영향이 미치는 장면을 상상해보았다. 안에게 호노카와 계속 사이좋게 지내라고 가르치고 싶은 마음도 있었지만, 그것을 계기로 안에게도 불똥이 튄다면 어떻게 해야 할까. 그런 생각이 들자, 한편으로는 망설여졌다.

"슬슬 갈까요?"

아키라가 교실 입구로 다가가 실내를 들여다보며 말했다.

"호노카, 가자."

하나코도 그 뒤에서 얼굴을 내밀고 안을 불렀다.

"안, 가자."

두 사람은 멜로디언을 정리하고 교실 밖으로 달려나왔다. 안과 호노카는 몸집도 비슷해서 같이 있으면 나이 차이가 얼마 나지 않는 자매처럼 보였다. 안에게는 모처럼 생긴 친구였다. 가능한 한 두 사람 사이를 갈라놓고 싶지 않았다. 하나코는 진심으로 그렇게 생각했다.

★

"선배님, 반장님이 문자메시지를 보내셨습니다. 각자 상황 봐서 퇴근하라고 하시네요."

시간은 오후 9시를 넘어섰다. 카즈마는 계속 미쿠모와 함께 탐문 수사를 이어나갔다. 부동산회사 사장 살인 사건과 관련된 결정적인 목격자 증언은 아직 나오지 않았다. 범행도구도 발견되지 않았다.

"한 집만 더 가자."

"알겠습니다."

아주 평범한 단독 주택이었다. 초인종을 누르고 신원을 밝히자, 초로의 남성이 현관문을 열어 주었다.

"늦은 시간에 죄송합니다. 경찰청에서 나온 사쿠라바 카즈마입니다." 카즈마가 경찰 신분증을 보여주며 고개를 숙였다. "사실 오늘 오전에 이 근처에서 강도 살인 사건이 발생했습니다. 그래서 말씀을 좀 여쭈려고요."

"아, 압니다. 아까 뉴스에서 봤어요. 세상이 참 흉흉해요, 요즘."

"사건 발생 시각은 오전 10시쯤입니다. 그때 어디에 계셨습니까? 수상한 사람을 보셨다면 알려주십시오."

"죄송하지만, 저는 일 때문에 집에 없었어요."

"혹시 다른 가족이 계신가요?"

"저희 아내가 있지만, 그 사람도 일하는 중이었습니다. 맞벌이거든요."

"그렇군요. 실례가 많았습니다. 사소한 것이라도 좋으니 뭔가 생각나시면 경찰서로 연락 주십시오."

카즈마가 감사 인사를 하고 현관을 나섰다. 미쿠모가 지도에 표시를 추가했다. 탐문 수사는 지루한 작업이지만 형사의 일은 원래 이런 식이다. 집 50군데를 돌고도 전부 허탕일 때도 적지 않았다. 끈기가 필요한 직업이었다.

카즈마와 미쿠모는 역을 향해 걸었다. 하루 종일 수사를 해서 발걸음이 무거웠다. 어느 정도 수확이 있었다면 조금이라도 기분이 가벼웠겠지만, 오늘은 아무런 소득이 없었다.

그래도 감식 결과가 하나씩 나와 저녁 수사 회의에서 보고되었다. 사인은 후두부 가격으로 인한 뇌타박상이었고, 오른손잡이의 범행일 가능성이 크다고 했다. 범인은 산울타리를 넘어 차고에 침입한 다음 거기서 카와키타 야스오 사장을 살해하고 그의 주머니에서 열쇠를 빼앗아 저택 안으로 들어간 듯했다.

피해자의 아내 리카가 사건 현장을 방문해 수사에 협조해준 덕에 어떤 물건이 사라졌는지도 확인되었다. 리카의 침실 옷장에서 귀금속 몇 개가, 그리고 야스오 사장이 갖고 있던 지갑과 손목시계가 사라졌다고 했다. 피해액은 총 5백만 엔 정도였다.

부동산회사의 경영자치고 자택에 값비싼 물건을 많이 두지 않은 데에는 이유가 있었다. 야스오는 20년 전에도 빈집털이 피해를 입은 적이 있어 그때 이후로 집에 값비싼 물건을 두지 않게 되었다고 한다. 범인은 틀림없이 사전 조사를 했을 테니 카와키타 야스오가 부동산회사의 경영자라는 사실을 알고 있었을 것이다. 하지만 막상 집에 들어가 보니 생각보다 가져갈 물건이 적었다. 살인까지 한 보람이 없었다고 생각했을 것이다.

"선배님, 어떻게 할까요? 이제 돌아갈까요?"

"그래. 오늘은 여기서 바로 퇴근하자. 그런데 미쿠모, 와타루 형님이랑은 자주 만나?"

"와타루 씨도 바쁜 것 같아서 자주는 못 만나요. 그래도 괜찮아요. 우리는 마음이 연결돼 있으니까요."

미쿠모가 태연한 얼굴로 말했다. 사랑은 눈을 멀게 한다는 말이 사실인 듯하다. 미쿠모는 지금 완전히 눈이 먼 상태였다.

"선배님도 반대하시나요? 저랑 와타루 씨의 결혼을요."

"아니, 뭐…."

카즈마는 말문이 막혔다. 찬성이나 반대를 논하기 이전에 미쿠모 와타루와 호죠 미쿠모, 이 두 사람은 부부가 될 수 없다는 느낌을 강하게 받을 뿐이었다. 게다가 그녀는 모른다. 미쿠모 가문이 L의 일족이라 불리는 도둑 일가라는 사실을. 하나코와 안을 제외한 미쿠모 가문 사람은 모두 도둑질로 먹고산다. 와타루는 해킹에서 손을 뗐다고 한 모양이지만, 그 말도 완전히 믿을 수는 없었다. 만약 그 말이 사실이라고 해도 지금 그가 하는 일의 밑천은 의심할 여지 없이 해킹으로 벌어들인 돈이었다.

"근데 와타루 씨의 부모님은 왜 반대하시는 걸까요? 그 이유를 아직도 모르겠어요. 제가 며느리로서 그렇게 별로인가요?"

"글쎄…. 형사라고 하면 괜히 거부감을 느끼는 사람이 많으니까."

"아, 형사라서 그런 걸지도 모르겠네요. 그럼 어떡하죠? 전 형사를 그만둘 생각이 없는데."

역이 가까워졌다. 지나다니는 사람 수가 점점 늘어났다. 역에서 나온 사람들이 집을 향해 걸음을 재촉했다.

"선배님, 맥주 한잔하실래요? 제가 여쭤볼 게 많아요. 선배님의 부인은 와타루 씨의 동생이잖아요? 미쿠모 가문 사람들을 어떻게 대하면 좋을지 조언 좀 해주세요."

어떤 마음인지는 알겠다. 당사자인 미쿠모 가문 사람들을 제외하면, 이 세상에서 미쿠모 가문을 가장 잘 아는 사람은 카즈마일 것이다. 하지만 미쿠모에게 모든 것을 알려줄 수는 없었다. 카즈마가 대답을 망설이던 그때, 주머니에서 스마트폰이 진동했다. 문자메시지가 온 모양이었다. 카즈마가 스마트폰을 확인하고는 미쿠모에게 말했다.

"미쿠모, 미안해. 지금 일이 생겼어."

"알겠습니다. 그럼 다음에 시간 내주세요."

"나는 택시 탈 거야. 그럼 내일 보자."

"수고하셨습니다. 저는 가보겠습니다."

미쿠모가 역으로 통하는 계단을 내려갔다. 카즈마는 미쿠모를 배웅한 뒤, 거리로 눈을 돌려 빈 택시를 잡았다.

　약속 장소는 신주쿠 3가에 있는 바였다. 카즈마가 주상복합
빌딩 3층에 있는 가게 안으로 들어서자, 카운터석에 앉은 나
카무라 아리사가 그를 향해 손을 들었다. 카즈마는 그녀의 옆
자리에 앉았다. 물티슈를 가져다주는 웨이터에게 생맥주를 주
문했다.

　"빨리 왔네."

　"근처에 있었어. 하타가야에 일이 있었거든."

　"무슨 사건이라도 생겼어?"

　"뉴스에서 봤으려나? 부동산회사 사장이 살해당한 사건. 그
건을 수사했어."

　"카즈마, 진짜 형사가 됐구나. 느낌이 이상하다."

　카즈마는 조금 전 아리사에게 상담할 것이 있으니 만나자는
문자메시지를 받았다. 아마 사건과 관련된 일일 것이라 생각했
다. 아리사의 애인이던 식당 경영자 카네코 타카시는 살인교사
혐의로 체포되었다. 사건은 이미 검찰의 손에 넘어갔지만, 타카
시 쪽에 무언가 새로운 움직임이 있었을지도 모른다.

　"나한테 상담할 게 뭐야?"

　생맥주를 내온 웨이터가 자리를 뜨자, 카즈마가 물었다. 아
리사가 조금 난처한 표정으로 대답했다.

　"미안해, 카즈마. 딱히 상담할 건 없어. 그냥 잠깐 대화를 하

고 싶었어."

아리사의 눈가가 붉었다. 술을 꽤 많이 마신 모양이었다. 카즈마가 생맥주를 한 모금 마시고 말했다.

"그래. 뭐, 안 그래도 한잔하고 싶었으니 괜찮아. 너는 요즘 고등학교 동창들이랑은 안 만나?"

"예전에는 정기적으로 동창회 같은 것도 했는데, 요즘에는 만날 기회가 거의 없어. 여자검도부 애들도 대부분 결혼했고. 미혼은 나랑 다른 한 명밖에 없어. 남자애들은 어때?"

"남자애들도 반은 결혼했을걸. 그러고 보니 다음 달에 또 한 명이 결혼한댔어."

"그래? 누구?"

동창들 이야기로 잠시 신나게 대화를 이어갔다. 역시 동창과 나누는 대화는 즐거웠다. 같이 학창시절을 보낸 친구라 과한 배려를 할 필요도 없었다.

"카즈마, 아내 사진 없어? 궁금해. 카즈마가 어떤 사람이랑 결혼했는지."

"사진은 무슨, 없어."

"그래? 아쉽다."

"아, 근데 딸 사진은 있어."

사실 하나코의 사진도 있었지만, 그것을 아리사에게 보여주기는 쑥스러웠다. 카즈마는 스마트폰을 꺼내 안만 찍힌 사진을 화면에 띄웠다. 아리사가 카즈마 쪽으로 몸을 기울여 화면을 들여다보았다. 그녀의 머리카락에서 좋은 향기가 났다.

"이름은 안이야. '살구'라는 뜻이야. 귀엽지?"

"귀엽다. 카즈마를 별로 안 닮았네."

"나를 닮으면 안 되지. 아내를 닮아서 다행이야."

"왜, 카즈마는 잘생겼잖아. 옛날에 여자애들 사이에서도 인기가 꽤 많았는걸. 여자검도부에도 몇 명 있었어, 너 좋아하는 애들."

"너야말로 인기 많았어. 학년에서 1, 2위를 다툴 정도였다고."

카즈마가 그랬다. 아리사에게 호감이 있었다. 하지만 그녀는 남자에게 관심이 없는 듯 금욕적인 분위기를 풍겨서 어쩐지 다가가기 힘든 존재였다.

"카즈마, 만약 타임머신이 있다면 그때로 돌아갈 거야?"

"아니. 내가 지금까지 해온 일을 다시 처음부터 반복할 자신이 없어. 너는?"

"나도 그렇게 생각했어. 열심히 노력해서 지금의 삶을 손에 넣었으니까. 근데 요즘은 가끔 그런 생각이 들어. 지금이랑은 다른 인생을 살 수도 있지 않았을까, 라는 생각."

"만약에 말이야." 야릇해지는 분위기를 감지한 카즈마는 일부러 밝게 말했다. "만약 딱 하루만 고등학생 때로 돌아갈 수 있다면, 거기서 뭘 하고 올 거야?"

"딱 하루만? 음…. 나는 좋아했던 사람한테 고백할 거 같아.

그런 거랑은 무관한 고등학교 시절을 보냈으니까. 카즈마는?"

사실 카즈마도 똑같은 생각을 했다. 만약 딱 하루만 고등학생 때로 돌아갈 수 있다면, 나카무라 아리사에게 고백하고 싶었다. 하지만 카즈마는 두 번째 소원을 이야기했다.

"우리 3학년 때 도쿄에서 개최한 검도 대회를 다시 치를 거야. 단체전 결승에서 진 게 아직도 분하거든. 상대가 어떻게 공격했는지는 지금도 대충 기억나니까 다시 나가면 이길 수 있을 거야."

"그렇게 비겁하게라도 이기고 싶어?"

"고등학교 때 친구들을 만나면 아직도 그 얘기를 한다니까? 그때 나 때문에 졌다면서."

한동안 즐거운 대화가 이어졌다. 계속 술을 추가하다 보니 어느새 밤 11시가 넘었다. 웨이터가 마지막 주문을 받으러 올 때가 되어서야 두 사람은 가게를 나서기로 했다. 아리사는 자기가 술값을 계산하겠다고 우겼지만, 카즈마는 정확히 절반을 나눠 계산했다.

두 사람은 거리를 걸었다. 평일인데도 신주쿠의 거리는 북적였다. 술집의 호객 행위를 무시하며 차가 달리는 거리로 나갔다. 아리사가 택시를 탄다고 하기에 카즈마가 동승하기로 했다. 두 사람은 빈 택시를 잡아 뒷자석에 탔다.

"우선 요츠야로 가주세요."

택시가 출발했다. 뒷좌석에 달린 모니터에서 뉴스가 흘러나왔다. 아리사가 운전기사의 눈치를 살피면서 말했다.

"카즈마, 커피라도 마시고 갈래?"

카페나 식당에 가자는 뉘앙스가 아님을 카즈마도 알고 있었다. 남자검도부 주장과 여자검도부 주장. 그때 그 시절과는 달리, 이미 서른을 넘은 어엿한 성인들이었다. 아리사의 집에 가면 커피만 마시고 끝나지는 않으리라는 것도 알고 있었다.

"미안하지만 내일도 아침부터 일을 해야 해서."

카즈마는 가까스로 그렇게 말했다. 아리사는 말없이 창밖으로 눈을 돌렸다.

★

"다들 강도 사건으로 가정하고 수사하잖아요. 그러니까 적어도 우리는 다른 방향으로 파볼 만하지 않습니까?"

미쿠모가 하타가야 주택가를 걸으면서 옆에 있는 카즈마에게 말했다. 수사를 시작한 지 이틀째가 되는 아침이었다. 아직 카와키타 에스테이트의 사장 카와키타 야스오를 살해한 범인을 찾아낼 만한 증거나 증언을 얻지 못했다. 오늘도 사건 현장 주변에서 탐문 수사를 하라는 지시를 받았지만, 미쿠모는 슬슬 다른 관점으로 볼 필요가 있다는 생각이 들었다.

"다른 방향이라니, 무슨 말이야?"

"저는 역시 사모님이 의심스러워요."

피해자의 아내 카와키타 리카, 서른일곱 살. 전직 접대부인 그녀와 야스오는 작년에 결혼했다. 두 사람의 나이 차는 서른 살 이상이었다. 부녀지간으로 보일 만큼 큰 나이 차였다.

"그런 얘기도 간간이 나오긴 하더라. 야스오 사장이 죽어서 가장 이득을 본 사람은 카와키타 리카야. 막대한 유산을 얻게 됐으니까."

유산을 노린 범행이 아닐까. 수사관들 사이에서도 그런 의견이 나왔다. 하지만 리카는 범행 시각에 피해자와 통화를 했다는 철통같은 알리바이가 있었다.

"미쿠모, 우선은 범인을 잡는 게 먼저야. 그런 다음에 범인이 진짜 살해동기를 실토하게 만들자."

"범인이 잡히면 좋겠지만…"

어쩐지 불길한 예감이 들었다. 범인은 단독 주택에 숨어들어 집주인을 죽이고 값나가는 물건을 훔쳐서 달아났다. 범행이 자못 허술한 것 치고는 현장에 남은 증거가 너무 없었다. 언뜻 허술한 범행으로 보이도록 꾸몄지만, 사실은 치밀한 계산이 있었던 것은 아닐까.

"그럼 카와키타 리카가 범인이라 치자. 하지만 그 여자를 심문해도 그렇게 쉽게 입을 열지는 않을 거야."

"그렇겠죠. 저도 그렇게 생각합니다."

"그렇지? 그럼 역시 실행범을 찾는 수밖에 없어."

"만약 저였다면," 미쿠모는 범인에 이입하여 생각해봤다. "만약 제가 사장 부인이고, 유산 때문에 남편을 죽인다면 말이죠.

저었다면…. 음, 아마 직접 죽였을 거예요."

"미쿠모, 너란 애는…."

"남을 어떻게 믿습니까? 그 사람이 실수하면 제가 잡히잖아요. 직접 죽이는 게 확실하죠."

일반적으로 생각하면 실행범은 남자일 것이다. 리카와 공모한 남자가 범죄를 실행에 옮겼을 것이고, 리카는 애초부터 유산 때문에 야스오 사장과 결혼했을 것이다. 그리고 그들은 유산을 노리고 강도 사건을 연출했으리라.

"잠깐 전화 한 통만 하겠습니다."

미쿠모가 양해를 구하고는 스마트폰을 꺼냈다. 수첩에 적힌 번호를 스마트폰에 입력했다. 곧바로 상대가 전화를 받았다. 어제도 경찰 조사를 받은 사장비서 쿠보였다.

"경찰청 수사1과 호죠 미쿠모입니다. 어제 협조해주셔서 감사했습니다. 잠깐 확인하고 싶은 게 있어서 연락 드렸습니다. 사장님의 부인 리카 씨는 어제 몇 시에 출근하셨습니까?"

"사모님은… 잠시만 기다려 주세요. 지금 출퇴근 카드를 확인하겠습니다. …어제는 오전 8시 55분에 출근하셨네요. 저희 회사는 9시부터 업무가 시작되거든요."

리카는 거의 매일 9시가 되기 전에 출근했다고 했다. 보통은 지하철을 타고 출퇴근했지만, 택시를 탈 때도 있다는 듯했다. 리카의 증언에 따르면 어제는 택시로 출근했다고 한다.

"사장님은 매일 어김없이 10시가 되기 전에 출근하셨다고요?"

"맞습니다. 매일요. 작년 말에 10시가 지나도록 회사에 오지
않으셔서 걱정되는 마음에 제가 전화를 해보니 사장님이 집
앞에 쓰러져 계셨던 적이 있었습니다. 그때는 심각한 상황으로
번지지 않았지만요."

그 사건이 쿠보의 머릿속에 강하게 남아 있었나 보다. 10시
가 지나도 출근하지 않는 사장이 걱정되어 쿠보가 리카에게
그 사실을 전한 것이라고 했다.

"감사합니다. 앞으로도 여쭤볼 것이 더 있을지 모릅니다. 그
때도 잘 부탁드립니다."

미쿠모는 전화를 끊고 나서 카즈마에게 말했다.

"선배님, 사모님이 범인이라는 가설을 더 파보지 않으실래요?"

"진심이야?"

"진심입니다. 아, 탐문 수사가 싫어서 이러는 건 아니에요."

"그럼 어떤 근거로 그런 주장을 하는 거야?"

"여자의 감. 아니, 탐정 딸의 감입니다."

"하, 어쩔 수 없네."

카즈마가 그렇게 말하며 스마트폰을 꺼내더니 어딘가에 전
화를 걸었다. 담당구역에서 벗어나도 된다는 허가를 받기 위해
반장에게 연락하는 것이리라. 카즈마는 잠깐의 통화를 마치고
말했다.

"좋을 대로 하라신다. 미쿠모, 요즘 부쩍 네가 원하는 대로

수사를 진행할 수 있게 된 것 같다."

"그럴 만한 결과를 내니까요."

미쿠모가 그렇게 말하며 가슴을 폈다. 미쿠모는 형사라는 직업이 참 재미있다고 생각했다. 천직이 아닐까 싶을 정도였다.

만약 미쿠모가 민간 탐정사무소에서 일했다면, 바람피우는 배우자 뒷조사나 실종자 찾기 같은 의뢰만 받았을 것이다. 그런데 경찰청 수사1과에 몸을 담으니 매일같이 살인이나 상해 사건을 담당했다. 그리고 다리가 퉁퉁 붓도록 뛰어다니며 사건을 수사했다. 형사로서 느낄 수 있는 최고의 즐거움이었다. 미쿠모는 사건을 해결하는 사람은 자신이어야 한다는 것을 항상 잊지 않으려 했다. 그것이 초일류 형사가 되는 길이기 때문이었다.

"그럼 가시죠, 선배님."

"그건 알겠는데, 너무 그렇게 우쭐하면….."

"앗, 아야."

미쿠모는 버스정류장 간판과 정통으로 충돌하며 이마를 부딪쳤다. 그렇다. 너무 우쭐하면 안 된다. 미쿠모는 들뜬 마음을 정돈하며 택시를 잡으러 거리 쪽으로 눈을 돌렸다.

★

정말 신기한 녀석이다. 옆에 앉은 호죠 미쿠모의 옆얼굴을 보며 카즈마는 속으로 그렇게 생각했다.

형사는 어디까지나 공무원이자 조직에 속한 사람이다. 빗대자면 졸병이었다. 지휘관이 내린 지시를 착실히 따르며 성실하게 탐문 수사를 하고 그 과정에서 얻은 성과를 수사 회의에서 보고해야 한다. 지휘관은 졸병들이 수집한 정보를 찬찬히 살펴보며 범인을 찾아낼 수 있는 증거를 늘려간다. 그것이 수사의 기본이었다.

하지만 미쿠모는 달랐다. 지휘관의 두뇌를 가진 졸병이라고 할까. 그렇다. 한 마디로 탐정이었다. 스스로 생각하고 추리하고 범인을 찾아냈다. 형사 신분이지만, 미쿠모가 하는 일은 사실 탐정에 가까웠다.

"기사님, 저 편의점 앞에서 세워주세요."

미쿠모가 몸을 앞으로 기울이며 말하자, 운전기사가 대답했다.

"그럽죠."

카즈마와 미쿠모는 하타가야 주택가에서 택시를 타고 일단 니시신주쿠에 위치한 카와키타 에스테이트 본사로 향했다. 시간은 12분 정도 걸렸다. 도로 정체 상황에 따라 달라지겠지만, 넉넉하게 잡아도 이동 시간은 10분에서 20분 정도일 듯했다.

택시가 멈췄다. 지금 택시는 니시신주쿠에서 하타가야 방면으로 되돌아가는 길을 달리고 있었다. 카즈마는 미쿠모와 함께 횡단보도를 건너 도로 맞은편에 있는 편의점으로 들어갔다. 세 번째로 들르는 곳이었다.

"일하시는 중에 죄송합니다. 경찰청 수사1과에서 나왔습니다." 미쿠모가 그렇게 말하며 경찰 신분증을 꺼내 보였다. "점장님 계십니까?"

젊은 여자 점원이 가게 안쪽으로 가더니 중년 남성을 데리고 왔다. 미쿠모가 점장에게 다시 신원을 밝히고는 말했다.

"하타가야에서 일어난 강도 살인 사건을 조사하고 있습니다. 어제 오전 8시 반부터 9시 사이의 CCTV 영상을 확인하고 싶습니다."

"지금 당장요?"

"네. 부탁드립니다."

미쿠모와 카즈마는 가게 안쪽으로 안내를 받아 들어갔다. 점장이 컴퓨터 한 대를 만지작거리자, 이내 영상이 흘러나왔다. 계산대 근처 카메라에 찍힌 영상이었다.

두 번을 연달아 봤지만, 카와키타 리카의 모습은 보이지 않았다. 카즈마와 미쿠모는 점장에게 감사 인사를 하고 편의점을 나섰다.

택시로 돌아가 다시 하타가야 방면으로 달렸다. 눈에 띄는 편의점이 있으면 그때마다 들러서 CCTV 영상을 확인했다.

"아, 조금만 전으로 돌려주시겠어요?"

일곱 번째로 들른 편의점이었다. 하타가야에 있는 피해자 자택에서 1킬로미터도 떨어지지 않은 곳에 위치한 가게였다. 되감은 영상을 다시 보니, 숄을 두르고 선글라스를 낀 여자가 계산대 앞에 서 있었다.

"닮지 않았습니까? 그 사모님이랑요."

"글쎄. 조금만 더 확실히 보이면 알 것 같은데."

여자는 입구로 들어와 곧장 계산대로 향했다. 그리고 손에 든 상자를 계산대 위에 올려놓았다. 택배로 부칠 물건인 듯했다. 상자에 운송장도 벌써 붙였는지 여자는 돈만 내고 편의점에서 나갔다.

"죄송하지만," 미쿠모는 뒤에서 기다리던 점장에게 말을 걸었다. "이 여자에 대해서 더 알고 싶습니다. 혹시 택배 운송장을 확인할 수 있을까요?"

"잠시 기다려 주세요."

점장이 그렇게 말하고는 방에서 나갔다. 미쿠모는 직접 마우스를 움직여 CCTV 영상을 한 번 더 재생했다. 카즈마도 화면을 응시했다. 선글라스를 끼고 두껍게 숄을 둘렀지만, 얼굴 윤곽이 카와키타 리카와 똑같아 보였다. CCTV 영상은 8시 45분을 가리켰다. 리카가 출근하는 길에 이 편의점에 들러 택배를 부친 것일까.

"찾았어요. 이게 그 운송장입니다."

돌아온 점장이 미쿠모에게 운송장을 건넸다. 보내는 사람의 이름은 '야마다 리카'였다. 문제는 받는 사람이었다. 택배를 받을 사람은 니시신주쿠에 있는 카와키타 에스테이트 본사의 카와키타 리카였다. 미쿠모가 운송장을 보고 차분하게 말했다.

"보내는 사람의 이름은 가명이겠군요. 그런데 선배님, 좀 이상하지 않습니까? 회사에 가는 길이면서 왜 본사로 택배를 보냈을까요? 그냥 들고 가면 되는데 말이죠."

미쿠모는 답을 알면서도 물었다. 카즈마는 마치 학생이 된 기분이었다. 쓴웃음을 지으며 대답했다.

"남들이 보면 안 되는 물건이 들어 있어서겠지."

"정답입니다. 여기 보니 택배가 도착할 시간을 지정해뒀네요. 오늘 오후에 짐이 도착할 예정이에요."

택배 배송을 맡은 업체는 대형 택배 회사였다. 지금 시간은 오전 11시를 넘어섰다. 짐이 이미 택배 트럭에 실렸을 것이다. 미쿠모가 점장에게 말했다.

"입구 부근에 있는 CCTV 영상도 봐도 될까요?"

"네. 마음껏 보세요."

"감사합니다."

미쿠모가 컴퓨터를 조작했다. 2분 후, 카와키타 리카로 보이는 여자가 편의점에 들어온 시간과 가게 앞에 정차한 택시가 있었다는 사실을 알아냈다. 택시의 차량번호는 확인하지 못했지만, 어떤 회사의 택시인지는 영상으로 판단할 수 있었다. 그것만 알면 뒷일은 금방 해결될 터였다.

"선배님, 커피 사서 갈까요? 아, 택시기사님께도 사 드려야겠어요."

미쿠모가 그렇게 말하며 계산대로 향했다. 정말 대단하다. 카즈마는 카와키타 리카가 범인이라는 가설이 입증되는 것도 시간문제라고 생각했다.

　오후 3시가 지나자, 택배 트럭 한 대가 비상등을 깜박이며 길가에 정차했다. 운전석에서 내린 택배기사가 작은 상자를 들고 빌딩 안으로 들어갔다. 5분 정도 기다리니 택배기사가 트럭으로 돌아왔다.

"가자."

"네, 선배님."

　카즈마와 미쿠모는 떠나는 트럭을 확인한 뒤 빌딩 안으로 들어갔다. 사전 조사를 해둔 덕에 이 8층짜리 건물 7층에 카와키타 에스테이트 본사가 있다는 사실을 미리 알고 있었다. 엘리베이터로 7층까지 올라가 인포메이션 데스크 직원에게 신원을 밝히고는 회사 안으로 들어갔다.

　내부가 그리 넓지는 않았다. 사무실 안에서 직원 열 명 정도가 일하고 있었다. 그중 한 사람이 고개를 들었다. 비서 쿠보였다.

"형사님, 어쩐 일이세요?"

　다가온 쿠보에게 카즈마가 물었다.

"사모님 계신가요?"

"사장실에 계세요. 사장님의 물건을 정리한다고 하셨어요."

"방금 택배가 왔을 텐데, 그 택배는 어디에 있죠?"

"사모님께 드렸습니다. 오늘 오후에 택배가 올 거라고 하셨거든요."

카즈마가 앞쪽으로 걸음을 옮겨 사장실 문을 노크했다. "실례합니다."라고 말하고는 문을 열었다. 사장실답게 방 안에 놓인 소파와 책상이 중후한 느낌을 풍겼다. 소파에 앉아 있던 여자, 카와키타 리카가 일어섰다.

"누, 누구세요?"

"저는 경찰청 수사1과의 사쿠라바 카즈마고, 이쪽은 호죠 미쿠모입니다. 방금 택배가 도착했죠? 보내는 사람의 이름은 야마다 리카고요. 저희가 내용물을 확인해도 되겠습니까?"

카와키타 리카는 대답하지 않았다. 역시 유흥업소에서 일하는 여자 특유의 분위기를 풍기는 사람이었다. 일흔 살 먹은 노인과 결혼했다고는 믿기 어려운 색기가 흘렀다.

카즈마는 한발 물러났다. 덕분에 미쿠모가 한발 앞으로 나온 모양새가 되었다. 카즈마는 여기서부터 뒷일을 미쿠모에게 맡길 생각이었다. 미쿠모는 차분한 말투로 이야기를 시작했다.

"방금 온 택배가 뭔지 맞춰볼까요? 카와키타 야스오 사장님을 가격한 범행도구와 사건 현장에서 사라진 사모님의 귀금속, 그리고 남편분의 지갑과 손목시계죠?"

리카의 시선이 책상 쪽으로 향했다. 그 위에 상자가 놓여 있었다. 아직 내용물을 확인하기 전인 듯했다. 이제 그 물건들을 처분할 생각이었으리라.

"터무니없는 소리 하지 말아요. 나한테 할 말이 있으면 변호사를 통해서…."

"5분이면 끝납니다. 제 말을 들어주세요." 미쿠모는 이야기를 이어갔다. "카와키타 야스오 사장님을 살해한 사람은 사모님, 당신입니다. 범행 시각인 오전 8시 30분쯤, 당신은 야스오 사장님을 차고로 불러내서 후두부를 가격해 살해했습니다. 그리고 강도 사건으로 꾸미기 위해 준비해둔 상자에 귀금속을 넣었죠."

범행도구도 같이 넣었을 것이다. 그리고 상자를 들고 택시로 출근했다.

"중간에 편의점에 들러서 상자를 택배로 부쳤습니다. 이 회사로요. 그리고 이게 그때 사용된 운송장입니다. 필적을 조사해보면 결과가 나오겠지만, 보나 마나 사모님의 글씨체일 겁니다."

미쿠모가 편의점에서 얻은 운송장을 꺼냈다. 리카는 그것을 보고도 입을 열지 않았다. 창백한 얼굴로 우두커니 서 있을 뿐이었다.

"제시간에 출근한 당신은 10시가 되기를 기다렸습니다. 그러자 비서 쿠보 씨가 출근하지 않은 사장님을 걱정하기 시작했죠. 만약 쿠보 씨가 아무 말도 하지 않았다면 당신이 먼저 사장님이 걱정된다는 얘기를 꺼냈을 거예요."

그리고 리카는 쿠보가 보는 앞에서 야스오 사장에게 전화를 걸었다. 쿠보는 중요한 증인이었고, 리카는 그 앞에서 연기를 함으로써 야스오 사장이 10시 이후에 자택 차고에서 살해당했다는 인상을 심는 데에 성공했다. 두 사람 다 증인이 있으니

야스오 사장의 사망 추정시각은 10시 이후로 확정되었다. 감식으로 사망 시각을 추정할 때도 보통 두세 시간 정도 융통성을 두고 시간을 산출하니 큰 오류는 없었다.

"당신은 10시 이후 스마트폰으로 야스오 사장님에게 전화를 걸었습니다. 그러면서 주머니 속에 감춰둔 사장님의 핸드폰을 몰래 조작해 통화 상태로 만들었죠. 트릭은 그걸로 완성됐습니다. 그 뒤에는 사장님이 누군가에게 습격당하는 소리가 수화기 너머에서 들리는 척 연기만 하면 됐습니다. 그런 다음, 비서 쿠보 씨와 함께 집으로 돌아가 차고에서 사장님의 시신을 발견했습니다. 아, 할일이 한 가지 더 있었죠. 쿠보 씨의 눈을 피해 사장님의 핸드폰을 시신 옆에 살짝 둬야 했어요. 그걸로 끝이었죠."

범행도구가 무엇이었는지도 이미 밝혀졌다. 여자도 들 수 있을 만한 크기의 망치였다. 사실 여기에 오기 전, 미쿠모와 카즈마는 택배 트럭의 짐을 미리 확인했다. 택배 상자 안에는 망치와 귀금속들이 들어 있었다.

"사모님, 어떤가요? 제 추리가 틀렸나요? 틀린 부분이 있으면 편하게 말씀해주세요."

리카는 몸에 힘이 빠진 듯 소파에 걸터앉았다. 아무 말 없이 탁자 위를 멍한 눈으로 바라보았다.

미쿠모가 진지한 얼굴로 그녀에게 말했다.

"사모님, 바다에라도 가실래요? TV를 보면 범인들은 꼭 절벽에서 자수를 하던데, 그런 곳에 가면 자수하기가 쉬우시겠어요?"

카즈마는 헛기침을 했지만, 미쿠모는 눈치채지 못하는 듯했다. 농담이 아니라 진심으로 하는 말인 모양이다. 이윽고 리카가 고개를 들더니 떨리는 목소리로 말했다.

"왜… 어째서? 완벽했다고 생각했는데…"

죄를 인정한 것과 마찬가지였다. 리카도 더 이상 도망칠 수 없다고 체념한 모양이었다. 자기 앞으로 범행도구를 보낸 것이 결정적인 증거가 되고 말았다.

"좋은 계획이었습니다." 미쿠모가 고개를 끄덕였다. "역시 범행도구를 처분하는 방법이 제일 중요하죠. 하지만 회사로 보낸 건 실수였습니다. 그리고 택배를 부칠 편의점도 잘못 골랐어요. 저였다면…, 음, 역으로 가서 지하철을 탔을 겁니다. 시간이 여유로우면 신주쿠와 반대되는 방향으로 가는 지하철을 타서 첫 번째 역에서 내렸을 거예요. 그리고 가까운 편의점에서 택배를 부쳤을 겁니다. 이렇게만 해도 결과가 많이 달랐을 거예요."

이번 범행이 발각된 원인은 리카가 택시로 출근하면서 가장 가까운 편의점에서 택배를 부쳤기 때문이었다. 만약 아무 상관도 없는 지역에 위치한 편의점에서 택배를 부쳤다면, 범행을 들키지 않았을 가능성도 있었다.

리카가 새파랗게 질린 얼굴로 입을 열었다.

"처음에는 그럴 생각이었어요. 근데 막상 범행도구가 든 상자를 들고 밖에 나가니까 갑자기 무서웠어요."

그 마음은 알 것도 같았다. 더구나 사람을 죽인 직후였다. 당연히 공포에 사로잡힐 만했다. 게다가 그녀는 회사에 가서 해야 할 일이 산더미처럼 많았다.

"회사에 가는 게 먼저라고 생각했어요. 그래서 나도 모르게 지나가던 택시를 잡아 버렸어요. 근데 그대로 범행도구를 회사에 가져올 수는 없었어요."

야스오 사장이 살해당했음이 알려지면, 경찰이 수사를 하러 회사에 올 가능성이 컸다. 예상대로 형사들은 어제 하루 종일 회사에서 직원들에게 이것저것 물으며 조사를 했다. 그런 곳에 범행도구를 들여오기는 위험했다.

"역시 하라는 대로 했어야 했어. 그랬으면 이렇게 되지는 않았을 텐데…."

리카가 입술을 깨물며 고개를 떨구었다. 카즈마는 그 말에 반응하지 않을 수 없어 리카에게 질문했다.

"리카 씨, 하라는 대로라니 무슨 말이죠? 공범이 있었다는 말인가요?"

리카는 대답하지 않았다. 카즈마가 다시 물으려 하자, 그녀가 고개를 들고는 상상도 못 한 말을 꺼냈다.

"이번 계획은 산 거예요. 돈을 주고."

"샀다고요? 누구한테서요?"

"몰라요. 만난 적도 없는 사람이에요."

사람을 겉모습으로 판단하면 안 되지만, 카와키타 리카라는 이 여성은 그렇게 치밀한 범죄 계획을 세울 만한 사람으로 보이지는 않았다. 만약 미쿠모의 추리가 없었다면, 이 사건은 계속 강도 사건이라는 가정에서 벗어나지 못해 수사가 지지부진했을지도 모른다.

"선배님, 혹시…."

미쿠모와 눈이 마주친 순간, 카즈마는 퍼뜩 깨달았다. 리카는 돈을 주고 산 범죄 계획을 실행에 옮겼다. 바로 며칠 전에도 똑같은 일이 있었다. 카즈마가 리카에게 물었다.

"모리어티죠? 자기 자신을 모리어티라고 부르는 사람한테서 인터넷으로 계획을 샀죠?"

"네." 리카가 고개를 끄덕였다. 이제 완전히 체념했는지 얼굴에 자조 섞인 미소를 짓고 있었다. "맞아요. 모리어티인지 뭔지, 하여튼 이상한 이름으로 불리는 사람한테서 샀어요. 비싼 돈을 주고요. 내 머리로 이런 계획을 생각해냈을 리가 없잖아요."

바로 얼마 전, 시나가와구에서 카네코 이쿠미가 살해당한 사건. 교환 살인에 의한 범행이었는데, 그 사건의 실행범인 히구치와 살인미수에 그친 타카시도 인터넷상에서 모리어티라는 정체불명의 인물에게서 계획을 샀다고 증언했다. 수사1과에서는 모리어티의 정체를 쫓는 듯했지만, 아직 단서를 하나도 찾지 못한 상황이었다.

이번 계획도 모리어티의 아이디어였다. 얼마 전에 발생한 교환 살인은 물론, 강도로 위장한 이번 살인 사건 역시 자칫하면 미궁에 빠졌어도 이상하지 않을 만한 사건이었다. 제법 머리가 비상한 자의 소행이었다. 왜 그런 범죄 계획을 판매하는 것일까. 진짜 의도가 무엇인지는 알 수 없지만, 절대로 가만히 내버려 둘 수 없는 요주의 인물이었다. 무슨 수를 써서라도 모리어티의 정체를 밝혀내야 했다.

"미쿠모, 반장님께 연락해. 바로 요요기 경찰서에 리카 씨의 신병을 인계한다. 그리고…."

스마트폰 벨소리가 울렸다. 그 소리는 카와키타 리카 근처에서 들려왔다. 리카가 소파 위에 놓인 핸드백에서 스마트폰을 꺼내 화면을 보고는 고개를 갸웃거렸다.

"안 받습니까?"라고 카즈마가 묻자, 그녀는 "모르는 번호예요."라고 대답했다. 잠시 후 스마트폰 벨소리는 멈추었지만, 이번에는 책상 위에 있는 전화기가 울리기 시작했다.

어쩐지 불길한 예감이 들었다. 미쿠모도 같은 느낌을 받았는지 진지한 얼굴로 책상 위에 놓인 전화기를 바라보았다. 카즈마가 손을 뻗어 수화기를 들고는 귀에 가져갔다.

"인간은 참 미련한 동물이죠."

전화 상대가 다짜고짜 그렇게 말했다. 음성변조기로 변조된 목소리라 성별은 알 수 없었다. 카즈마는 목소리를 낮추며 물었다.

"너 누구야?"

"모리어티라고 합니다. 앞으로 잘 부탁드립니다, 사쿠라바 카즈마 경장."

DAUGHTER OF HOLMES

제 3 장

게임 천재

카즈마는 귀를 의심했다. 방금 뭐라고? 모리어티?

"너, 설마…."

"네. 제가 모리어티입니다. 좋은 추리였습니다. 거기 있는 호죠 미쿠모 순경을 칭찬해주고 싶을 정도예요."

카즈마는 책상 위로 눈을 돌렸다. 야스오 사장이 생전에 사용했을 메모장이 전화기 근처에 놓여 있었다. 카즈마는 메모장을 가까이 가져와 펜으로 '도청기?'라고 적었다. 이상함을 감지한 미쿠모가 그 글을 보고 낯빛이 변하더니 곧바로 사장실 안을 수색하기 시작했다.

"네가 카와키타 리카에게 범죄 계획을 팔았구나?"

"네. 맞습니다." 수화기 너머의 누군가가 선뜻 인정했다. "2백만 엔에 팔았어요. 참고로 그때 사용한 계좌는 조사해봤자 헛수고일 겁니다."

자신을 모리어티라고 소개한 자가 이어서 말했다.

"제가 시키는 대로 했으면 이번 사건은 미궁에 빠졌을 겁니다. 범죄라는 게 원래 수고를 들이면 들일수록 완전범죄에 가까워지는 법이거든요. 갑자기 무서워서 택시를 탔다는 건 핑계가 안 돼요."

미쿠모가 카즈마의 어깨를 두드렸다. 그녀가 손가락으로 가리킨 곳은 손님용 소파 밑이었다. 카즈마가 수화기를 귀에 댄채 소파 밑을 들여다보니 시가 케이스만 한 검은 물체가 눈에 띄었다. 도청기인 것 같았다. 섣불리 건드리기보다는 그대로 두고 감식을 맡기는 것이 나을 듯했다.

"얼마 전에 발생한 교환 살인도 마찬가지입니다. 사실 저는 두 살인 사건을 같은 날에 벌이는 걸로 계획했습니다. 그런데 의뢰인들이 자기들 상황에 맞춰 멋대로 계획을 변경했습니다. 그 사람들이 잡힐 만한 짓을 해서 잡힌 거죠. 그렇긴 하지만, 교환 살인이라는 걸 알아차린 여러분도 대단합니다."

경찰의 내부 정보를 제법 잘 아는 듯했다. 얼마 전에 발생한 교환 살인 사건이 미쿠모의 추리 덕분에 해결되었다는 사실을 아는 사람은 경찰관계자 몇 명뿐이었다. 게다가 이 모리어티라는 자는 방금 '사쿠라바 카즈마 경장'이라고 말했다. 카즈마의 이름까지 안다는 뜻이었다.

"아무래도 두 번 연속으로 범행을 들키고 나니 저도 가만히 있을 수 없더군요. 그래서 전화한 겁니다, 카즈마 경장."

카즈마는 카와키타 리카에게로 눈을 돌렸다. 조금 전까지 자조 섞인 미소를 흘리던 그녀는 이제 고개를 숙인 채 훌쩍거리고 있었다. 이제야 자신이 저지른 죄의 무게를 깨닫고 의기소침해진 모양이었다.

"이러는 목적이 뭐야?" 카즈마가 단도직입적으로 물었다. "왜 여기에 전화를 걸었지? 계획을 간파당해서 분했나? 네가 어떤 계획을 세우든 경찰이 반드시 그 계획을 알아낼 거다. 이 나라의 경찰을 우습게 보지 마."

"솔직히 분한 건 인정하겠습니다. 정말 오랜만에 자존심이

상했어요."

모리어티는 아마 과거에도 여러 번 같은 일―그러니까 인터넷에서 범죄 계획을 판매하는 일을 했을 것이라고 카즈마는 생각했다. 그리고 그 사건들은 아직 해결되지 못했을 가능성이 컸다.

"게임을 하죠. 제가 앞으로 세 가지 문제를 낼 겁니다."

카즈마는 이해가 되지 않았다. 게임이라니 무슨 말인가. 카즈마가 당황한 사이에 모리어티가 수화기 너머에서 말했다.

"이 게임은 거부할 수 없습니다. 우선 지금 제가 알려주는 주소로 가세요. 거기에 첫 번째 문제가 있습니다."

모리어티가 주소를 읊자, 카즈마는 황급히 그 주소를 받아 적었다. 아라카와구 미나미센쥬에 위치한 연립주택인 듯했다.

"제한 시간은 내일 정오까지입니다. 답을 맞히지 못하거나 답변이 없으면 패널티를 적용하겠습니다. 그럼 건투를 빕니다."

"잠깐! 우리가 왜 그런…."

카즈마가 외쳤지만, 전화는 일방적으로 끊기고 말았다. 옆에 있던 미쿠모에게 통화 내용을 전달했다. 그녀도 심각한 표정으로 말했다.

"일단 모리어티가 말한 주소로 가볼 수밖에 없겠어요. 반장님과 반원들이 도착할 때까지 시간이 뜰 것 같은데, 가까운 파출소에 연락해서 리카 씨의 신병을 인계하는 게 좋을까요?"

"그래. 그렇게 해줘. 서두르는 게 좋을 것 같다."

"알겠습니다."

미쿠모가 그렇게 말하고는 스마트폰을 조작했다. 카즈마는 전화기 옆에 놓인 메모장을 한 장 찢어서 챙겼다. 모리어티가 알려준 주소가 적혀 있었다. 그곳에서는 대체 무엇을 만나게 될까.

★

그 연립주택은 도쿄메트로 히비야선 미나미센쥬역에서 도보로 5분 거리에 있었다. 외관만 보아도 꽤 오래된 듯했고 언제 무너져도 이상하지 않을 만큼 낡은 건물이었다. 연립주택의 이름은 츠노다장이었고, 미쿠모와 카즈마가 건물 앞에 도착했을 때는 오후 4시가 조금 지난 무렵이었다.

조금 전 두 사람은 니시신주쿠에 있는 카와키타 에스테이트 본사 사장실에서 모리어티라는 자의 전화를 받았다. 게임을 할 테니 이곳으로 오라는 지령이었다. 모리어티는 인터넷상에서 범죄 계획을 판매하는 정체불명의 인물이었다.

모리어티가 알려준 곳은 1층 102호실이었지만, 현관문이 잠겨 있었다. 문을 두드려 보아도 안에서는 반응이 없었다. 문패도 없어 이 집에 사는 사람이 누구인지도 알 수 없었다.

"선배님, 어떻게 할까요?"

"뒤편으로 돌아가 보자."

연립주택 뒤편으로 돌아가 102호실 창문 쪽으로 향했다. 다행히 창문은 잠겨 있지 않았다. 카즈마가 창문 안을 들여다보더니 심각한 표정으로 말했다.

"나는 여기로 들어갈게. 안에서 문을 열 테니까 너는 현관 쪽으로 돌아서 들어와."

"알겠습니다."

미쿠모는 다시 현관으로 향했다. 잠금장치가 풀리자, 문을 열고 들어갔다. 두 평 남짓한 방이었다. 구석에 이불이 깔려 있었고 그 위에 한 여자가 누워 있었다. 죽은 것이 확실했다. 무언가가 썩은 것 같은 냄새가 방 안에 진동했는데, 미쿠모가 처음 맡아보는 냄새였다. 이게 바로 시신 썩는 냄새이리라.

카즈마가 손수건으로 코를 막자, 미쿠모도 그 행동을 따라 했다. 카즈마가 시신을 관찰하며 말했다.

"사망한 지 일주일에서 열흘 정도 됐어. 외상은 없어 보인다."

50대에서 60대로 보이는 여성이었다. 고통스럽게 사망한 느낌은 아니었고, 언뜻 보면 자는 것처럼 보였다. 방은 예상외로 깔끔했다. 가구라고 부를 만한 것이 없었고 심지어 TV도 없었다.

방 한가운데에 낮은 밥상이 자리했고, 그 위에 핸드폰 하나가 놓여 있었다. 폴더폰이었다. 핸드폰 아래에 작은 종이 한 장이 보였다. 카즈마가 장갑을 낀 손으로 핸드폰을 치우고 종이를 집어 들었다. 거기에는 이렇게 써 있었다.

'첫 번째 문제. 나는 누구일까요?'

이것이 첫 번째 퀴즈일까. 미쿠모가 문제를 읽고는 카즈마에게 말했다.

"'나'는 시신을 말하는 걸까요?"

"아마 그렇겠지. 아무래도 변사체인 것 같으니 우리끼리 수사를 진행할 수는 없겠어."

카즈마가 그렇게 말하며 스마트폰을 꺼냈다. 우선은 미나미센쥬 경찰서에 연락하는 듯했다. 범죄가 의심되는 사건은 수사 1과의 담당이었지만, 지금 단계에서는 우선 미나미센쥬 경찰서의 수사관과 과학수사대가 범죄 가능성이 있는지를 판단해야 했다.

사망한 여자가 이 집에 살던 사람이라면 시신의 신원을 파악하는 과정이 그리 어렵지 않을 것이다. 부동산 계약을 맺었을 테니 신원을 증명할 자료도 금방 발견될 것이다. 하지만 모리어티가 과연 그렇게 쉬운 문제를 냈을까. 숨겨진 무언가가 있을 가능성이 컸다.

그때 밥상 위에 놓인 핸드폰이 울렸다. 카즈마는 스마트폰으로 통화하는 중이었다. 그가 미쿠모 쪽으로 시선을 던지며 고개를 끄덕이자, 미쿠모는 그 의미를 이해하고 핸드폰을 들었다. 손에는 이미 흰 장갑을 낀 상태였다.

"여보세요."

미쿠모가 말하자, 수화기 너머에서 목소리가 들렸다. 변조된 목소리였다.

"호죠 미쿠모 순경이군요. 반갑습니다, 모리어티입니다. 시신을 발견한 모양이네요."

"네. 방금 발견했습니다."

"내일 정오까지 시신의 주인을 밝혀내세요. 답을 찾으면 이 핸드폰으로 지금 통화 중인 번호에 전화를 거십시오."

미쿠모는 그 목소리에 온 신경을 집중시켰다. 목소리에는 많은 정보가 담겨 있기 때문이다. 말투로 출신 지역을 알아낼 수도 있고, 교양 수준을 파악할 수도 있다. 하지만 변조된 목소리라 정보를 얻기가 거의 불가능했다. 말투도 깔끔한 표준어였다.

"이상입니다. 그럼."

"잠깐 기다…."

전화가 끊겼다. 미쿠모는 손에 든 핸드폰을 살펴보기로 했다. 주소록에 등록된 번호도 없었고, 문자메시지나 사진 기록도 없었다. 오로지 이 일을 위해 준비된 물건인 듯했다. 모리어티가 그렇게 쉽게 자신의 정체를 들킬 만한 흔적을 남겼을 리가 없다. 미쿠모가 머릿속으로 그린 모리어티의 몽타주는 신중하고도 용의주도한 범인의 모습이었다.

"미쿠모, 속은 괜찮아?"

형사가 된 지 약 반년이 된 미쿠모는 벌써 몇 번이나 시신을 봤지만, 사망한 지 며칠이 지난 시신을 본 적은 오늘이 처음이었다. 냄새는 역시 거북했지만, 이 정도로 포기할 것이었다면 애초에 형사가 되지도 않았을 것이다. 미쿠모는 마음을 다잡으며 대답했다.

"괜찮습니다."

"곧 미나미센쥬 경찰서의 수사관이 도착할 거야. 그때까지 분담해서 실내를 살펴보자. 시신의 신원을 알 수 있을 만한 물건을 최우선으로 찾아 줘."

"알겠습니다."

이제 오후 4시 30분이 되려는 참이었다. 미쿠모는 내일 정오까지 이 시신이 누구인지를 알아내야 했다.

★

방의 세입자는 어렵지 않게 찾아냈다. 이름은 이토 미키. 이 연립주택의 집주인이 그렇게 증언했다.

이미 미나미센쥬 경찰서의 수사관이 현장에 도착해 수사하고 있었다. 카즈마와 미쿠모는 감식에 방해가 되지 않도록 밖으로 나왔다. 조금 전 마츠나가 반장에게 전화가 와 시신을 발견한 경위를 설명했다. 마츠나가 반장은 본청에서도 모리어티의 정체를 주시하고 있으니 일단 그의 요구대로 시신의 신원을 밝혀내라고 했다. 한편 요요기 경찰서로 이송된 카와키타 리카는 얌전히 경찰 조사를 받고 있다고 했다.

"카즈마 형사님, 집주인하고 대화해볼 수 있는데, 해보시겠어요?"

미나미센쥬 경찰서의 수사관이 그렇게 묻자, 카즈마는 감사히 제안을 받아들였다.

"네. 부탁드립니다."

수사관이 사건 현장에서 50미터 정도 떨어진 단독 주택으로 안내했다. 오래된 일본 가옥에 '츠노다'라는 문패가 붙어 있었다. 수사관의 설명에 따르면 츠노다 가문은 이 근방에서 여러 토지와 건물을 소유한 집안으로, 사건 현장인 연립주택도 츠노다 가문의 소유라고 했다. 생각해 보니 시신이 발견된 연립주택의 이름도 츠노다장이었다.

카즈마와 미쿠모가 현관 안으로 들어가 보니 60대 남성이 그들을 기다리고 있었다. 이 남자가 츠노다 가문의 가주인 듯했다. 미나미센쥬 경찰서의 수사관은 돌아갔고, 카즈마와 미쿠모는 집 안으로 안내를 받았다. 일본식 방에 들어가 츠노다의 이야기를 듣기로 했다.

"저도 놀랐습니다. 미키 아주머니가 돌아가시다니…."

"그분을 아시는군요."

"네. 오래 알고 지내던 사이입니다. 여기서 한 30년 넘게 살았을 거예요. 저희 아버지가 살아 계실 때부터 살았거든요. 사실 그 연립주택이 너무 낡아서 슬슬 재건축을 하려고 했는데, 미키 아주머니가 있어서 보류해둔 상태였습니다."

이토 미키라는 이름은 밝혀졌지만, 그 시신이 이토 미키라는 증거는 하나도 없었다. 미나미센쥬 경찰서의 수사관들이 도착할 때까지 카즈마와 미쿠모가 그녀의 소지품을 확인했지만, 면허증이나 건강보험증처럼 신원을 증명하는 물건은 없었다. 미나미센쥬 경찰서의 수사관들도 그녀의 신원을 알 수 없다고 했다. 아라카와구의 주민등록을 뒤져보아도 그녀에 관한 정보를 찾을 수 없다는 말이었다.

"그런데 미키 씨가 아라카와구에는 주민등록이 안 되어 있는 모양입니다. 그분이 어떤 분인지 아는 게 있으십니까?"

"어렴풋이 그럴 거라고 생각했습니다. 미키 아주머니는 병원을 무척이나 싫어했는데, 몇 년 전에 심한 고열에 시달린 적이 있습니다. 월세를 받으러 갔다가 아주머니 몸이 너무 안 좋아 보여서 병원에 데려가려고 했는데…."

그녀는 꿈쩍도 하지 않았다. 츠노다가 구급차를 부르겠다고 하자, 미키는 건강보험증이 없으니 관두라고 말했다. 츠노다는 그때 어렴풋이 그녀의 사정을 짐작했다. 미키는 주민등록이 되어 있지 않을 수도 있겠다고 말이다.

"형사님도 보셨겠지만, 미키 아주머니는 아주 검소하게 살았어요. 젊을 때는 술집에서 일했다던데, 술집 일을 관두고 나서는 공사현장 청소부로 일했습니다. 최근에는 그 일도 못 하게 되는 바람에 올해 들어 월세도 계속 밀렸어요. 연금도 못 받는 상황인 것 같아서 해결 방법이 없을지 관공서에 상담해보려고 했는데…."

츠노다는 거기까지 말하다가 고개를 떨구었다. 정이 넘치는 집주인인 듯했다. 이렇게 가족처럼 대해주는 집주인도 요즘 세상에는 보기가 힘들다.

"츠노다 씨, 그분의 신원에 대해 뭔가 아는 게 있으십니까? 출신 지역이든 가족 관계든 뭐든 상관없습니다."

"저희 아버지는 옛날부터 미키 아주머니와 가깝게 지내셔서 사적인 얘기도 나눴을지 모르지만, 저는 아는 게 없습니다."

미키에게는 가까운 친구도 없었고, 집에 찾아오는 손님도 없었다고 한다.

"일터는요?" 카즈마가 츠노다에게 물었다. "그분이 일하던 청소업체든, 젊을 때 일하던 술집이든, 짚이는 데가 없으신가요?"

"흠…. 모르겠습니다. 술집은 키타센쥬에 있었다고 들었는데, 가게 이름까지는 모릅니다. 청소업체도 모르고요."

청소업체에서는 소위 말하는 일용직으로 일했을 것이다. 카즈마는 신원을 증명할 자료가 없어도 고용해주는 회사가 있다는 이야기를 들은 적이 있었다. 두 곳 중 한 곳을 선택해서 조사하자면 술집이 좋을 듯했지만, 키타센쥬에 얼마나 많은 술집이 있을지 생각하니 움직일 의욕이 생기지 않았다. 게다가 제한 시간은 내일 정오까지였다.

더 이야기를 들어봤자 새로운 정보는 나오지 않을 것 같다는 생각이 들 즈음, 카즈마 옆에서 수첩을 펼치고 앉아 있던 미쿠모가 츠노다에게 물었다.

"그 연립주택에서 가장 가까운 공중전화는 어디에 있죠?"

"공중전화?" 츠노다가 대답하기 전에 카즈마가 끼어들었다. "미쿠모, 왜 공중전화 위치가 궁금해?"

"돌아가신 미키 씨는 핸드폰이 없었고, 방에도 전화기가 없었어요. 청소업체랑 어떻게 연락했을까 싶어서요."

밥상 위에 있던 핸드폰은 모리어티가 준비한 물건이었다. 미쿠모의 말대로 미키가 어떻게 외부와 연락을 취했는지 신경이 쓰였다.

"저희 집 전화로요." 츠노다가 갑자기 일어났다. "미키 아주머니는 저희 집 전화를 썼습니다. 요즘에는 다들 핸드폰을 쓰지 않습니까? 저희 집 전화를 가장 자주 쓰는 사람은 아마 미키 아주머니였을 겁니다."

세 사람은 방에서 나가 현관으로 향했다. 현관 근처에 선반이 있었고 거기에 전화기 한 대가 놓여 있었다. 츠노다가 설명했다.

"미키 아주머니는 전화를 쓰고 나서 항상 10엔짜리 동전 하나를 전화기 옆에 두고 갔습니다. 꽤 고지식한 면이 있었어요."

지극히 평범한 버튼식 전화기였다. 이제 통신사에 통화 기록을 문의할 차례였다. 카즈마가 확인차 전화기를 들어보자, 뒤편에 붙어 있는 포스트잇이 보였다. 포스트잇에는 전화번호가 적혀 있었다. 그것을 본 츠노다가 말했다.

"저희 가족이 붙인 게 아닙니다. 이 전화는 거의 쓰지 않거든요. 아마 미키 아주머니가 붙인 것 같습니다."

핸드폰 번호였다. 카즈마는 스마트폰을 꺼내 바로 전화를 걸었다. 하지만 전화는 연결되지 않았다. 자동응답기로 넘어가지도 않았다.

이토 미키라고 불리던 수수께끼의 여성. 그녀와 연결된 유일한 단서는 아직 이 전화번호뿐이었다.

★

하나코가 집으로 돌아와 보니, 문이 잠기지 않은 상태였다. 깜빡하고 잠그지 않은 것은 아니었다. 하나코는 문을 열고 안으로 들어갔다. 나란히 놓인 낯선 구두 두 켤레를 본 하나코는 한숨을 쉬었다. 하지만 안은 오히려 신이 난 듯 거실로 달려갔다. 하나코도 장바구니를 들고 집 안쪽으로 들어갔다.

"오, 안. 어서 와라. 오늘도 어린이집 재미있었어?"

"응. 재미있었어. 할부지, 그게 뭐야?"

"여행 기념품이지."

하나코가 거실에 가보니, 타케루와 에츠코가 마치 자기 집인 양 앉아서 화이트와인을 마시고 있었다. 이 두 사람이 나타나면 문에 달린 잠금장치들은 늘 힘을 잃고 만다.

"갑자기 어쩐 일이야?"

하나코가 그렇게 말하자, 타케루가 안을 안으며 대답했다.

"같이 저녁이라도 먹으려고 왔지."

"그럼 일찍 좀 연락해주지. 준비한 게 아무것도 없단 말이야."

조금 전 카즈마가 문자메시지를 보냈다. 사건이 일어났는지 오늘은 집에 못 들어올 것 같다고 했다. 하나코는 오늘 저녁으로 돼지고기 생강구이를 만들 생각이었지만, 두 사람 몫의 재료밖에 없었다.

"하나코, 걱정하지 마. 준비해뒀으니까."

"훔친 음식은 안한테 먹이지 않을 거야."

"걱정 마. 오, 온 것 같군."

때마침 초인종이 울렸다. 하나코가 벽에 달린 모니터로 대답하자, 모자를 쓴 남자가 말했다. "피자 앨버트로스입니다. 주문하신 피자가 왔습니다."

하나코가 공동현관문을 열었다. 잠시 후 한 번 더 초인종이 울리자, 현관문 앞에서 피자를 받았다. 타케루와 에츠코는 돈을 줄 생각이 없어 보였다. 하나코는 하는 수 없이 돈을 내고 피자 상자를 받아 거실로 들어왔다.

"오, 맛있겠군. 따뜻할 때 먹자, 안."

"응. 안이 할부지 것도 집어 줄게."

"안은 착하구나."

평소에는 먹기 힘든 피자를 먹어서인지 안은 신나 보였다. 그 모습을 흐뭇하게 바라보던 하나코는 피자를 먹으면서 엄마에게 물었다.

"여행 기념품이라니, 어디 다녀왔어?"

"너희 아빠랑 둘이서 교토에. 야츠하시야. 네가 좋아하잖니."

"교토에 왜 갔어?"

"적의 동정을 살피러 갔다고나 할까? 와타루가 말이야, 진짜로 그 애랑 결혼할 생각인지 교토에 있는 걔네 본가로 인사를 하러 갔지 뭐니?"

'그 애'는 호죠 미쿠모일 것이다. 카즈마의 후배 형사이자 교토에 위치한 유명 탐정사무소의 외동딸. 하나코는 두 사람 사이가 깊어지고 있다는 이야기를 엄마와 카즈마를 통해 들어 알고 있었다.

"그런데 진짜 의외였던 건 와타루의 태도야. '나는 미쿠모랑 결혼하고 싶어'라나 뭐라나? 그러면서 걔 손을 잡고 휙 가버리더라고. 그 녀석, 반항기가 늦게 찾아온 것 같아."

반항기와는 조금 다르다. 와타루는 10대 때부터 줄곧 방에 틀어박혀 지냈고, 하나코는 그때야말로 오빠의 반항기였다고 생각했다. 하지만 상식이 없는 엄마의 눈에는 그렇게 보이지 않았을 것이다. 당시의 에츠코는 방에 틀어박혀서 나오지 않는 와타루를 순하고 얌전한 아들이라고 생각하는 것 같았다.

"만약 오빠가 진심이면 어떻게 할 거야?"

"와타루가 아무리 진심이어도 그쪽 부모가 허락할 리 없잖니?"

그건 그랬다. 미쿠모 가문은 L의 일족으로 불리는 도둑 일가이니, 그 사실을 그쪽 집안이 알게 된다면 딸의 결혼을 허락할

리가 없었다. 하나코가 경찰 일가의 장남인 카즈마와 결혼할
수 있었던 것은 그저 운이 좋았기 때문이었다.

"오, 안. 식성이 이 할부지랑 똑같구나. 이름은 안이면서 안
에 든 팥을 싫어하는 게 재미있다."

안이 야츠하시를 집어 들었다. 야츠하시 안에 든 팥을 쏙 빼
서 접시에 놓고 피 부분만 맛있게 먹었다. 타케루가 미소를 지
으며 안과 똑같은 방식으로 야츠하시를 먹었다.

"아빠, 이상한 거 가르치지 마."

"내가 가르친 게 아니야. 안이 자발적으로 하는 거지. 역시
피는 못 속인다니까. 손주가 나랑 식성이 똑같을 줄이야."

"감동할 일이 아니야."

"그러고 보니 우편함에 이게 들어 있더라."

타케루가 봉투를 꺼냈다. 멋대로 딸의 집 우편함을 열었다
는 말인가. 하나코는 한숨을 쉬면서 봉투를 받았다. 보내는 이
의 이름은 없었다. 어쩐지 꺼림칙한 봉투였다. 뜯어보니 DVD
한 장이 나왔다. 겉에 아무것도 써 있지 않아 조금 불길한 느
낌이 들었다.

"DVD구나. 야한 거냐?"

"그런 말 하지 마, 안 앞에서."

하나코는 DVD를 틀어보기가 조금 무서웠다. 어떤 내용인지
도 알 수 없고, 보낸 사람의 의도도 알 수 없어서였다. 하지만
내용은 빨리 확인하고 싶었다. 어쩌면 누군가가 카즈마에게 사

건에 관한 정보를 제공한 것일지도 모른다는 생각이 들었다.

혼자 있을 때보다는 부모님이 있을 때 보는 것이 나을 것 같 았다. 하나코는 일어나 옆방으로 가서 노트북을 켰다. 케이스 에서 꺼낸 DVD를 노트북에 넣었다. 잠시 후 영상이 흘러나왔 다.

어떤 바 같았다. 곧 화면에 한 남녀가 등장했다. 그 모습을 본 하나코는 순간 숨을 삼켰다. 남자는 카즈마였다. 같이 있는 여자는 머리가 긴 미인이었고, 두 사람은 웃으며 담소를 나누 었다. 목소리는 들리지 않아서 무슨 대화를 하는지 알 수 없었 지만, 적어도 어제오늘 알게 된 사이가 아닌 것만은 확실했다.

카즈마가 착용한 와이셔츠 색과 넥타이 무늬를 보니 비교적 최근 영상인 듯했다. 그러고 보니 어제 카즈마가 집에 돌아왔 을 때 술 냄새가 났다. 어젯밤 일일지도 모른다.

"오, 카즈마잖아. 이 여자가 불륜 상대냐?"

하나코 뒤에 어느새 타케루가 서 있었다. 안에게는 절대로 보여줄 수 없는 영상이었는데, 다행히 안은 에츠코와 함께 거 실에 있는 모양이었다. 타케루가 화면을 보며 말했다.

"하나코, 도둑의 딸이 남편을 도둑고양이한테 뺏기면 안 되 잖아."

하나코는 받아치고 싶었지만, 반박할 수가 없었다. 이 여자는 대체 누구일까. 카즈마와는 어떤 관계일까. 하나코는 카즈마와 부부가 된 이래 처음으로 그에게 의심을 품었다.

★

눈을 뜨니 낮은 천장이 보였다. 경찰청 수면실에 마련된 간이 침대였다. 카즈마는 침대에서 나와 세면실에서 매무새를 가다듬은 다음 수사1과로 향했다. 오전 7시가 되기 전이었다.

어젯밤에는 집에 들어가지 않았다. 밤새도록 츠노다장에서 발견된 시신의 신원을 파악하려고 애썼지만, 아직 결정적인 정보를 찾지 못했다.

아직 이른 아침이라 수사1과에는 사람이 매우 적었다. 그런 수사1과 사무실에서 자기 책상에 엎드려 자는 젊디젊은 여자가 보였다. 호죠 미쿠모였다. 카즈마는 방금 사온 커피를 그녀의 책상 위에 두었다. 그 소리에 깼는지 미쿠모가 일어나 눈을 비비며 말했다.

"아, 안녕하세요."

"안녕."

미쿠모의 책상 위에는 전화번호부가 여러 권 놓여 있었다. 자료실에서 빌려온 것이었다. 사실 이토 미키(가명)의 시신에서 한 장의 사진이 발견되었다. 그녀가 그 사진을 소중하게 품에 품고 있었다는 이야기를 미나미센쥬 경찰서의 수사관이 해주었다.

이미 복사본도 받았다. 아주 오래된 흑백사진이었다. 한 남녀가 딸과 함께 찍은 사진으로, 그 딸이 바로 이토 미키인 듯했다. 그러니까 함께 찍힌 남녀는 그녀의 부모라는 뜻이었다. 시치고산(일본에서 3, 5, 7세가 된 아이의 성장을 축하하는 행사 – 옮긴이 주)을 기념하는 사진인 듯했고, 배경을 보니 제대로 된 사진관에서 찍은 것 같았다. 촬영 날짜는 알 수 없었지만, 사진 한편에 보이는 나무상자에 희미하게 '오무라사진관'이라고 적힌 글자를 가까스로 발견해 유일한 단서로 삼았다. 그래서 미쿠모는 도쿄 근교에 있는 오무라사진관을 찾기 위해 이렇게 전화번호부를 잔뜩 가져다두었다.

"찾아봤지만 눈에 띄는 곳은 없었어요."

미쿠모가 아쉽다는 듯 말했다. 카즈마가 대답했다.

"뭐, 어쩔 수 없지. 지금은 통신사에서 답이 오기를 기다리는 수밖에 없어."

츠노다의 집 전화기에 붙어 있던 포스트잇. 거기에 적힌 핸드폰 번호의 명의자와 츠노다의 집에 설치된 유선전화 통화기록을 어젯밤 통신사에 문의해놓았다. 가능한 한 오전 중에 답을 듣고 싶어 9시쯤에 다시 문의를 넣을 생각이었다.

카즈마는 책상 앞에 앉아 커피를 홀짝이면서 컴퓨터를 켰다. 외부에서 메일이 한 통 와 있었다. 보낸 사람은 미나미센쥬 경찰서의 수사관이었다. 카즈마는 메일을 읽고 그 내용을 미쿠모에게 전달했다.

"미쿠모, 어제 발견된 시신의 사인은 독극물인가 봐. 시신에서 향정신성 의약품 성분이 검출됐어. 그 여자가 약을 어디서 구했는지는 모르겠지만, 과하게 복용하다가 사망한 모양이야.
그리고…"

정확한 소견은 차차 나오겠지만, 암이 진행 중이었다고 한다.
이미 여러 장기로 전이된 상태라 그대로 두면 몇 개월 내에 사
망했을 것이라는 법의관의 견해도 적혀 있었다.

"향정신성 의약품이요?" 미쿠모가 종이컵을 손에 든 채 말
했다. "어디서 구한 걸까요? 그런 형편에 직접 돈을 내고 구했
을 리는 없어요."

향정신성 의약품. 진통제나 마취제 같은 약물을 통틀어 일컫
는 말이다. 이 향정신성 의약품은 치료제로 사용될 수도 있지
만, 자칫하면 마약 같은 위험한 약물로 변질될 가능성이 있고
심하면 사람의 목숨을 앗아갈 수도 있다.

"나는 자살이었을 거라고 생각해. 왠지 그런 느낌이 들어."

"누군가가 치사량 이상의 약을 주면서 먹으면 편해질 거라고
회유했을 테고, 그 여자는 고통에서 벗어나기를 원했겠죠. 저
도 선배님과 같은 생각입니다."

그녀가 어떻게 죽었는지는 미나미센쥬 경찰서가 앞으로도
수사를 이어갈 것이다. 문제는 그 여자의 신원이었다. 약속한
정오까지는 이제 5시간도 남지 않았다.

카즈마는 스마트폰을 꺼냈다. 어제부터 몇 번이나 건 번호로
다시 전화를 걸었다. 츠노다의 집 전화에 붙어 있던 번호였다.
벌써 열 번도 넘게 전화를 걸었지만, 자동응답기로 넘어가지도

않았고, 그쪽에서 전화가 걸려오지도 않았다.

이번에도 어차피 안 받겠지. 카즈마는 그렇게 생각했지만, 통화 연결음이 세 번 울렸을 때 갑자기 전화가 연결되었다. 수화기 너머에서 여자 목소리가 들려왔다.

"…여보세요?"

경계하는 목소리였다. 카즈마는 즉시 자세를 고쳐 앉으며 상대에게 말했다.

"저는 경찰청 수사1과 형사 사쿠라바 카즈마입니다. 어젯밤부터 자꾸 전화를 걸어서 죄송합니다. 실례지만, 잠시 제 이야기를 들어주십시오. 부탁드립니다."

"…알겠습니다."

카즈마가 자초지종을 설명했다. 미나미센쥬에 위치한 연립주택에서 여자의 시신이 발견되었고, 그 시신의 신원을 쫓고 있다고 말했다. 수화기 너머에서 여자는 말없이 카즈마의 이야기에 귀를 기울였다.

"그분이 생전에 이 번호로 전화를 걸었다는 것을 알게 돼서 계속 연락드렸습니다. 가능하면 만나서 이야기를 듣고 싶습니다만, 괜찮으실까요?"

잠시 침묵이 흘렀다. 카즈마는 기도하는 마음으로 대답을 기다렸다. 이내 수화기 너머에서 여자가 말했다.

"알겠습니다. 저라도 도움이 된다면요."

"감사합니다. 저희가 어디로 찾아뵈면 될까요?"

"그러면…"

카즈마는 근처에 있던 수첩에 여자가 말한 약속 장소를 받아 적었다.

그 여자의 이름은 타나카 아케미였다. 약속 장소는 키타구 타바타에 위치한 카페였다. 타나카 아케미는 50대 후반으로 보이는 여성이었다. 이토 미키와는 키타센쥬 술집에서 함께 일했다고 한다.

"저는 원래 키타센쥬에서 '아카시아'라는 술집을 운영했어요. 그래봤자 조그마한 가게였지만요. 어머니가 물려주신 건물이었어요. 어머니가 일찍 돌아가시고 나서 다른 여직원 한 명이랑 둘이서 가게를 꾸려나갔어요. 그게 언제였더라? 제가 스물두세 살이었고 그 여직원이 스물다섯 살일 때였을 거예요. 저희 가게 근처에 우동집이 있었는데, 거기서 우연히 그 사람 옆자리에 앉았어요."

우연히 동석했을 뿐이었다. 그런데 우동을 다 먹고 나서 그 여자가 수상한 움직임을 보였다.

"바로 감이 왔어요. 저도 하루 이틀 물장사한 게 아니거든요. 제가 우동 값을 대신 내주고 같이 가게에서 나와 대화를 나눴어요."

아케미는 그 여자의 인생사 이야기를 들었다. 나름대로 부유한 가정에서 나고 자랐지만, 스무 살 때 아버지가 사업에 실패해 거액의 빚을 지게 되었고, 가족들은 뿔뿔이 흩어졌다. 그녀는 혼자 이곳저곳을 전전하며 살다가 두 달 전에 일하던 식당에서 잘렸고 이제 가진 돈이 바닥났다고 했다.

"제가 이름을 물으니까 입을 다물더군요. 그때 뭔가 사정이 있겠구나 싶었어요. 그러다가 그 여자가 이토 미키라는 이름을 댔습니다. 저는 가명인 걸 바로 눈치챘죠. 아이돌 그룹 캔디즈가 한창 인기 있던 때였거든요. 거기 멤버들이 란, 스, 미키잖아요? 그중에 이토 란과 후지무라 미키의 이름을 따서 이토 미키. 아마 제 감이 맞을 거예요. 같이 대화하면서 걸을 때 마침 전파상 라디오에서 캔디즈 노래가 흘러나왔거든요."

아케미는 묵을 곳도 없다는 이토 미키를 집으로 데려왔다. 미키가 사양도 않고 아케미를 따라간 이유는 그만큼 궁핍했기 때문이리라.

"마침 같이 일하던 여직원이 임신해서 가게를 그만두겠다고 하던 참이라 타이밍이 잘 맞은 거죠. 미키가 외모는 그저 그랬지만, 센스가 좋아서 금방 가게에 적응했어요."

그때 이후로 이토 미키는 술집 '아카시아'에서 일했다. 일을 시작한 지 두 달이 지나자, 미나미센쥬에 있는 츠노다장이라는 연립주택에서 혼자 살게 되었다. 가게에 오는 남자 손님과 사귄 적도 몇 번 있는 듯했지만, 결혼까지 발전하지는 않은 채 15년의 세월이 흘렀다.

"그러다 제가 결혼해서 가게를 접게 됐어요. 지금으로부터

약 20년 전이었으니 그때 미키는 아마 마흔 살 정도였을 거예요. 가게 단골이 운영하는 식당에서 일하게 됐다고 했는데, 거기도 한 5년 만에 가게가 망했어요."

그 뒤로는 소식을 듣지 못했지만, 들리는 소문에 따르면 날품팔이와 부업을 겸하면서 어찌어찌 산다고 했다. 2, 3년 전 키타센쥬 거리에서 우연히 마주쳤을 때, 아케미는 미키에게 핸드폰 번호를 가르쳐주었다. 그 이후 한 달에 한 번 꼴로 미키에게서 전화가 걸려왔다. 특별한 대화를 나누지는 않았고, 주로 옛날 이야기를 했다.

"그렇군요. 무슨 말씀인지 알겠습니다." 아케미의 이야기가 끝나자, 카즈마가 질문했다. "최근에 미키 씨가 별다른 이야기를 한 적은 없습니까? 예를 들면 갑자기 모르는 사람이 말을 걸었다든가, 아니면 옛날 친구를 만났다든가, 그런 이야기 말입니다."

"딱히 없었어요. 형사님, 미키는 어쩌다 죽은 거죠?"

"시신이 발견된 지 얼마 되지 않아서 사인은 아직 모릅니다. 그런데 돌아가신 미키 씨는 아케미 씨가 예상하신 대로 신원이 확실하지 않습니다. 뭔가 아시는 게 있을까요? 미키 씨의 정체…, 본명이나 출신 지역을 알 수 있을 만한 단서라면 뭐든 괜찮습니다."

지푸라기라도 잡는 심정이었다. 현재로서 그 시신의 정체와 가장 가까운 위치에 있는 사람은 타나카 아케미인 것 같았다.

아케미가 아무것도 모른다고 대답하면, 그 이후에는 할 수 있는 일이 아무것도 없었다.

"본명은 몰라요. 출신 지역은 도쿄 같아요. 그게 언제였더라? 가게 TV에서 '남자는 괴로워'가 나오는데, 미키가 보면서 그리운 표정을 짓더라고요. 단골손님이 물어보니까 미키가 '옛날에 저 동네에 산 적이 있어서 그립다'고 대답했어요. 워낙 자기 이야기를 안 하던 사람이라 아직도 기억에 남네요."

영화 '남자는 괴로워' 시리즈를 말하는 것이리라. 카츠시카구 시바마타가 무대인 작품이었다. 미키의 출신 지역은 시바마타 근처인 모양이었다.

다른 각도에서도 이것저것 질문해봤지만, 구체적인 정보를 얻을 수는 없었다. 미키의 지난 반생이 어떠했는지는 드러났지만, 신원을 알 수 있을 만한 결정적인 무언가는 나오지 않았다.

"감사합니다. 뭔가 생각나는 게 있으면 다시 연락해주세요."

타나카 아케미에게 감사 인사를 한 뒤 카즈마와 미쿠모는 카페에서 나왔다. 오전 9시 반이 넘은 시간이었다. 역을 향해 걷기 시작했지만, 카즈마와 미쿠모 사이에는 아무런 대화도 오가지 않았다. 모리어티가 말한 제한 시간은 정오였다. 그때까지 답을 내지 못하면 패널티가 적용될 것이다. 대체 어떤 패널티란 말인가. 짐작도 되지 않았다.

"…여보세요. 나야. 좀 진척이 있어?"

미쿠모가 스마트폰을 귀에 대고 말했다. 어디선가 전화가 걸려온 모양이었다.

"카츠시카구일 가능성이 커. …어? 정말? 확실한 거지? …알았어. 고마워. 이 은혜는 잊지 않을게."

전화를 끊은 미쿠모가 의미심장한 미소를 지으며 말했다.

"선배님, 알아냈습니다. 오무라사진관이요. 카츠시카구 시바마타에 있는 것 같아요."

★

미쿠모와 카즈마가 다음으로 찾아간 곳은 케이세이 카나마치선 시바마타역에서 도보로 10분 정도 가면 나오는 편의점이었다. 이 편의점의 사장은 옛날에 오무라사진관을 운영했지만, 일본의 거품 경제 시대인 1980년대에 집을 3층짜리 빌딩으로 고쳐 짓고는 1층에 편의점을 차렸다고 했다.

조수 사루히코 덕분이었다. 어제 사망한 이토 미키의 가족사진을 발견했을 때, 미쿠모는 곧장 사루히코에게 지시를 내렸다. 폐업한 곳을 포함해 과거에 칸토 부근에서 영업하던 '오무라사진관'을 찾으라고 말이다. 타나카 아케미가 가르쳐준 카츠시카구 시바마타라는 지역도 힌트가 되어 드디어 이곳을 찾아낼 수 있었다.

"전화 주신 분이죠? 이쪽으로 오세요."

미리 연락해둔 덕에 편의점 직원이 금방 두 사람을 알아보고 2층에 있는 응접실로 안내했다. 거기서 한 노인이 기다리고 있었다. 그가 편의점 사장인 오무라였다. 나이는 일흔을 넘은 듯했지만 혈색도 좋았고, 편의점 유니폼을 입은 것으로 보아 그 나이에도 가게에서 직접 일하는 것 같았다.

"조금 갑작스럽지만, 이 사진을 봐 주십시오."

카즈마가 그렇게 말하며 사진을 꺼냈다. 미키의 가족사진이었다. 오무라는 눈을 가늘게 뜨고 사진을 보며 말했다.

"우리 가게에서 찍은 사진이군. 확실해."

"거기에 찍힌 가족을 아십니까? 그 여자애의 이름을 알고 싶습니다."

"어디 보자." 오무라는 그렇게 말하며 돋보기안경을 꼈다. 사진을 물끄러미 보더니 고개를 갸웃거렸다. "흠…. 잘 모르겠어. 우리 사진관에서 찍은 사진은 확실한데…. 이게 60년대 중반이려나? 70년대부터는 다 컬러사진으로 바뀌었거든. 좋은 시절이었지."

수확이 없었다. 카즈마는 어깨를 축 늘어뜨렸지만, 그래도 포기하지 않고 파고들었다.

"아주 사소한 것도 괜찮습니다. 그 가족에 대해 뭔가 아는 게 없으신가요?"

"미안하구먼. 분명 우리 사진관에서 찍은 사진은 맞는데…. 나 아니면 우리 부친이 찍으신 사진일 거야. 이거 시치고산 기념사진이지? 시치고산 때는 워낙 바빠서 말이야. 하루에도 몇 탕씩 찍으니까."

미쿠모는 그럴 만하다고 납득했다. 심지어 50년도 더 된 옛날 일이니 잊어버릴 만도 했다.

"그렇군요. 실례했습니다."

카즈마가 그렇게 말하며 고개를 숙이자, 미쿠모도 가볍게 고개를 숙였다. 두 사람의 실망스러움이 느껴졌는지 오무라는 사진을 들고 일어났다.

"이 근처에 내 친구들이 모이는 곳이 있어. 거기서 물어보자고."

오무라가 안내한 곳은 근처에 있는 마을회관이었다. 이런저런 수업이 진행되는 중인지 노인들이 로비에 모여 한가롭게 대화를 나누고 있었다. 무척 즐거워 보였다.

오무라가 꺼낸 사진이 노인들 사이를 돌고 돌았다. 그러다 한 남성이 손을 들었다.

"본 적 있어. 이름은 잊어버렸지만. 같이 일한 적이 몇 번 있지, 아마."

자초지종을 들어 보니, 오랫동안 목수 일을 했다는 그 남성은 일을 하다가 사진 속 가족을 알게 되었다고 했다.

"여기까지 올라왔는데, 여기까지." 전직 목수가 손가락으로 목을 가리키며 말했다. "이것 참 답답하구먼. 흠…. 이름이 뭐라더라?"

"어디, 나도 좀 봅시다."

옆에 앉은 여성이 그렇게 말하며 사진을 가져갔다. 전직 목수의 아내인 듯했다. 여성은 사진을 보며 말했다.

"아, 마미야 씨네."

"옳지, 맞다. 마미야 씨였어. 목에 걸린 가시가 빠진 느낌이구먼."

자세한 이야기를 들어보았다. 이 가족은 마미야 일가였고, 이 근방에서 건설 회사를 운영하던 부부였다. 전직 목수도 거기에 몇 번 고용된 적이 있다고 했다.

"꽤 잘나가다가, 그게 언제더라? 야반도주하듯이 어느 날 갑자기 사라졌어. 그때 그 사진에 있는 딸이 열아홉, 스무 살쯤이었을 거야."

"그 딸의 이름을 기억하십니까?"

카즈마가 묻자, 전직 목수는 고개를 갸웃했지만, 그의 아내로 보이는 여성은 고민 없이 대답했다.

"이름이 레이코였을 거야. 예의 바르게 크라고 레이코(禮子). 우리 사촌이랑 이름이 똑같아서 기억이 나."

마미야 레이코.

미쿠모는 저도 모르게 그 자리에서 굳어 버렸다. 옆을 보자 카즈마도 심각한 표정을 짓고 있었다. 그 시신은 마미야 레이코였다. 어떻게 이런 일이 있단 말인가.

5개월 전, 한 무기징역수가 가석방되어 토치기 교도소에서 출소했다. 그 여성의 이름은 마미야 레이코였다. 그녀를 가석방시키기 위해 물밑에서는 거래가 이루어졌고 미쿠모와 카즈마도 그 사건과 얽혀 있었다.

지금으로부터 31년 전, 마미야 레이코는 자신이 이끌던 사기단이 적발되자 경찰의 눈을 피해 도주하다가 뒤쫓아오는 경찰관 한 명을 사살하고 그 자리에서 체포되었다. 그리고 교도소에서 만난 교도관과 결혼하여 이와나가 레이코로 이름을 바꾸었다. 남편인 이와나가 요시타케는 아내를 가석방시키기 위해 죄를 지었고, 지금도 재판이 진행되는 중이었다. 살인죄를 비롯해 죄목이 여러 개라 무기징역이 확실했고 사형 선고를 받을 가능성도 있었다. 한편 아내 마미야 레이코는 출소한 이후 흔적도 없이 자취를 감추었다.

"선배님, 확실해 보입니다."

"그런 것 같네."

미쿠모와 카즈마는 카츠시카구 동사무소 앞에 서 있었다. 방금 호적주민과에서 마미야 레이코의 정보를 확인하고 나온 참이었다. 마미야 레이코는 아버지 토쿠조와 어머니 토미 사이에서 장녀로 태어났고, 1960년대에 아라카와구에서 시나가와구로 주소지를 옮긴 것으로 확인되었다.

"어떻게 된 걸까요? 츠노다장에서 사망한 사람은 마미야 레이코가 맞겠죠?"

"그럴 거야." 카즈마가 대답했다. "아까 마을회관에서 만난 분의 증언, 기억하지? 야반도주하듯이 자취를 감췄다고 했잖

아. 아마 빚이 있었을 거야. 돈을 구하려고 팔 수 있는 건 뭐든 팔았겠지."

값나가는 물건은 물론이고 호적까지 팔아버렸다는 뜻이었다. 그러니까 5개월 전 토치기 교도소에서 가석방되어 버스 납치 사건을 일으킨 마미야 레이코는 이토 미키라는 가명으로 살아온 마미야 레이코로부터 호적을 산 가짜였다. 아니, 가짜라는 표현은 부적절할지도 모르겠다. 오랜 세월 동안 마미야 레이코의 호적을 사용하며 복역까지 했으니 그녀야말로 진짜 마미야 레이코라고 해도 과언이 아니었다.

"이유가 뭐였을까요? 가석방된 마미야 레이코는 왜 가짜 호적을 사서 이름을 숨겼을까요?"

"글쎄. 여러 사정이 있었겠지. 어쩌면 외국인이라서 돈으로 호적을 산 걸지도 모르고."

미쿠모도 맨 처음에는 그렇게 생각했다. 일본 국적이 필요한 외국인이 불법으로 호적을 구했을 가능성을 염두에 두었다.

"그런데 말이 안 돼요. 그 여자… 그러니까 가석방된 마미야 레이코의 호적이 가짜라는 걸 경찰이 왜 몰랐을까요? 원래는 금방 밝혀지지 않습니까?"

"아마 신분증으로 사용할 면허증도 위조했겠지. 아니, 위조가 아니라 아예 마미야 레이코의 이름으로 직접 면허를 땄을 거야. 그렇게 되면 호적이 가짜라는 걸 알아낼 방법이 없어. 한마디로 그 여자가 진짜 마미야 레이코가 되는 거지."

그럴지도 모르겠다. 미쿠모는 조금 꺼림칙했지만, 이해가 되었다. 경찰에 체포되었을 때, 그녀는 마미야 레이코의 이름으로 된 면허증을 소지한 채 자신이 마미야 레이코라고 밝혔을 것이다. 그런 상황에서 그녀가 마미야 레이코라는 것을 의심하기는 어려웠으리라.

"어쨌든 늦지 않게 답을 찾았네요."

미쿠모는 스마트폰으로 시간을 확인했다. 오전 11시 반이 되어가는 참이었다. 모리어티가 지정한 제한 시간까지 이제 30분도 남지 않았다.

츠노다장에서 발견된 시신 옆에는 '나는 누구일까요?'라고 적힌 종이가 놓여 있었다. 그녀의 정체는 마미야 레이코였다.

"선배님, 왜 그러십니까?"

미쿠모는 카즈마의 상태가 이상함을 느꼈다. 카즈마는 아주 심각한 표정으로 생각에 잠긴 모습이었다. 아마 가석방된 뒤에 행적을 감춘 여자를 생각하는 것 같았다. 그녀가 남의 이름을 사칭했다는 사실은 그것만으로도 매우 충격적이었다. 윗선에 보고해야 하는 새로운 사실이었다.

"아니, 아무것도 아니야. 아무튼 전화해보자."

카즈마는 그렇게 말하며 고개를 흔들고는 정장 안주머니에 손을 넣었다.

★

카즈마는 이마에 식은땀이 흐르는 것을 느꼈다. 5개월 전에 가석방된 마미야 레이코라는 여자. 그 여자가 남의 이름을 사칭했다는 사실을 카즈마는 알고 있었다. 하나코에게 들었기 때문이었다.

미쿠모 레이. 가석방된 여자의 진짜 이름이었다. 그녀는 하나코의 고모이다.

개인적으로 카즈마는 이번에 드러난 사실—그러니까 진짜 마미야 레이코가 젊었을 때 타인에게 호적을 팔았다는 사실을 외부에 알리고 싶지 않았다. 솔직히 말하면, 5개월 전에 가석방된 마미야 레이코가 계속 마미야 레이코로 있어주기를 바랐다. 그녀가 미쿠모 레이라는 사실은 절대 밝혀지면 안 된다. 그 사실이 알려지면 미쿠모 가문의 비밀도 드러날 것이기 때문이다.

"선배님, 괜찮으십니까?"

"아, 응. 괜찮아."

카즈마는 핸드폰을 열었다. 어제 츠노다장에서 발견된 시신 옆에 있던 핸드폰이었다. 수신 기록에 남은 번호가 지금 유일하게 모리어티와 자신들을 잇는 연결고리였다.

카즈마는 그 번호로 전화를 걸었다. 통화 연결음이 다섯 번 정도 울리자, 상대방이 전화를 받았다. 어제처럼 변조된 목소리가 들려왔다.

"여보세요."

"사쿠라바 카즈마다. 답을 알았다."

"생각보다 늦었군요. 그래도 아직 시간이 남았는데 지금 답을 말하겠습니까? 틀리면 바로 패널티가 적용될 겁니다."

패널티가 무엇일까. 카즈마는 궁금했지만, 모리어티가 순순히 가르쳐줄 리는 없었다. 그래도 혹시나 하며 물었다.

"그런데 패널티가 뭐지?"

"그건 비밀입니다. 자, 그럼 답을 말해보시죠."

카즈마는 크게 심호흡하고는 말했다.

"시신의 정체는 마미야 레이코다. 생전에는 몇십 년 동안 이토 미키라는 가명으로 불렸다."

수화기 너머에서 잠시 침묵이 흘렀다. 단 몇 초였지만, 카즈마는 그 침묵이 한없이 길게 느껴졌다. 숨을 죽이고 기다리는데, 수화기 너머에서 모리어티가 말했다.

"정답입니다."

카즈마는 가슴을 쓸어내렸다. 옆에 있는 미쿠모에게 고개를 끄덕였다. 미쿠모도 안도한 표정이었다.

"좋습니다. 그럼 다음 문제입니다."

"잠깐. 대체 이러는 목적이 뭐야? 언제까지 이런 짓을…."

"두 번째 문제입니다. 다음으로 살해당할 사람은 누구일까. 그리고 그 사람은 왜 죽어야 할까. 이게 문제입니다."

"아니, 그런…."

그런 문제를 어떻게 맞히라는 말인가. 카즈마가 뒷말을 이으려 할 때, 수화기 너머에서 모리어티가 말했다.

"제한 시간은 내일 정오까지. 만약 문제를 풀지 못하면 당신들의 패배입니다. 저는 표적을 살해할 겁니다."

살해 예고였다. 내일 정오까지 표적을 찾으라는 것이 모리어티의 요구였다. 원래는 거의 불가능한 일이다. 힌트 없이는 절대 표적을 찾을 수 없었을 테지만, 사실 카즈마는 자신이 큰 힌트를 쥐고 있음을 알았다. 미쿠모에게도 말할 수 없는 힌트였다.

"하지만 역시 힌트가 없으면 어려울 테니 키워드가 될 인물의 이름을 하나 알려드리죠. 타카스기 류헤이입니다."

타카스기 류헤이. 어디선가 들은 적이 있는 듯했지만, 아직은 생각나는 인물이 없었다.

"그럼 건투를 빕니다. 답을 알아내면 연락 주세요."

전화가 끊겼다. 잠시 멍하니 있던 카즈마는 "선배님."이라고 부르는 목소리에 정신을 차렸다. 모리어티와 통화한 내용을 미쿠모에게 알려주었다. 설명을 들은 미쿠모는 중얼거리듯 말했다.

"타카스기 류헤이…."

미쿠모가 고개를 갸웃거렸다. 역시나 짚이는 데가 없는 모양이었다. 그러나 손을 놓고 있을 수는 없었다. 내일 정오까지 이 문제를 풀지 못하면 누군가가 살해당할 것이다. 하지만….

"선배님, 이제 어떻게 할까요? 일단 경찰청으로 돌아가는 게 어떻습니까? 반장님께도 보고해야 하니까요."

"그래. 그렇지…."

카즈마는 모리어티가 처음으로 전화를 걸었을 때를 떠올렸다. 모리어티는 '카즈마 경장'이라고 말했다. 그때 카즈마는 모리어티가 경찰의 내부 사정을 꿰고 있는 인물인 줄 알았는데, 이제 와 생각해보면 모리어티는 처음부터 카즈마를 노린 것일지도 모른다.

그리고 오늘, 그 의혹이 더욱 커졌다. 츠노다장에서 발견된 시신은 마미야 레이코라는 여성이었다. 정확히는 미쿠모 레이에게 호적을 판 여자였다. 그렇다. 이 사건에는 하나코의 고모 미쿠모 레이가 연관되어 있다.

미쿠모 레이.

카즈마는 그녀에 대해 아는 것이 거의 없었다. 30년 동안 복역하다가 교도관을 이용해 가석방을 받아낸 수수께끼의 인물.

하지만 카즈마는 이미 확신에 가까운 생각을 갖고 있었다. 모리어티가 바로 미쿠모 레이라는 생각이었다.

모리어티는 인터넷으로 범죄 계획을 팔다가 아주 최근에야 그 존재가 수면 위로 떠올랐다. 카즈마는 5개월 전에 가석방된 미쿠모 레이가 모리어티라는 이름으로 범죄 계획을 파는 것이라 추측했다.

이 사건을 더 파고들다 보면 결국 미쿠모 가문의 역사를 들추게 될 것이다. 그들의 존재가 외부에 드러날지도 모른다. 몹시 골치 아픈 문제였다.

"선배님, 어떻게 할까요? 경찰청으로 돌아갈까요?"

미쿠모가 재차 물었다. 카즈마는 이마에 맺힌 땀을 닦았다. 버스정류장 벤치가 보여서 그쪽으로 걸어가 벤치에 앉았다.

"선배님, 괜찮으세요? 얼굴색이 안 좋습니다."

미쿠모가 물었다. 카즈마가 대답했다.

"속이 조금 안 좋네."

우선 미쿠모와 따로 움직이고 싶었다. 모리어티가 어떤 의도로 이번 사건을 일으켰는지 알아내기 위해서는 미쿠모 가문의 핵심 인물을 만나볼 필요가 있었다. 그래서 카즈마는 가능한 한 혼자 행동하고 싶었다.

"어쩌죠? 어디서 쉬시는 게 나을 것 같습니다."

"난 일단 집으로 갈게. 샤워하고 한숨 자면 괜찮아질 거야."

"그렇게 하실래요? 그게 나을지도 모르겠네요." 미쿠모는 의심 없이 카즈마의 말에 동조했다. "그럼 저는 경찰청으로 돌아가서 타카스기 류헤이라는 남자를 조사해 보겠습니다."

"고마워."

"그리고 반장님께도 제가 보고하겠습니다."

"내가 면목이 없다."

카즈마가 자리에서 일어났다. 미쿠모는 카즈마를 부축하듯 바짝 붙어서 걸었다. 거리로 나간 카즈마는 달려오는 빈 택시를 잡았다.

"괜찮아지면 연락할게."

"몸조리 잘하세요, 선배님."

택시가 출발했다. 걱정스러운 표정으로 배웅하는 미쿠모가 보였다. 미안하다, 미쿠모. 카즈마는 속으로 후배 형사에게 사과했다.

★

"살해 예고라고? 그게 진짜야?"

"네. 확실합니다."

미쿠모는 경찰청으로 돌아가 직속 상사인 마츠나가 반장에게 상황을 보고했다. 마츠나가는 조금 못 미더운 부분도 있었지만, 아랫사람을 잘 챙기는 상사였다. 일하기 좋은 환경을 만들어준다는 점에서 유능한 상사라고 미쿠모는 줄곧 생각했다.

"카즈마는 몸 상태가 어떻대?"

"카즈마 선배는 일단 귀가했습니다. 본인은 몇 시간 쉬면 괜찮아질 거라고 했습니다."

미쿠모는 카즈마가 연기하고 있음을 간파했다. 무슨 생각인지는 모르겠지만, 그의 태도가 갑자기 변한 것은 미나미센쥬에서 발견된 시신이 마미야 레이코임을 알았을 때부터였다. 심각한 표정으로 무언가를 골똘히 생각하는 듯했다. 미쿠모는 그 변화를 눈치채지 못할 만큼 둔하지 않았다. 그는 왜 거짓말을 하면서까지 개별 행동을 하려 했을까. 그 이유가 궁금해 일단 손을 써둔 상태였다.

"그래? 이쪽도 사람이 부족한데 어쩐다…."

현재 마츠나가반은 큰 사건을 맡지 않은 상태였다. 하지만 어젯밤, 신주쿠에서 트럭이 폭주해 사람들이 다치는 소동이 있었다. 트럭 운전자는 체포되었고 다행히 사망자는 없었지만, 부상자가 여덟 명에 달했다. 게다가 트럭 때문에 해를 입은 승용차와 가게도 많아서 지원이 필요하다기에 마츠나가반도 그쪽에 동원되었다.

"정말 살해 예고가 있었다면 그냥 둘 수는 없지. 미쿠모, 진위 여부를 알아내라. 사람이 더 필요하면 추가 인원을 배치해주겠다."

"알겠습니다. 카즈마 선배에게도 전달하겠습니다."

보고를 마친 미쿠모는 컴퓨터 쪽으로 갔다. 경찰청 데이터베이스에 접속할 수 있는 컴퓨터였다. 경찰청 관내에서 발생했던 사건들이 데이터화되어 있어 경찰 조사를 받은 이력이 있는 사람을 검색할 수 있는 시스템이었다.

'타카스기 류헤이'를 검색해보았지만, 해당하는 데이터는 없었다. 일이 쉽게 풀리지는 않으리라고 미리 각오해둔 덕에 미쿠모는 일찍부터 찾아온 난관에도 낙담하지 않았다.

우선은 타카스기 류헤이가 누구인지를 알아야 했다. 구청이나 시청의 호적담당과에 문의하는 방법도 있었지만, 그렇게 해서는 내일 이후에나 답변이 돌아올 터였다. 요즘 관공서에서는 개인정보보호 때문에 전화 문의에 일절 답하지 않았고, 서류로 답하는 것이 일반적이었다. 관공서에 문의하고 있을 시간이 없었다.

분명 어딘가에 힌트가 있을 것이다. 그렇지 않았으면 모리어티가 일부러 이름을 알려줬을 리가 없다. 미쿠모는 컴퓨터 화면을 바라보며 팔짱을 꼈다.

범인의 진짜 의도를 읽어내는 것. 미쿠모가 수사에 임할 때 항상 중요하게 여기는 사고방식이었다. 범인은 왜 이 도구를 사용했을까. 범인은 왜 이 시간대를 선택했을까. 범인은 왜…. 범인은 왜….

범인의 행동 패턴을 범인과 똑같은 시각으로 바라보고 읽어내면 사건 해결의 실마리가 보이기 마련이었다.

그렇다면 이번 사건은 어떨까. 모리어티는 왜 미쿠모와 카즈마에게 표적을 찾으라고 했을까. 아니, 그보다 한 단계 전으로 돌아가야 한다. 모리어티는 왜 미쿠모와 카즈마가 마미야 레이코의 시신을 발견하도록 했을까. 거기에 모리어티의 진짜 의도가 숨어 있지 않을까. 키워드는 마미야 레이코였다. 주검으로 발견된 마미야 레이코가 아니라, 가석방된 뒤에 행적을 감춘 마미야 레이코였다.

미쿠모는 데이터베이스에서 마미야 레이코의 정보를 검색했다. 아무래도 큰 사건을 일으킨 범죄자인지라 그녀의 파일은 꼼꼼하게 데이터화되어 있었다. 미쿠모는 파일을 읽었다.

사건이 일어난 건 지금으로부터 정확히 31년 전이었다. 당시 마미야 레이코는 사기단의 리더로 지목되었고 경찰청은 잠입 수사를 진행했다. 사기단은 별장을 파는 척 자산가에게 접근해 돈을 빼돌리는 수법을 사용했다. 조직 안에서 역할 분담도 명확했고 체계도 탄탄했다. 이 점만 보아도 마미야 레이코가 범죄 조직의 수장으로서 얼마나 뛰어난 자질을 지녔는지 알 수 있었다.

약 2년에 걸친 잠입 수사 끝에 경찰은 드디어 사기단의 거점을 밝혀냈고, 리더 마미야 레이코라는 여성의 얼굴도 알아냈다. 그리고 드디어 압수 수색 날을 맞이했다.

그날, 사기단의 거점인 시나가와구 아파트에서 조직의 간부들이 모여 정례회를 한다는 정보를 미리 입수한 상황이었다. 정례회에는 당연히 조직의 리더인 마미야 레이코도 참여할 예정이었다. 변장한 수사관들은 아파트를 포위하고 압수 수색의 순간을 기다렸다.

간부들—겉보기에는 평범한 직장인 같은 남자들이 하나둘 모였지만, 아무리 기다려도 마미야 레이코의 모습은 보이지 않았다. 첩보에 따르면 정례회는 오후 1시부터 시작된다고 했으나, 2시가 되도록 마미야 레이코는 나타나지 않았다.

경찰 측 담당 수사관은 속을 끓이다가 이내 작전을 개시하라는 지시를 내렸다. 경찰관들은 사기단의 아지트로 우르르 쳐들어가 안에 있던 남자들을 모조리 검거했다. 한 남자를 추궁

해보니, 리더 마미야 레이코는 조금 늦게 올 예정이었다고 했다.

같은 시각, 아파트 1층 입구에서 망을 보던 수사관 한 명이 수상한 여자를 목격했다. 그 여자는 아파트에 들어가려고 하다가 망을 보는 수사관을 알아차리고는 발길을 돌렸다. 수사관이 쫓아가자, 그녀는 뛰어서 달아났다. 따라잡히는 것도 시간문제인 상황이었으나, 그녀는 지나가던 주부의 자전거를 빼앗아 타고 도주했다.

도망친 여자의 인상착의가 곧바로 인근 경찰서에 전달되었다. 수사관들은 도망친 마미야 레이코를 수색하기 시작했다.

오후 3시 반, 시나가와역 앞 파출소에서 근무하는 두 경찰관이 순찰을 나갔다. 두 사람은 도망친 마미야 레이코의 정보를 알고 있었다. 두 경찰관은 젊었고, 아직 20대였다. 한 사람은 타카스기 류헤이 순경(당시 26세), 다른 한 사람은 스즈키 타케하루 순경(당시 23세, 나중에 이소카와로 성을 바꿈)이었다.

찾았다. 타카스기 류헤이.

미쿠모는 컴퓨터 화면을 보면서 속으로 쾌재를 불렀다. 타카스기 류헤이는 마미야 레이코가 체포되었을 때 현장에 있던 경찰관 중 한 명이었다. 미쿠모는 계속 자료를 읽었다.

타카스기 류헤이, 스즈키 타케하루, 두 경찰관은 자전거를 타고 순찰을 돌다가 수상한 여자를 발견하고 곧바로 뒤를 쫓왔다. 여자는 호텔 주차장에 숨어들었다. 두 사람이 그 여자를 바싹 추격하자, 여자가 총을 쐈다. 총알이 타카스기 류헤이의 가슴에 박혔다. 스즈키 타케하루는 과감하게 그녀에게 달려들었고, 몸싸움 끝에 그녀를 체포했다. 현장에 구급차가 도착했을 때 타카스기 류헤이 순경은 이미 사망한 상태였다.

이것이 31년 전 사건의 전말이었다. 미쿠모는 마미야 레이코가 체포되던 당시의 상황이 어떠했는지를 알아냈다. 모리어티가 다음으로 살해할 사람은 누구일까. 미쿠모는 그 답을 어렴풋이 알 것 같았다.

우선은 모리어티의 정체가 관건이었다. 모리어티는 마미야 레이코가 아닐까. 미쿠모는 그런 생각이 들었다. 근거는 없었다. 그저 감이었다. 하지만 그렇게 생각하니 여러 정황이 들어맞았다. 모리어티는 진짜 마미야 레이코의 시신이 있는 곳을 알려주었고, 타카스기 류헤이의 이름을 힌트로 제공했다. 모리어티의 말과 행동 끝에는 늘 마미야 레이코의 그림자가 어른거렸다.

만약 모리어티의 정체가 마미야 레이코라면, 그녀의 다음 표적은 이미 나온 것과 다름없었다. 이소카와 타케하루. 31년 전 마미야 레이코를 체포한 경찰관이자, 그 사건을 계기로 경찰청 수사1과로 발탁된 사람이었다. 당시에는 성이 스즈키였지만 상사의 딸과 결혼해 데릴사위로 들어가면서 성을 이소카와로 바꾸었고, 그 뒤로도 순조롭게 업적을 쌓아 이제는 형사부장이라는 요직에 앉은 거물이었다. 사실 5개월 전, 마미야 레이코는 전직 교도관인 이와나가 요시타케에게 타케하루 형사부장을 죽이도록 사주했다. 그때는 미쿠모와 카즈마가 미리 계획을 눈치채고 사건을 막았다.

마미야 레이코의 표적이 타케하루 형사부장이라면, 이제 문제는 그 이유였다. 모리어티가 낸 문제에 답하려면 살해 동기까지 알아내야 했다. 마미야 레이코를 체포한 경찰이니까. 그것이 살해 동기라는 생각이 들었으나, 정말 그렇게 단순한 문제일까. 모리어티가 그렇게 쉬운 문제를 냈을 리가 없다. 여기에는 무언가 드러나지 않은 비밀이 있고, 그 베일을 벗길 힌트가 바로 죽은 타카스기 류헤이라는 경찰관일지도 모른다.

미쿠모는 타카스기 류헤이를 조사하기 위해 데이터베이스를 검색했지만, 얻을 수 있는 정보가 거의 없었다. 31년 전에 순직한 경찰관의 정보는 남겨둘 가치가 없는 것인가.

미쿠모는 생각했다. 어떻게 하면 타카스기 류헤이에 대해 알 수 있을까. 신참 형사인 미쿠모는 과거 일을 모른다. 고참 형사라면 알 수도 있지만, 미쿠모는 누구에게 물어야 할지도 막막했다. 이럴 때 카즈마가 있었다면 그의 인맥을 활용할 수 있었을 텐데.

어떤 생각이 머릿속을 스치자, 미쿠모는 스마트폰을 꺼냈다. 번호 하나를 불러와 전화를 걸었다. 상대가 곧바로 전화를 받더니 졸린 목소리로 말했다.

"어, 미쿠모. 좋은 아침."

와타루였다. 그와 이야기하는 것은 사흘만이었다. 지난 주말에 교토에서 돌아온 뒤로 연락한 적이 없었다.

"좋은 아침이에요. 아니, 사실 이제 오후인데, 자고 있었어요?"

"응, 뭐…."

그는 주로 인터넷으로 일을 하기 때문에 그다지 시간에 얽매이지 않는 것 같았다. 어떻게 보면 프리랜서였다. 정해진 시간에 출근하고 정해진 시간에 퇴근하는 삶과는 무관한 듯한데, 미쿠모는 그런 생활을 상상하기도 어려웠다.

"와타루 씨, 물어보고 싶은 게 있어요." 미쿠모가 목소리를 죽였다. 다행히 아무도 미쿠모를 신경 쓰지 않았다. "지금 경찰청 데이터베이스를 조사하고 있거든요. 그런데 원하는 정보를 찾을 수가 없어요. 와타루 씨라면 방법을 알지 않을까 싶어서…."

와타루는 전직 해커이니 당연히 컴퓨터에 능통할 것이다. 미쿠모는 데이터 찾는 방법을 와타루에게서 배울 생각이었다. 형사인 미쿠모가 경찰청 데이터베이스를 살펴보는 것은 당연한 권리이니 법에 저촉되지 않을 터였다.

"할 수 있어. 미쿠모, 컴퓨터 앞에 앉아 있지? 지금 보이는 컴퓨터의 번호를 알려줘. 보통은 기기 뒤쪽에 붙어 있어. 제조업체에서 붙인 제품번호가 아니라 경찰청이 비품 관리를 위해서 붙인 번호. 네트워크 번호라고 써 있을지도 몰라."

"찾았어요. 음, 그러니까…."

미쿠모가 번호를 소리내 읽었다. 그러자 5초도 지나지 않아 놀라운 일이 벌어졌다. 눈앞에 있는 화면이 멋대로 움직이기 시작했다. 마우스를 만지지도 않았는데 커서가 움직였다.

"와타루 씨, 이거 설마…."

"응. 맞아. 잠깐 빌릴게. …음, 이 타카스기 류헤이라는 사람을 조사하면 되는 거지?"

미쿠모가 검색한 내역까지 알아버린 모양이었다. 이건 그야말로 해킹이 아닌가. 와타루는 지금 미쿠모가 보는 앞에서 경찰청 네트워크에 침입해 마음대로 컴퓨터를 조작하는 중이었다.

"아, 찾았다."

화면에 뜬 것은 한 경찰관의 데이터였다. 얼굴 사진까지 있었다. 타카스기 류헤이의 데이터였다. 신장, 체중, 출신 지역, 출신 대학 같은 정보가 포함되어 있었다.

와타루가 해킹으로 입수한 정보였다. 보면 안 된다는 것을 알면서도 호기심을 이기지 못한 미쿠모는 화면을 뚫어지게 쳐다보았다. 귓가에서 와타루의 목소리가 들렸다.

"일반 권한으로는 볼 수 없는 데이터야. 누군가가 고의로 감춘 흔적이 있어. 미쿠모, 3분 동안만 볼 수 있으니까 필요한 데이터는 메모해둬. 그러고 나서 내가 모든 흔적을 지울게."

"알, 알겠어요."

전화가 끊겼다. 미쿠모는 메모지를 집어 들었다.

미쿠모 와타루. 그는 그야말로 인터넷상을 날아다니는 달인이었다. 미쿠모의 아버지가 달가워하는 것도 당연했다. 요즘 같은 시대에는 모든 것이 인터넷으로 연결된다. 와타루의 능력만 있으면 어떤 범죄에나 대응할 수 있을 테고, 반대로 어떤 범죄든 일으킬 수 있을 것이다. 말하자면 양날의 검이었다.

옆에 놓아둔 스마트폰이 울렸다. 미쿠모는 와타루이겠거니 하며 화면을 확인했지만, 거기에는 생각지도 못한 이름이 떠 있었다.

★

오후 3시. 카즈마는 약속 장소인 도쿄역 근처 외국계 호텔 로비에 있었다. 잠시 기다리는데, 선글라스를 낀 남자가 다가와 카즈마의 어깨에 손을 올렸다.

"많이 기다렸나, 사위?"

"갑자기 나오시게 해서 죄송합니다."

"괜찮아. 커피나 마시자고."

미쿠모 타케루는 그렇게 말하며 라운지 쪽으로 걸어갔다. 라운지에는 외국인의 모습도 적잖이 보였다. 이 호텔은 몇 년 전에 오픈한 곳이었지만, 군데군데 고급스러운 느낌이 물씬 풍겼다.

카즈마는 하나코의 아버지 미쿠모 타케루를 어떤 의미에서 존경했다. 이렇게까지 스스로에게 솔직한 사람을 카즈마는 본 적이 없었다. 타케루는 미술품 전문 도둑이지만, 이렇게 고급 호텔 로비를 걷기만 해도 태가 났다. 외국 바이어를 마중 나온 진짜 미술상처럼 보여 신기할 따름이었다. 당당하게 행동하면 의심받지 않는다는 말이 사실임을 몸소 가르쳐주는 남자였다.

"여기 커피 두 잔."

타케루는 지나가는 웨이터에게 그렇게 말하고는 의자에 앉아 다리를 꼬았다. 카즈마도 같은 테이블에 자리를 잡았다. 타케루는 언제부터 들고 있었는지 모를 검은 장지갑을 열어 내용물을 살피더니 지폐만 꺼내 주머니에 넣었다.

"장인어른, 설마 그거…."

"방금 빌렸다. 저 남자야."

타케루의 시선을 따라가자, 프런트데스크에서 체크아웃을 하는 남자 무리가 보였다. 그들은 호텔 분위기와는 어울리지 않는 불건전한 기운을 뿜어냈다. 타케루가 태연하게 말했다.

"야쿠자야. 마약 거래라도 했나 보군."

미쿠모 가문에서 소매치기를 가장 잘하는 사람은 하나코의 할아버지 미쿠모 이와오였지만, 다른 사람들도 기초적인 기술은 구사할 줄 알았다. 그리고 이건 하나코와 부부가 된 이후에 알게 된 사실인데, 미쿠모 가문에는 몇 가지 철칙이 있고 그중에는 나쁜 놈들의 물건만 훔친다는 규칙도 있다고 했다. 눈을 보면 바로 나쁜 놈인지 아닌지를 알 수 있다고 하나코는 대수롭지 않게 말했지만, 보통 사람으로서는 당최 이해할 수 없는 기이한 능력이었다.

"카즈마, 조심해야지. 쥐새끼가 숨어들었잖냐."

"쥐새끼⋯요?"

카즈마는 무슨 말인지 알 수 없었다. 타케루가 코웃음을 치고는 말했다.

"뭐, 상관없다. 어차피 피해는 없을 거야."

주문한 커피가 나왔다. 웨이터가 컵을 테이블 위에 내려놓았다. 그 틈을 타 타케루는 훔친 장지갑을 카펫 위에 슬쩍 흘렸다. 그리고 떠나려는 웨이터에게 뻔뻔스레 말했다.

"이봐, 거기에 지갑이 떨어져 있군. 누가 떨어뜨린 것 같은데."

"그렇군요. 감사합니다, 고객님."

웨이터가 지갑을 주워 자리를 떴다. 타케루가 그 뒷모습을 끝까지 지켜보고 나서 말했다.

"카즈마, 나한테 할 말이 뭐야?"

카즈마가 이렇게 장인을 불러낸 데에는 이유가 있었다. 타케루밖에 모르는 진실을 직접 듣기 위해서였다.

"장인어른, 가르쳐 주십시오. 미쿠모 레이는 어떤 사람입니까?"

미쿠모 레이. 하나코의 고모이자, 30년 동안 교도소에 갇혀 있던 수수께끼의 여성. 5개월 전에 가석방되었고, 그 후로 행방불명되었다. 카즈마는 그 사실을 하나코에게 들었지만, 자세한 이야기는 듣지 못했다. 하나코도 자세히는 모르는 눈치였다. 그렇다면 미쿠모 레이와 가까운 사람에게 물어볼 수밖에 없다는 결론이 나왔다.

"왜 그런 걸 묻지? 누님이 뭔가 나쁜 짓이라도 벌였나?"

"네. 그렇습니다." 타케루 앞에서는 숨길 수가 없었다. 카즈마는 솔직하게 털어놓았다. "요즘 인터넷상에서 범죄 계획을 판매하는 사람이 있습니다. 자기 자신을 모리어티라고 부르는데, 그 사람이 세운 범죄 계획은 상당히 치밀하고 정교합니다."

이번에는 미쿠모의 추리력 덕에 연달아 두 사건을 해결했다. 하지만 모리어티가 계획한 범죄 중에 여전히 미해결로 남은 사건이 있을지도 모른다.

"모리어티라…. 네이밍 센스가 누님답군. 내가 이런 말을 하는 건 뭣하지만, 누님은 천재야. 특히 범죄 계획을 세우는 데는 일류지. 자기 손을 더럽히지 않고도 돈을 버는 거야. 그게 누님의 방식이었다. 체포됐을 때 하던 사기도 그런 식이었어."

마미야 레이코—미쿠모 레이가 체포되었을 때, 그녀는 사기단을 이끄는 리더였다. 별장을 판매한다고 속이는 수법으로 돈을 긁어모았고, 피해액은 20억 엔 이상이었다고 한다.

"탄탄한 조직을 세워 역할을 명확히 구분했지. 그리고 완벽한 매뉴얼을 준비해서 일을 시켰어. 누님은 아마 아무것도 하지 않고 가만히 지켜보기만 했을 거야."

"하지만 그렇게 뛰어난 범죄자가 체포됐습니다. 왜일까요?"

"그냥 운이 나빴겠지. 룰렛을 상상해 봐. 빨간색과 검은색이 섞인 룰렛이 있어. 빨간색이 세이프, 검은색이 아웃. 우리 범죄자들은 말이지, 이 룰렛을 계속해서 돌리는 거야. 실력이 늘수록 빨간색이 늘어나고 검은색이 줄어들지. 누님 수준이 되면 룰렛이 거의 새빨갈 거야. 하지만 검은색이 없지는 않아. 어쩌다 보니 거기에 걸렸을 뿐이야."

무슨 말인지 어렴풋이 알 것도 같았다. 아무리 치밀한 계획을 세워도 운은 사람이 어떻게 할 수 없다는 뜻이리라.

"그나저나 범죄를 팔다니, 정말 누님다운 방법이군. 누님은 범죄 계획을 세우는 게 특기거든. 계획을 팔고 나면 손 놓고 구경만 하는 거지. 자기 손을 떠난 뒤에는 계획이 성공하든 실패하든 본인이 알 바 아니니까. 누님은 분명히 그 상황을 즐길 거다."

"하지만 실제로 사람이 죽었습니다. 제가 아는 희생자만 해도 두 명이에요."

그 교환 살인이 성공했다면, 희생자는 더 늘어났을 것이다. 아니, 진짜 마미야 레이코도 희생자 수에 포함시켜야 할지 모른다. 그녀도 간접적으로는 모리어티에게 희생당한 셈이었다.

"장인어른, 미쿠모 레이가 정말 모리어티라는 범죄자라면, 이대로 내버려 둘 수는 없습니다. 그 사람이 있는 곳을 아십니까?"

"몰라. 알았으면 내가 경찰에 신고했을 거다. 그만큼 누님은 나한테도 위협적인 존재였어."

거짓말 같지는 않았다. 역시 이대로 모리어티의 게임에 계속 참여할 수밖에 없을까. 언젠가 그녀가 허점을 보이기를 기다리는 것이 지금으로서는 최선책일지도 모른다.

"우리 부모님도 끊임없이 누님을 바꿔보려고 했지만 무리였다. 누님은 뼛속까지 범죄자야. 뭐, 그건 나도 똑같지만."

미쿠모 이와오와 그의 아내 마츠. 두 사람은 틀림없이 딸을 사랑했을 것이다. 도둑 일가임에도 미쿠모 가문 사람들은 최소한의 매너가 있었다. 하지만 미쿠모 레이는 이를 완전히 벗어났다. 이와오와 마츠에게 미쿠모 레이는 이름조차 언급하면 안 되는 존재일지도 모른다.

"카즈마, 내가 충고 하나 하마. 누님과는 엮이지 않는 게 좋아. 신세 망치는 수가 있다."

카즈마는 아무 말도 할 수 없었다. 형사로서 모리어티의 행동을 못 본 체하고 넘어갈 수 없는 데다, 이미 그녀의 눈에 들고 말았기 때문이다.

"타카스기 류헤이라는 이름을 아시나요? 미쿠모 레이와 연관이 있을지도 모르는 사람입니다."

"몰라. 나는 이만 가야겠다."

타케루는 그렇게 말하며 자리에서 일어났다. 그대로 라운지를 나가려 하다가 잠시 걸음을 멈추고 말했다.

"어쩌면 그 여자라면…. 아니, 누님에게는 못 당하겠지."

"누구 말입니까? 혹시 하나코 말씀이십니까? 하나코라면 미쿠모 레이에게…."

"하나코는 안 돼. 걔는 너무 착해 빠졌어. 요즘 너랑 같이 다니는 아가씨 있잖아. 그 여자라면 상대가 될지도 모른다고 생각했는데, 아직은 시기상조겠지."

타케루가 자리를 떴다. 그가 라운지에서 나가는 모습을 지켜보다가 카즈마는 크게 한숨을 쉬었다. 커피잔으로 손을 뻗었지만, 어느새 비어 있음을 깨닫고는 작게 웃음을 터뜨렸다. 타케루가 카즈마의 커피까지 마신 모양이었다. 미쿠모 가문 사람들과 있으면 정말 조금도 방심할 수가 없었다.

★

초인종이 울리자, 안이 현관으로 달려갔다. 하나코도 그 뒤를 쫓았다. 안이 능숙하게 잠금장치를 풀며 문을 열었다. 문밖에 서 있는 사람은 호죠 미쿠모였다.

"안이구나. 안녕?"

"안녕하세요."

"응. 이거 선물이야. 케이크."

안은 들뜬 얼굴로 케이크 상자를 받아들었다. 네 살이 된 안은 벌써 귀엽고 예쁜 것에 민감하게 반응했다. 안은 생글거리며 호죠 미쿠모의 예쁜 얼굴을 올려다보았다. 지금은 수수한 회색 바지 정장을 입었지만, 더 화려하게 꾸민다면 모델도 못 당해낼 미모였다.

"미안해. 갑자기 와달라고 해서."

"아뇨, 괜찮아요. 타이밍이 좋았어요. 마침 지금 카즈마 선배님이랑 따로 움직이는 중이거든요."

조금 전 하나코가 전화를 걸어 개인적으로 할 이야기가 있다며 미쿠모를 불러냈다. 오늘은 서점 업무가 일찍 끝나는 날이라 3시에 집에 돌아왔다. 안을 데리러 어린이집에 갔다가 조금 전에 돌아온 참이었다.

미쿠모를 거실로 안내해 소파에 앉혔다. 하나코는 케이크 한 조각을 꺼내서 접시에 올리고는 그것을 들고 옆방으로 안을 데려갔다. 안의 놀이방으로 변해버린 방이었다. 하나코가 애니메이션 DVD를 틀어주며 안에게 말했다.

"안, 엄마가 미쿠모 언니랑 일 얘기를 해야 해. 잠깐만 기다려 줄래?"

"잠깐이면 얼마만큼?"

하나코는 벽에 걸린 시계를 보며 분침을 가리켰다.

"이 침이 여기에 올 때까지."

지금이 딱 오후 4시라 4시 15분을 가리켰다. 안이 고분고분 고개를 끄덕이자, 하나코는 거실로 나갔다. 미쿠모에게 "잠깐만."이라고 말한 뒤, 준비해둔 홍차를 잔에 따라 내갔다. 그 모습을 보고 미쿠모가 말했다.

"감사합니다. 그런데 저한테 하실 말씀이 뭔가요?"

다른 사람에게 말할 만한 이야기는 아니었지만, 하나코는 어제 집으로 온 DVD가 신경 쓰여 견딜 수 없었다. 사실 그 영상의 정체를 알아낼 방법은 얼마든지 있었다. 예를 들어 타케루나 에츠코에게 맡긴다면, 두 사람은 기꺼이 카즈마의 뒷조사를 해줄 것이다. 워낙 그런 것을 좋아하고 그 분야의 기술을 꿰고 있는 사람들이었다.

하지만 하나코는 부모님이 아니라 카즈마와 가장 가까운 위치에 있는 호죠 미쿠모에게 묻는 게 빠르리라 생각했다. 그리고 미쿠모에게 달리 하고 싶은 이야기도 있었다.

"좀 봐줬으면 하는 게 있어."

하나코가 그렇게 말하며 탁자 위에 놓인 노트북을 미쿠모 쪽으로 돌렸다. 마우스를 클릭하자 영상이 재생되었다. 조금 어두운 바에서 카즈마가 낯선 여자와 담소를 나누고 있었다.

"하나코 언니가 이걸 어떻게…?"

"누군가가 보냈어." 하나코가 설명했다. "어제 집에 왔더니 우편함에 들어 있었어. 보내는 사람 이름은 없었고."

"그렇군요."

영상이 끝났다. 2분쯤 되는 짧은 영상이었지만, 거기에는 하나코의 남편과 처음 보는 미녀의 투샷이 담겨 있었다.

"지난주에 시나가와에서 사건이 있었어요." 미쿠모가 이야기를 시작했다. "그 사건과 관련된 사람이에요. 수사 원칙상 이름은 알려드릴 수 없지만, 선배님 말로는 고등학교 동창이라고 했어요."

고등학교 동창. 확실히 두 사람 사이에는 격의 없는 분위기가 흘렀다. 하나코는 가능한 한 카즈마를 용서할 이유를 찾고 싶어하는 자신의 모습을 자각했다.

"분위기를 보니까 오랜만에 만난 것 같았어요. 선배님은 그 여자분을 어디까지나 형사로서 대하셨고요. 이 영상에서는 꽤 편하게 대하는 느낌이지만요."

카즈마는 사회인이니 당연히 그에게는 그만의 인간관계가 있다. 하나코는 그런 것을 일일이 감시할 수는 없다고 생각했다. 하지만 실제로 이성과 즐겁게 대화하는 모습을 보니 질투가 불쑥 고개를 내밀었다.

"진짜 문제는 이걸 보낸 사람의 의도예요." 미쿠모가 그렇게 말하며 팔짱을 꼈다. "선배님의 부인인 언니한테 이 영상을 보낸 사람의 목적 말이에요. 억측을 좀 보태서 말해볼게요. 혹시 여기에 찍힌 선배님의 동창이 이 영상을 보낸 거 아닐까요?"

"그럴 리가. 본인이 여기 찍혀 있는데 어떻게 영상을 찍었겠어?"

"영상을 찍을 방법은 얼마든지 있잖아요. 친한 친구에게 촬영을 부탁했을지도 모르죠. 두 분 사이에 균열을 만들기 위해서요. 이 일을 계기로 두 분이 싸운다면 대성공이죠. 그 여자는 선배님을 차지할 첫걸음을 떼는 거예요."

그야말로 억측이었다. 하지만 잘 생각해보면 영상에 찍힌 당사자의 짓이라고 보는 것이 가장 자연스러울지도 모른다.

"근데 왜 굳이 이런 짓까지? 나였으면 이렇게 손이 많이 가는 짓은 하지 않았을 텐데."

"언니, 세상을 너무 호락호락하게 보시는 것 같아요."

누군가가 영상을 보낸 것은 사실이었고, 실제로 하나코는 남편에게 의심을 품게 되었다. DVD를 보낸 누군가가 쳐 놓은 덫에 벌써 걸렸다고 해도 과언이 아니었다.

"늦기 전에 선배님과 대화해보시는 게 좋겠어요. 저도 선배님께 이 도촬 영상 얘기를 해둘게요. 그래야 두 분이 대화하기 쉬우시겠죠?"

"고마워. 그렇게 해주면 한결 편할 것 같아."

미쿠모는 하나코보다 일고여덟 살은 어렸지만, 무척 어른스러웠다. 하나코가 미쿠모 나이였을 때는 훨씬 칠칠치 못한 1년차 사회인이었다. 형사라는 직업 특성 때문일지도 모르겠지만, 미쿠모는 어린데도 원숙미를 풍겼다. 그러면서도 얼굴은 아이돌 뺨치게 예뻤다. 거기서 오는 격차가 너무 컸다.

"그나저나 선배님도 남자였군요." 미쿠모가 진지하게 말했다. "남자들은 예쁜 여자를 보면 어쩔 수 없이 이렇게 되나 봐요. 평소에는 절대 이러지 않으시면서. 의외의 모습을 보니 공부가 됐어요. 아, 그렇지. 저도 하나코 언니에게 할 이야기가 있었어요."

미쿠모는 전화로도 그런 이야기를 했다. 하나코가 할 말이 있다고 하자, 자기도 하고 싶은 말이 있다고 했다.

"알아. 나도 언제 한번 제대로 말하려고 했어. 우리 오빠랑 관련된 거지?"

미쿠모가 진지한 표정으로 고개를 끄덕였다.

"맞아요. 저 하나코 언니의 오빠와 진지하게 사귀고 있어요. 저희 사이를 인정해주세요."

사실 하나코는 이 이야기를 꼭 해야겠다고 생각했다. 지금 제대로 대답하지 않으면 앞으로 어떤 일이 생길지 모른다. 하나코는 마음을 모질게 먹었다.

"그 얘기는 나도 어머니한테 들었어. 우리 오빠가 신세를 지고 있다고."

"제가 신세가 많죠."

그녀는 아마 모를 것이다. 미쿠모 가문이 도둑 일가라는 사실을. 그 사실을 안다면 와타루와 결혼하려고 할 리가 없다. 미쿠모는 어디까지 아는 것일까. 하나코는 슬쩍 미쿠모를 떠봤다.

"우리 오빠가 무슨 일을 하는지 알아?"

"네. 알아요." 미쿠모는 목소리 톤을 조금 낮추며 대답했다. "사람은 누구나 과거가 있잖아요. 와타루 씨가 옛날에 해킹을 했다는 건 알지만, 저는 그 과거도 포함해서 와타루 씨를 사랑해요."

중증이었다. 하나코는 작게 한숨을 쉬었다. 미쿠모는 와타루에게 완전히 빠지고 말았다. 조금 전까지는 그렇게 어른스러워 보이던 미쿠모가 이제는 반대로 중학생처럼 보였다.

"구체적으로 우리 오빠의 어디가 좋아?"

"전부요."

이건 안 되겠다. 이미 어떻게 할 방법이 없다. 하지만 한편으로 하나코는 조금 부러웠다. 사랑에 계산이나 이해타산이 뒤따를 법도 한데, 미쿠모는 그런 것과 상관없이 순수하게 와타루를 좋아하고, 그 마음을 동력 삼아 움직이는 듯했다.

"지난 일요일에 기차에서 언니네 부모님을 만났어요. 두 분 다 저랑 와타루 씨의 결혼을 허락해주실 것 같지 않았어요. 그래서 저는 생각했어요. 우선은 와타루 씨의 동생인 하나코 언니의 허락을 얻어야겠다고요."

미쿠모 나름대로 많은 생각을 한 모양이었다. 하나코가 말했다.

"그 마음은 알지만, 아쉽게도 내가 편을 들어줘봤자 소용없을 거야. 그만큼 우리 부모님은 완고해. 내 의견은 들은 척도 안 할걸."

"그렇군요…"

미쿠모는 어깨를 축 늘어뜨렸다. 그 동작이 귀여웠다. 하나코는 오빠가 미쿠모에게 푹 빠진 이유를 알 것 같았다.

"미쿠모, 너는 아직 어리잖아. 너무 조급해하지 않아도 돼.

그냥 연애만 하는 거면 우리 부모님도 반대하지 않을 거야."

"왜죠? 왜 결혼은 안 되는 거죠? 저한테 문제가 있나요? 알려주시면 고칠게요."

고칠 수 있는 문제가 아니었다. 탐정의 딸로 태어나 버린 이상, 더는 뒤집을 방법이 없었다. 하나코는 미쿠모를 보며 과거의 자신을 떠올렸다. 카즈마는 형사, 하나코는 도둑의 딸. 그 사실을 처음 알았을 때 하나코는 헤어질 마음을 먹었고 자신의 신세를 한탄하며 눈물을 흘렸다. 미쿠모만큼은 자신과 똑같은 일을 겪지 않았으면 했다.

"미쿠모, 지금 당장 결혼할 필요는 없잖아. 지금 두 사람은 연애 중이니까 그걸로 충분하지 않아?"

"안 돼요. 저는 결혼하고 싶어요. 와타루 씨도 그렇게 말했어요."

하나코가 추측하기로, 미쿠모는 아마 연애 경험이 적을 것이다. 어쩌면 와타루가 첫 남자친구일지도 모른다. 연애에 면역이 없는 만큼, 연애가 곧 결혼이라는 이상한 가치관에 지배당한 것 같았다. 하나코가 도서관 사서로 일하던 당시에도 그런 동료가 있었다. 그 동료는 처음으로 남자와 데이트를 했을 때, 식사하는 와중에 결혼을 결심했다고 했다. 미쿠모도 비슷한 부류이리라.

"하나코 언니, 저 언니네 부모님과 다시 이야기를 나누고 싶어요. 서로 속을 터놓고 대화하면 타협점을 찾을 수 있을 거예요."

속을 터놓으면 안 된다. 제일 해서는 안 되는 일이 바로 그것이었다. 하지만 그 사실을 미쿠모는 알지 못했다.

"언니네 부모님은 어디 사세요? 조만간 인사드리러 가고 싶은데 두 분의 집 주소를 가르쳐 주실래요?"

"그건… 좀 곤란해."

"왜요?"

하나코는 말문이 막혔다. 이 상황을 모면할 수 없을까. 열심히 머리를 굴리는데 안이 있는 방 문이 10센티 정도 열리더니, 안이 거기서 얼굴을 빼꼼 내밀었다. 이제 애니메이션에 질린 모양이었다.

"안, 미안. 괜찮아. 나와도 돼."

하나코가 그렇게 말하자, 안이 거실로 나왔다. 곧바로 미쿠모 옆으로 다가가 몸을 기대며 말했다.

"언니, 내가 재밌는 거 알려줄게."

"응? 재밌는 게 뭘까?"

"있잖아, 할부지랑 할무니는 도둑이야."

"안! 언니한테 이상한 말 하면 안 돼."

하나코가 그렇게 말하자, 안은 히죽히죽 웃으며 도망쳤다. 하나코가 그 뒤를 쫓아가 가볍게 엉덩이를 때리는 시늉을 했다. 안은 재미있다는 듯 웃을 뿐이었다. 이 아이는 자기가 무슨 말을 하는지 알고서 말하는 것일까. 만약 그렇다면 어떻게든 손을 써야 했다.

"하나코 언니, 할부지랑 할무니라면 언니네 부모님이죠?" 미쿠모가 고개를 갸웃하며 물었다. "무슨 말이에요? 방금 안이 도둑이라고 했죠?"

"아, 아마 애니메이션 이야기인가 봐. 애가 루팡 3세랑 명탐정 코난 같은 걸 엄청 좋아하는데 여러모로 영향을 받는 것 같아서 걱정이야."

"그렇군요…."

"어휴, 정말 난감하다니까. 아, 맞다. 미쿠모가 사온 케이크 같이 먹자. 그리고 아까 한 얘기는 내가 언제 부모님께 넌지시 얘기해볼게. 우리 부모님도 보기보다 꽤 바쁘시거든."

"네. 감사합니다."

오늘은 다행히 어물쩍 넘겼지만, 다음에는 어떻게 될지 알 수 없었다. 미쿠모와 와타루가 연애만 한다면 문제가 되지 않는다. 그러니 적어도 결혼만은 포기해주면 좋겠는데, 하나코는 어떻게 미쿠모를 단념시킬지 방법을 알 수 없었다.

하나코는 자리에서 일어나 거실로 가서 미쿠모에게 받은 케이크 상자를 열었다.

★

미쿠모는 오후 5시가 넘어 카즈마네 아파트에서 나왔다. 슬슬 카즈마와 합류해야 했다. 그렇게 생각하며 역 쪽으로 걸어가다가 스마트폰에 연락이 와 있는 것을 알아차렸다. 문자메시지 한 건과 부재중 전화 한 통이었다. 둘 다 미쿠모의 조수 사루히코가 보낸 것이었다.

미쿠모는 문자메시지에 첨부된 사진을 확인했다. 카페, 아니, 어떤 호텔 라운지인 듯했다. 선글라스를 낀 50대 남자가 찍혀 있었다. 미쿠모는 기차에서도 만난 적이 있는 그 얼굴을 잊을 수 없었다. 그는 미쿠모 타케루. 와타루의 아버지였다.

미쿠모가 전화를 걸자, 상대가 즉시 전화를 받았다.

"나야. 선배가 와타루 씨의 아버지를 만난 거야?"

"맞습니다, 아가씨."

카즈마의 태도가 수상해지자, 미쿠모는 사루히코에게 미행을 부탁했다. 미쿠모의 지시를 받은 사루히코는 카즈마의 집으로 향했다. 미쿠모의 예상대로 카즈마는 일단 집으로 돌아갔다고 한다. 카즈마는 어제 경찰청에서 하룻밤을 묵었으니 옷을 갈아입으러 집에 들르리라 추측한 것이었다. 30분쯤 후에 집에서 나온 카즈마는 택시를 잡아 도쿄역 근처에 있는 호텔로 갔다. 그리고 호텔 라운지에서 장인을 만났다.

"그건 그렇고 아가씨, 그 남자는 누굽니까?"

"와타루 씨의 아버지야. 직업이 미술상이라던가?"

"보통내기가 아닙니다, 그 사람. 제가 이래 봬도 선대 소장님이신 소신 선생님과 지금의 소타로 소장님을 2대에 걸쳐 섬긴 사람입니다. 나름대로 사람 보는 눈이 있습니다."

맞는 말이었다. 오랜 세월 동안 수많은 난제를 해결해온 아버지와 할아버지. 그 활약을 바로 곁에서 지켜본 사람이 바로 조수인 사루히코였다.

"온몸이 떨렸습니다. 라운지에서 그 남자를 처음 봤을 때 말입니다. 이건 제 감입니다만, 그 사람은 제가 지켜보는 걸 아는 것 같았습니다. 아니, 확실합니다. 틀림없이 제 존재를 눈치챘습니다."

"두 사람은 무슨 대화를 나눴어?"

"죄송합니다, 아가씨. 가까이 갈 수가 없었습니다. 녹음기도 준비해 갔지만…. 빈틈이 있는 듯 빈틈이 없다고나 할까요? 도저히 파악이 안 되는 기묘한 남자였습니다."

사루히코가 이렇게까지 말하는 일은 드물었다. 꽤 심한 충격을 받은 모양이었다. 며칠 전 기차에서 그를 만났을 때, 미쿠모는 갑작스러운 상황에 놀란 데다 그가 와타루의 아버지라는 사실에 기가 눌렸다. 그래서 냉정하게 관찰할 여유가 없었다.

"와타루 씨의 아버지가 어디 사시는지는 알아냈어? 뒤를 밟았을 거 아니야?"

"미행에 실패했습니다. 그 사람은 스포츠카를 타고 집으로 향하면서도 저를 기가 막히게 따돌리더군요."

사루히코가 미행에 실패하다니, 몇 년 만에 처음이었다. 그만큼 미쿠모 타케루는 용의주도한 사람인 듯했다.

"고마워, 사루히코. 또 무슨 일 있으면 연락할게."

"면목 없습니다, 아가씨. 이번에는 제가 도움이 되지 못했군요."

미쿠모는 통화를 마쳤다. 카즈마의 태도가 이상해지기 시작한 것은 미나미센쥬 연립주택에서 발견된 시신이 마미야 레이코라는 사실을 알게 되었을 때부터였다. 그 이후 그는 몸이 좋지 않다며 집으로 돌아갔고, 곧장 장인을 만났다. 그는 왜 하필 지금 장인을 만났을까. 그 이유를 도무지 알 수 없었다. 사건과 관련된 정보를 미쿠모 타케루가 알기라도 하는 것인가. 아니면 사건과 관계없이 장인과 함께 커피를 마셨을 뿐이었나.

모리어티의 정체는 그동안 마미야 레이코라는 이름으로 살아온 사람이었다. 그렇게 가정한다면, 다음 표적은 이소카와 타케하루 형사부장일 것이다. 그런데 문제는 살해 동기였다. 마미야 레이코의 호적을 산 사람이 31년 전에 체포된 사건 뒤에는 감춰진 무언가가 있다는 느낌이 강하게 들었다.

미쿠모는 스마트폰으로 사진을 다시 확인했다. 사루히코가 찍은 미쿠모 타케루의 사진이었다. 아버지 호죠 소타로는 무언가를 알지도 모른다. 그런 생각이 들어 미쿠모는 소타로에게 사진을 보냈다. 워낙 괴짜인 아버지라 답장이 오지 않을 가능성도 있었다. 그래도 아무것도 하지 않는 것보다는 나았다. 소타로는 나름대로 범죄사회에도 정통했다. 미쿠모 타케루가 평범한 미술상이 아니라면, 그의 정체를 밝혀낼 힌트를 가르쳐줄지도 모른다.

사진 전송이 끝나자마자 스마트폰이 울렸다. 미쿠모는 발신자가 카즈마임을 확인하고 바로 전화를 받았다.

"네, 호죠 미쿠모입니다."

"나야, 사쿠라바 카즈마. 신경 쓰이게 해서 미안하다."

"이제 몸은 괜찮으세요?"

"응. 괜찮아. 그보다 너는 어디에 있어? 나는 경찰청에 왔는데."

"잠깐 외출했습니다. 한 30분 정도면 도착하니까 기다려 주세요."

미쿠모는 전화를 끊은 뒤, 지나가는 택시를 향해 손을 들었다.

★

호죠 미쿠모가 수사1과 사무실에 도착했을 때는 오후 6시가 조금 안 된 시간이었다. 카즈마는 자기 책상 앞에 앉아 있었다. 미쿠모가 핸드백을 내려놓으며 옆자리에 앉았다.

"어디 갔다 왔어?"

카즈마가 그렇게 묻자, 미쿠모가 의자에 앉으며 대답했다.

"선배님댁에요. 하나코 언니가 불렀거든요."

예상 밖의 이름이 미쿠모의 입에서 튀어나오자, 카즈마는 저도 모르게 목소리를 높였다.

"하나코가?"

"네. 개인적으로 물어볼 게 있다고 했어요."

미쿠모는 사무적인 말투로 담담하게 말했다. 그 말에 따르면, 어제 카즈마의 집에 DVD가 배달되었고, 거기에는 카즈마와 나카무라 아리사가 정답게 대화를 나누는 영상이 들어 있었다고 한다. 며칠 전 신주쿠 3가에 위치한 바에서 술을 마셨을 때 찍힌 영상이 분명했다. 누가? 무슨 목적으로? 카즈마의 머릿속에서 연달아 물음표가 떠올랐다.

"하나코 언니가 걱정하시길래 사건을 수사하다가 만난 동창이라는 말은 해뒀어요. 여러모로 오해를 살 여지도 있을 것 같습니다. 언제 한 번 언니랑 제대로 대화 나누세요."

"그, 그래."

"그건 그렇고, 선배님." 미쿠모가 진지한 표정으로 말했다. "우리, 파트너 아니었나요? 적어도 저는 그런 줄 알았습니다. 파트너 사이에는 비밀이 있으면 안 되잖아요."

역시 미쿠모는 예리했다. 하지만 아무리 파트너여도 할 수 있는 말이 있고, 할 수 없는 말이 있다. 미쿠모 가문의 비밀을 그녀에게 밝힐 수는 없었다.

"선배님이 안 계시는 동안 제가 나름대로 조사를 했습니다. 모리어티가 말한 타카스기 류헤이가 어떤 사람인지도 알아냈어요. 그 사람은 31년 전에 마미야 레이코에게 살해당한 경찰관입니다. 이소카와 타케하루 형사부장님과 함께 순찰을 돌았던 경찰이요. 아마 모리어티의 다음 표적은 형사부장님일 겁니다."

"형사부장님?"

"5개월 전에 있었던 일 기억하시죠? 그때도 마미야 레이코는 이와나가 요시타케가 형사부장님을 살해하도록 사주했잖습니까?"

그런 것인가. 사실 카즈마는 모리어티의 정체가 미쿠모 레이임을 알게 된 이후로 다른 것을 생각할 여유가 없었다. 그런데 미쿠모의 말을 듣고 보니 다음 표적은 이소카와 타케하루 형사부장이 맞을 것 같았다.

"제한 시간은 내일 정오입니다. 모리어티가 계속 멋대로 날뛰게 둘 수는 없습니다. 한시라도 빨리 모리어티를, 마미야 레이코를 잡아야 진정한 의미에서 사건을 해결했다고 할 수 있어요."

옳은 말이었다. 하지만 카즈마는 난감했다. 모리어티를 잡으면 미쿠모 레이의 정체가 세상에 드러날 가능성이 컸다.

"이것 좀 보세요."

미쿠모가 스마트폰을 내밀었다. 거기에 선글라스를 낀 미쿠모 타케루의 사진이 떠 있었다. 조금 전 호텔 라운지에서 카즈마와 만났을 때 모습이었다. 그러고 보니 그때 타케루는 쥐새끼가 어쩌고하며 알 수 없는 말을 했다. 미쿠모에게는 정보원으로서 능력이 뛰어나고 충성심 넘치는 조수가 있었다. 그가 찍은 사진일까.

"하필 이 타이밍에 장인어른을 만나다니, 저는 선배님의 행동이 부자연스럽다고 생각했습니다. 그래서 선배님이 이번 사건과 관련된 정보를 얻기 위해 미쿠모 타케루 씨를 만난 것이라고 추측했어요. 그러니까 이런 겁니다. 모리어티의 정체는 마미야 레이코, 아니, 정확히 말하면 마미야 레이코의 호적으로 살아온 전(前) 수감자입니다. 선배님은 마미야 레이코의 정체를 파헤치기 위해 미쿠모 타케루 씨를 만난 거죠."

거의 정답이었다. 미쿠모가 이렇게 빨리 진상을 파악할 줄은 몰랐다. 하지만 카즈마는 입이 찢어져도 미쿠모 가문의 비밀을 말할 수 없었다.

그때 진동 소리가 들렸다. 책상 위에 둔 미쿠모의 스마트폰이 작게 떨리고 있었다. 문자메시지나 전화가 온 듯해 미쿠모는 스마트폰을 집었다. 화면을 확인하더니 미쿠모가 그대로 얼어붙었다.

"미쿠모?"

미쿠모는 몸이 굳어버린 듯 꿈쩍도 하지 않았다. 눈도 깜빡이지 않은 채 화면을 응시했다. 아니, 화면을 보는 것이 아니라 그 자세 그대로 생각에 잠긴 듯했다.

카즈마는 몸을 앞으로 빼서 미쿠모의 스마트폰을 들여다보았다. 화면에 문자메시지가 떠 있었다. 발신자는 호죠 소타로, 21세기 홈즈라는 별명을 가진 명탐정이자 미쿠모의 아버지였다. 문자메시지에는 'K 다음'이라는 짧은 문구만 적혀 있었다.

미쿠모가 스마트폰에서 눈을 떼고 허공을 바라보며 말했다.

"아까 선배님 장인어른의 사진을 첨부해서 아버지께 문자메시지를 보냈어요. 그리고 돌아온 답이 K 다음, 그러니까 L이에요."

L이라는 한 글자를 보고 무엇을 연상할 수 있을까. 관건은 그것이었다. 카즈마는 마른침을 삼켰다.

"5개월 전에 일어난 연쇄살인사건에서 마미야 레이코에게 세뇌당한 전직 교도관 이와나가 요시타케는 현장에 'L'이라는 알파벳을 남겼어요. 당시 수사 관계자들은 레이코의 스펠링 'L'이라고 판단했지만, 지금 생각해보면 다른 의미였을지도 몰라요."

카즈마는 아무 말도 할 수 없었다. 가능하면 귀를 막아버리고 싶었다. 아마도 미쿠모는 이미….

"그리고 아까 선배님댁에 갔을 때, 안이 저한테 그런 말을 했어요. '할부지랑 할무니는 도둑이야'라고요. 하나코 언니는 농담이라며 웃었지만, 어쩌면 안의 얘기가 진짜일지도 몰라요."

미쿠모는 거기까지 말하고 잠깐 입을 다물었다가 이윽고 카즈마를 쳐다보았다.

"제 추측이 틀렸으면 그냥 웃어주세요. 선배님, 혹시 미쿠모 가문이 L의 일족인가요?"

★

하나코는 소파에 앉아 책을 읽고 있었다. 피아노학원에 있는 대기실이었다. 문이 열리더니 한 부녀가 안으로 들어왔다. 키노시타 아키라와 그의 딸 호노카였다.

"안녕하세요."

"하나코 씨, 안녕하세요. 호노카, 인사해야지?"

"안녕하세요." 호노카는 고개를 꾸벅 숙이고는 얼른 그림책을 집어 들었다. 아키라가 옆자리에 앉자, 하나코는 책을 덮어 가방에 넣었다.

"그 이후로 어땠어요?" 하나코는 물어보지 않을 수 없었다. "그 소문, 더 퍼지지 않았어요? 계속 걱정했어요."

아키라의 형이 교도소에서 복역 중이라는 이야기가 엄마들 사이에 퍼진 상황이었다. 예전에 살던 곳에서도 같은 소문이 퍼져 아키라가 꽤 마음고생을 했다고 들었다. 엄마들 사이에서는 입소문이 놀라울 정도로 빠르게 퍼진다는 사실을 하나코도 경험상 알고 있었다.

"실은 어제 호노카를 데리러 갔더니 원장 선생님이 부르시더라고요. 사실이냐고 물으시길래 그렇다고 대답했어요."

아키라는 자조하듯 웃으며 말했다. 목소리가 힘없이 들리는 것은 기분 탓일까.

"그래서 원장 선생님이 뭐라고 하셨어요?"

"난감해하셨죠. 왜 미리 말해주지 않았냐고 하시더라고요. 근데 글쎄요. 미리 말씀드렸으면 선생님이 해결해주셨을까요?"

아키라의 말에 가시가 돋아 있었다. 울화가 치미는 모양이었다. 하나코도 어린이집 원장을 안다. 그는 훌륭한 인격의 소유자라 입학을 거부하지는 않았겠지만, 이런 상황에 능숙하게 대응하기는 어려웠으리라.

"호노카한테는 영향이 있나요?"

"호노카 말로는 아이들 몇 명이 대화에 끼워주지 않는대요. 이렇게 되면 안 되는데…."

"아니, 어떻게…."

가족 중에 범죄자가 있다는 이유만으로 그 아이와 말을 섞지 말라고 가르치는 부모가 있다는 뜻인가. 하나코는 믿을 수가 없었다.

"이런 질문을 해도 될지 모르겠지만," 하나코가 그렇게 운을 떼며 아키라에게 물었다. "형님은 언제쯤 돌아오시나요?"

아키라는 그림책을 보는 딸에게 눈길을 던졌다. 호노카는 그림책에 푹 빠져 어른들의 대화를 전혀 신경 쓰지 않는 듯했다. 그래도 아키라는 목소리를 줄이며 말했다.

"내년 이맘때쯤에는 나올 것 같아요. 정말 새사람이 돼서 나오면 좋겠어요. 저희 부모님은 이미 돌아가셨고 형은 미혼이라 형을 돌봐줄 사람이 저밖에 없거든요."

안쪽에서 피아노 소리가 들려왔다. 안이 연주하는 피아노 소리였다. 피아노를 갓 배우기 시작했을 때는 소리가 뚝뚝 끊기더니 요즘에는 그럴싸하게 멜로디가 이어졌다.

"하나코 씨도 저희랑 너무 엮이지 않는 게 좋을 것 같아요. 안한테 영향이 미치지 않는다는 보장은 없으니까요."

"저는… 별로….."

하나코는 말문이 막혔다. 무언가 좋은 해결책이 없을까. 이제 원장 선생님의 귀에 들어갔으니 어떤 식으로든 진전이 있을지 모르지만, 문제가 근본적으로 해결되지는 않을 것 같았다.

"좀 갑작스럽지만, 하나코 씨, 평일에는 일하시죠?"

아키라가 묻자, 하나코가 대답했다.

"네. 무슨 일 있으세요?"

"사실 상담할 게 있어요. 이번 일과 관련해서요. 다른 분의 의견도 들어보고 싶거든요. 갑작스럽지만, 내일 시간 내주실 수 있나요?"

"내일요…?"

"1시간 정도면 됩니다. 아침에 애들을 어린이집에 데려다주고 나서 차라도 마시면 어떨까요?"

아침에는 신경 쓸 것이 많아서 여유가 없다. 하나코는 대안을 제시했다.

"그러면 점심은 어떠세요? 제가 우에노에 있는 서점에서 일하는데, 근처까지 와주시면 같이 점심 먹을 수 있어요."

"좋아요. 감사합니다."

"그런데 확실한 건 내일이·돼야 말씀드릴 수 있어요."

"괜찮습니다. 그럼 연락 기다리겠습니다."

안쪽에서 들려오던 피아노 소리가 멈추었다. 잠시 후 복도를 뛰어오는 발소리가 들리자, 하나코는 조금 긴장했다. 안이 호노카를 무시하거나 그 비슷한 행동을 하면 어떻게 해야 할지 고민스러웠다. 하지만 그 고민은 기우였다. 안은 호노카를 발견하더니 환하게 웃으며 친구에게 달려갔다.

정말 다행이다. 안은 아직 나쁜 영향을 받지 않은 모양이었다. 하나코는 가슴을 쓸어내렸다.

"안 어머님, 수고하셨습니다. 안이 많이 늘었어요."

피아노 선생님이 밖으로 나오자, 하나코가 자리에서 일어났다.

"감사합니다."

"그럼 다음은 호노카죠? 호노카, 수업 시작하자."

호노카가 복도 안쪽으로 뚜벅뚜벅 걸어갔다. 안이 아쉬운 표정으로 호노카를 보내고는 하나코에게 다가왔다. 하나코는 안의 손을 잡고 아키라에게 가볍게 인사했다. "먼저 가볼게요."

"수고하셨습니다. 안, 잘 가."

아키라가 미소를 지으며 손을 흔들자, 안도 따라서 손을 흔들었다.

★

"뭐, 뭐라고? L의 일족이라니, 대체 무슨…."

카즈마의 당황한 얼굴을 보자, 미쿠모는 자신의 추리가 맞았음을 확신했다. 조금 더 일찍 눈치챘어야 했다. 상대가 와타루의 가족이라 눈이 어두웠던 것 같다.

"L의 일족은 대대로 도둑질을 가업으로 삼은 일가입니다. 원래는 도시전설인 줄 알았는데, 실존한다고 합니다. 저희 할아버지, 아버지와도 인연이 있다고 했습니다."

카즈마는 묵비권을 행사하기로 작정했는지, 팔짱을 끼고 눈을 감았다.

"그런데 하필 형사가 되고 처음으로 파트너가 된 선배님의 부인이 L의 일족이었다니⋯. 제가 둔했습니다. 반성합니다."

미쿠모가 처음 하나코를 만났을 때, 평범한 사람 같지 않은 기운을 느낀 것은 사실이었다. 하지만 그냥 보기에는 별다를 것 없이 사랑스러운 여자 같았고, 오랫동안 다도를 했다고 하기에 그런 분위기를 풍기나 보다 하면서 대수롭지 않게 넘겼다. 하지만 하나코도 도둑질 기술에 숙련된 사람일 가능성이 컸다.

"선배님, 이제 그냥 가르쳐 주세요. 음⋯. 이럴 때 자주 하는 말이 있던데."

"'수수께끼는 모두 풀렸어' 아니야?"

"맞아요. 수수께끼는 모두 풀렸어요. 이제 솔직히 털어놓으세요. 다 털어놓으면 편해져요. 아니면 절벽에라도 갈까요?"

카즈마는 눈을 내리깐 채 아무 말도 하지 않았다. 미쿠모는 어쩔 수 없이 자리에서 일어났다.

"선배님이 가르쳐주지 않으시면 어쩔 수 없죠. 지금 수사3과에 가서 정보를 제공해야겠어요. L의 일족이 누군지 알아냈다고 말하고 올게요."

수사3과는 절도를 전담하는 부서였다. 미쿠모가 걸음을 떼자, 뒤에서 카즈마가 손목을 잡았다. 그러고는 한숨을 쉬며 말했다.

"알았으니까 앉아. 하, 정말…. 처음에 너랑 파트너가 됐을 때부터 느낌이 안 좋았어. 넌 탐정의 딸이니까. 도둑과 탐정, 루팡과 홈즈. 그야말로 최악의 궁합이잖아."

맞는 말이었다. 'L의 일족'에서 L은 괴도 아르센 루팡의 머리글자를 따온 것이라고 했다. 한편 미쿠모의 아버지와 할아버지는 홈즈라고 불렸다. 한마디로 두 가문은 물과 기름 같은 관계였다.

"미쿠모, 진지하게 들어줘. 내가 하나코와 사실혼 관계라는 건 너도 이미 알잖아. 혼인신고는 하지 않았지만, 나와 하나코는 부부야. 그러니까 하나코의 가족은 내 가족이기도 해. 네 남자친구인 와타루 형님도 내 가족이고."

미쿠모는 줄곧 머릿속에서 맴도는 와타루를 떨쳐낼 수 없었다. 그도 L의 일족이었다. 와타루 본인은 그렇게 뛰어난 해킹 기술을 오로지 독학으로 익혔다고 했지만, 사실은 물려받은 재능의 덕을 본 것인지도 모른다.

"하나코가 도둑 일가의 딸인 걸 알았을 때, 나는 솔직히 결혼을 포기했어. 하지만 지금은 이렇게 하나코와 부부가 됐고, 딸도 있어. 나는 내 가정을 깰 생각이 추호도 없고, 가족을 지키기 위해서라면 뭐든 할 거야. 형사로서 하면 안 되는 일이어도."

카즈마는 카즈마 나름대로 단단히 각오하고서 하나코와 결혼한 것이리라. 형사가 도둑의 딸과 부부가 되다니, 일반적인 상식으로는 상상할 수도 없는 일이었다.

"앞으로도 나와 미쿠모 가문의 관계는 변하지 않을 거야. 만약 네가 미쿠모 가문의 정체를 밝히겠다고 하면, 내 적이 되는 거야. 우리의 파트너 관계도 끝이고, 나는 지금 당장 도망쳐서 숨어 살아야겠지."

미쿠모 가문의 비밀이 밝혀진다면, 카즈마는 당연히 형사를 그만둘 수밖에 없다. 언제든 형사를 관둘 각오가 되어 있다는 뜻이었다.

"알겠어, 미쿠모? 우리가 쫓는 사람은 모리어티야. 그놈의 범죄 계획을 막는 게 우리의 일이라고. 네가 추리한 대로, 모리어티의 정체와 미쿠모 가문의 비밀은 서로 얽혀 있어. 내가 그 비밀을 알려주는 대신, 너는 미쿠모 가문의 비밀을 절대 함구하겠다고 약속해. 너도 와타루 형님이 지명 수배되는 건 원치 않잖아?"

"선배님, 생각보다 흥정을 잘하시네요."

"생각보다라니, 날 어떻게 생각한 거야?"

지금의 미쿠모는 수사1과 형사이니 도둑을 잡는 것은 주업무가 아니었다. 수사1과가 담당하는 살인이나 상해 같은 사건을 수사하는 것이 주된 업무였다. 그리고 순수하게 흥미가 일었다. L의 일족은 대체 어떤 자들일까. 이렇게 미쿠모의 흥미를 불러 일으키는 존재는 좀처럼 찾기 힘들었다.

"알겠습니다. 선배님이 제안한 거래를 받아들이죠."

미쿠모는 각오를 다졌다. 범죄자를 방치하는 것은 결코 용서받을 수 없는 일이지만, 카즈마의 거래를 받아들인 데에는 두 가지 이유가 있었다. 우선은 와타루였다. 미쿠모는 여전히 그가 운명의 남자라고 믿어 의심치 않았다. 와타루를 생각하면 미쿠모 가문의 비밀을 폭로하는 것은 좋은 방법이 아니었다.

그리고 두 번째 이유는 미쿠모 가문 사람들이었다. 와타루를 필두로 그의 여동생 하나코. 두 사람의 부모인 타케루와 에츠코. 그들이 본질적으로는 악인 같지 않기 때문이었다.

"고마워. 덕분에 살았다."

"근데 진심으로 놀랐어요. 정말 과감한 일을 벌이셨네요, 선배님. L의 일족 딸과 결혼하다니요."

"나도 놀라워. 이래 봬도 내가 경찰 일가에서 나고 자란 사람이잖아. 그런 의미에서는 너랑 비슷한 점이 있네. 아무튼 짧게 설명할게. 모리어티는 사실…."

"선배님, 우선 기본적인 것부터 가르쳐 주세요. 와타루 씨의 부모님도 역시 도둑이죠?"

"아, 그 얘기부터 해야겠구나. 여기서 얘기하기는 그러니까 장소를 옮기자."

카즈마가 그렇게 말하며 일어났다. 수사1과 사무실에는 수사관 몇 명이 남아 있었고, 자기 자리에서 보고서를 쓰는 사람도 있었다. 미쿠모는 핸드백을 한 손에 들고 카즈마를 따라 걸었다.

"…우리 장인어른이신 미쿠모 타케루의 아버지, 그러니까 하나코와 와타루 형님의 할아버지 성함이 이와오야. 그분은 전설적인 소매치기지. 그분을 모르면 간첩이라고 할 정도로 유명한 소매치기야. 그리고 할머니 성함은 마츠. 못 따는 자물쇠가 없으셔. 어떤 자물쇠든 열어버리는 자물쇠 전문가야."

카즈마와 미쿠모는 패밀리레스토랑으로 장소를 옮긴 상태였다. 카즈마는 칸막이가 있는 자리에 앉아 커피를 마시면서 설명했다.

"미쿠모 가문에서 하나코만 유일하게 범죄에 손을 대지 않았지만, 사실 하나코도 할아버지에게서 소매치기 기술을 모두 전수받았어. 보이는 거랑은 달리 재능이 있나 봐."

만화에 나올 법한 이야기였다. 할아버지는 소매치기, 할머니는 자물쇠 전문가. 아버지는 미술품 전문 도둑에 어머니는 귀금속 전문 도둑. 오빠는 해커, 여동생은 소매치기 기술에 능통한 서점 직원. 요약하자면 그랬다.

"어때? 미쿠모 가문 참 대단하지?"

"네, 대단해요. 정말 상상 이상이에요. 그런데 하나코 언니 멋있네요. 혼자서 올곧다고 할까요? 멘탈이 강하신 것 같아요."

"맞아. 그런데 와타루 형님도 요즘에는 괜찮은 일을 하는 것 같았어."

미쿠모와 함께 기차를 탔을 때, 와타루도 그런 말을 했다. 지금은 인터넷으로 자산 운용을 하는 듯했다. 하지만 그 밑천이 된 돈은 해킹으로 첩보 활동을 해서 얻은 검은돈이었다.

"그런데 미쿠모 가문에는 어두운 과거가 있었어. 이건 나도 최근까지 몰랐고, 하나코조차 몰랐대. 사실 하나코한테는 고모가 있어. 이름은 미쿠모 레이. 장인어른의 누님이야. 그 사람이 바로 마미야 레이코지."

미쿠모 레이라는 여성이 마미야 레이코의 호적을 사서 계속 마미야 레이코로 살아왔다는 말인가.

"그러니까 모리어티의 정체는 미쿠모 레이, 하나코 언니의 고모군요."

"맞아. 하나코는 미쿠모 레이와 전화로 대화한 적이 한 번 있대. 5개월 전에 하나코와 안이 요시타케에게 납치된 적이 있었지? 바로 그때."

미쿠모 레이는 하나코를 만나려고 요시타케에게 그녀를 데려오라고 했다. 미쿠모 레이가 왜 하나코를 만나고 싶어했는지는 알 수 없었다.

"미쿠모 레이는 젊을 때 집안에서 쫓겨난 뒤로 미쿠모 가문과 거리를 둔 모양이야. 의절당한 이유는 마약 사업에 손을 대서라고 들었어. 범죄에 관해서는 천재인가 봐. 장인어른이 그렇게 말씀하셨으니 확실해. 원래 장인어른은 절대 남을 인정하지 않는 분이거든."

그녀는 마미야 레이코의 이름으로 체포되었을 때도 사기단을 이끄는 리더였다. 체포된 당시에는 서른 살 전후였다. 범죄 사회에서는 젊은 여성이라는 점이 불리하게 작용하기 마련이다. 그런데도 그녀는 리더로서 부하들을 통솔해 대규모 사기단을 이끌었다. 그녀가 얼마나 비범한지를 드러내는 증거였다.

"특히 범죄 계획을 세우는 데에 뛰어났다고 하니까, 모리어티의 특징과도 일치해. 틀림없이 미쿠모 레이가 모리어티야. 장인어른이 조언하시길, 그 사람과는 엮이지 않는 게 좋다고 했어."

하지만 그것은 불가능했다. 게임을 시작한 사람은 모리어티였고, 이미 사망자도 나왔다. 이대로 모리어티가 멋대로 날뛰게 둘 수는 없었다.

"아무튼 지금은 모리어티가 낸 문제를 풀 수밖에 없어. 타카스기 류헤이는 미쿠모 레이의 손에 죽은 경찰관이라고?"

"네. 사실 와타루 씨의 힘을 빌려서 경찰청 데이터베이스를 뒤졌어요. 31년 전 사건인데 그렇게 감춰두다니, 뭔가 의심스러워요."

"파볼 가치가 있겠다."

"타카스기 류헤이의 개인기록을 보니, 친동생도 경찰청 형사였습니다. 그 동생은 지금 신주쿠 경찰서에서 일한다고 합니다."

"어서 접촉해보자."

카즈마는 그렇게 말하며 커피를 죽 들이켜고는 계산서를 들고 일어났다. 계산대 앞에 멈춰 선 카즈마가 미쿠모에게 말했다.

"미쿠모 가문 사람들이랑 있을 때는 아무쪼록 늘 조심해. 마음 놓고 커피를 마시기도 힘드니까."

"그게 무슨 뜻이에요?"

미쿠모가 물었지만, 카즈마는 대답하는 대신 의미심장한 미소를 지었다.

★

오후 7시, 카즈마와 미쿠모는 신주쿠 경찰서로 향했다. 도쿄에서 손꼽는 향락가를 담당하는 경찰서답게 이 시간에도 사람들이 북적였다. 카즈마가 접수대에서 신원을 밝히고 10분쯤 기다리자, 한 남성이 나타났다.

"타카스기 나오야 과장님, 안녕하십니까. 일하시는 중에 죄송합니다. 경찰청 소속 사쿠라바 카즈마입니다. 이쪽은 호죠 미쿠모입니다."

근면 성실해 보이는 용모였다. 짧은 머리에 떡 벌어진 몸, 날카로운 눈매. 전형적인 경찰관 같은 느낌이었다. 카즈마가 꺼내 보인 경찰 신분증에 잠깐 시선을 던지고는 그가 대답했다.

"자네 아버지와 우에노 경찰서에서 같이 일한 적이 있네. 얼마 전에도 함께 술을 마셨지. 아버지는 잘 계시나?"

"네. 잘 계십니다."

타카스기 류헤이의 친동생, 타카스기 나오야가 이곳 신주쿠 경찰서 경호부 과장이라는 사실을 경찰청 명단으로 미리 확인하고 왔다.

"그런데 수사1과가 나한테 무슨 용건이지? 짚이는 데가 전혀 없는데."

"과장님의 형님과 관련해서 드릴 말씀이 있습니다. 31년 전에 돌아가신 형님의 이야기를 듣고 싶습니다."

"꽤 오래 전 일이군. 몇 달 전에 가석방된 그 수감자와 관련이 있나?"

"맞습니다. 타카스기 류헤이 순경을 살해한 마미야 레이코는 무기징역 선고를 받고 토치기 교도소에서 복역했지만, 약 5개월 전에 가석방됐습니다."

"말도 안 되는 결과야. 처음 들었을 때 귀를 의심했네. 설마 그 여자가 가석방될 줄이야. 법무부는 제정신이 아니라는 생각까지 들더군."

마미야 레이코의 가석방이 허가된 데에는 뒷배경이 있었다. 전직 교도관 이와나가 요시타케가 일으킨 버스 납치 사건과 관련된 일이었다. 현 법무부 장관이 당시 인질로 잡혀 있던 딸과 손자를 살리기 위해 마미야 레이코의 가석방을 허가한 것이었다. 하지만 이는 카즈마와 미쿠모의 추측일 뿐이었고, 법무부 장관이 뒷거래에 응했는지는 확실히 알려지지 않았다.

"저희는 현재 자취를 감춘 마미야 레이코를 쫓고 있습니다. 그 과정에서 31년 전에 타카스기 류헤이 순경이 살해된 사건을 다시 파헤치기로 했습니다."

"그렇다면 잘못 찾아온 것 같군. 나는 그 사건과 아무 관련이 없어."

"그 당시 어디에서 근무하셨습니까?"

"그때 내가 2년 차라 아사쿠사 파출소에 있었네. 사건이 발생했을 때도 파출소에서 일하는 중이었고."

"형님과 사적인 교류가 있었습니까?"

"없었네." 타카스기 나오야 과장이 즉시 대답했다. "둘 다 일이 바빴으니까. 그리고 파출소에서 근무했으니 만나려고 해도 일정이 맞지 않았지."

타카스기 형제는 네리마구 출신이었다. 두 사람은 도쿄에서 사립대학교를 졸업한 뒤, 경찰관 채용시험을 치러 합격했다.

"형님에 대한 기억은 거의 없네. 이미 끝난 사건이야. 다 지나간 사건을 들춰봤자 무슨 소용인가? 나는 아직 일이 남아서 가보겠네."

나오야 과장은 그렇게 말하며 등을 돌리고 걸어갔다. 계속 입을 다물고 있던 미쿠모가 그에게 말했다.

"과장님, 형님의 죽음에는 다른 진실이 숨어 있을지도 모릅니다. 그 진실이 궁금하지 않으십니까?"

나오야 과장은 순간 멈추어 섰지만, 뒤돌아보지 않고 다시 걸음을 옮겼다. 그의 뒷모습이 모퉁이를 돌아 사라지자, 카즈마가 미쿠모에게 물었다.

"어떻게 생각해?"

"뭔가 아시는 것 같습니다. 만나려고 해도 일정이 맞지 않았다고 하셨잖아요? 그 말은 만나려고 한 적이 있다는 뜻이니까요."

카즈마도 같은 생각이었다. 형제가 나란히 경찰청에 들어올 정도였으니 아마 형제 관계가 나쁘지 않았을 것이다. 같은 경찰관으로서 정보 교환쯤은 하지 않았을까.

"선배님, 이제 어떻게 할까요?"

"그러게…."

지금 느낌으로는 나오야 과장에게 답을 듣기 어려울 듯했다. 일단 물러났다가 내일 아침에 다시 찾아올 수밖에 없었다. 그가 하룻밤 곰곰이 생각한 끝에 마음을 바꾸기를 기대해야겠다.

"내일 다시 오자. 나는 이제 경찰청으로 돌아가서 타케하루 형사부장님의 일정을 확인해볼게. 형사부장님이 표적일 가능성이 높으니까 경호도 강화해야 하고."

"저도 가겠습니다."

"아니, 너는 퇴근해. 어제도 밤샜잖아. 대신 내일 아침 일찍 합류하자."

"하지만 선배님…."

"정말 괜찮아. 너도 혼자 생각할 게 있을 테고."

미쿠모 가문이 L의 일족이었다는 사실은 미쿠모에게도 충격적이었을 것이다. 특히 그녀는 진심으로 와타루와 결혼하려고 했으니 그의 정체를 안 지금, 틀림없이 몹시 혼란스러울 것이다.

"역까지 같이 가자."

카즈마가 그렇게 말하며 걸음을 뗐다.

"그게 사실이야, 카즈마? 지난번 그 여자가 또 형사부장님의 목숨을 노린다고?"

"맞아. 증거는 없지만. 그래도 너한테는 언질을 주는 게 좋을 것 같아서."

카즈마는 경찰청으로 돌아가 안면이 있는 형사 오사다를 만났다. 오사다는 형사부 소속 형사였지만, 업무 내용으로는 이소카와 타케하루 형사부장의 비서 겸 운전기사나 다름없었다. 오사다는 방금 타케하루 형사부장을 에비스에 있는 자택으로 바래다주고 공무용 차량을 몰아 경찰청으로 돌아온 참인 듯했다. 시간은 오후 9시를 지나고 있었다.

"내일 형사부장님 일정이 어떻게 돼?"

카즈마가 묻자, 오사다가 수첩을 살펴보며 대답했다.

"내일은 회의가 몇 개 있지만, 계속 경찰청 안에 계실 거야."

지난번에 타케하루 형사부장이 살해당할 뻔한 장소는 경찰청 외부였다. 공무용 차량에 폭발물이 설치되어 있었다. 타케하루 형사부장이 경찰청 내부에만 머무른다면 걱정할 필요가 없을 것이다. 그가 모리어티의 표적이 아니라면 얘기가 달라지겠지만.

"그나저나 마미야 레이코는 왜 형사부장님의 목숨을 노리는 거지? 형사부장님이 그 여자를 체포한 건 사실이지만, 벌써 30년도 더 된 일이잖아."

"뒤끝 있는 성격인가 보지. 오사다, 이 일은 일단 형사부장님께도 전달해줘."

"알았어."

오사다와 헤어진 카즈마는 수사1과로 돌아갔다. 이미 늦은 시간이라 형사들은 대부분 퇴근한 뒤였다. 카즈마는 자기 자리에 앉았다.

등받이에 몸을 기대고 기지개를 켰다. 그리고 하나코를 생각했다.

카즈마가 나카무라 아리사와 만나는 장면을 촬영한 DVD

가 집으로 배달되었다고 했다. 게다가 공교롭게도 하나코가 그 DVD를 보고 말았다.

떳떳하지 못할 짓은 하지 않았지만, 어쩐지 마음이 불편했다. 영상 속의 자신이 어떤 얼굴로 나카무라 아리사와 대화했을지 쉽게 상상이 되었다. 분명 즐거운 표정이었을 것이다. 그런 얼굴을 하나코가 봤다고 생각하니 몹시 부끄러웠다.

하나코와 부부가 된 지 5년째였다. 5년 전 하나코와 동거를 시작했을 때의 기억이 여전히 생생했다. 일을 마치고 집에 돌아가면 하나코가 기다리고 있다는 생각만으로도 기운이 샘솟았고, 한 집안의 가장으로서 가족을 지키겠다는 책임감도 느껴졌다.

그러다 안이 태어나자, 모든 생활이 안을 중심으로 돌아갔다. 다행히 안은 다른 아이들에 비해 얌전한 편이었지만, 그래도 카즈마는 딸이 잠투정하는 소리에 밤잠을 설쳐야 했고 한밤중에 갑자기 열이 나는 아이를 들쳐 업고 응급실로 뛰어가야 했다. 이제 와 생각하면 모두 추억이었다.

요즘은 안이 점점 말을 잘하게 되면서 큰 변화가 생겼다. 어디서 배웠는지 신기할 정도로 어려운 말을 쓰거나 아빠를 놀리려고 일부러 곤란한 질문을 하는 딸의 성장을 지켜보며 카즈마는 즐거웠다. 집에 들어가는 순간이 무척이나 행복했다.

하지만 오늘은 도저히 집에 들어갈 마음이 들지 않았다. 하나코의 얼굴을 마주하면 무슨 말을 해야 할까. 물론 나카무라 아리사와 단둘이 식사한 것은 경솔했다. 반성한다. 하지만 바람을 피운 것은 아니라서 사과하기도 애매했다.

카즈마는 스마트폰을 꺼내 메신저 앱을 켰다. '오늘은 늦게 들어가. 어쩌면 밤샘할지도 몰라.'라고 적어서 하나코에게 보냈다. 잠시 후 메시지 옆에 읽음 표시가 떴다. 하지만 아무리 기다려도 하나코의 답장은 오지 않았다.

부부 사이의 위기라고 표현할 만한 일은 아니었다. 하지만 지금껏 아무런 풍파도 없던 하나코와의 결혼생활에 처음으로 자그마한 가시가 박힌 느낌이었다. 그 크기가 작다고 해서 가만히 내버려 둬도 되는 것은 아니다.

게다가 또 다른 문제도 있었다. 카즈마와 나카무라 아리사가 식사하는 장면을 누군가가 촬영했다. 그 누군가는 촬영한 DVD를 정성스럽게 카즈마의 집으로 보내는 짓까지 했다. 카즈마는 아리사와 식사한 날 밤에 있었던 일을 몇 번이나 되짚어 보았지만, 촬영을 당한 기억도 없었고 수상한 사람을 본 기억도 없었다. 대체 누가 이런 장난을 쳤을까. 그리고 그 목적은 무엇일까. 하나코의 기분보다 이쪽 문제가 훨씬 심각했다.

카즈마는 책상 아래에 놓인 상자에서 컵라면을 꺼냈다. 갑작스러운 숙직에 대비해 상비해두는 식량이었다. 카즈마는 비닐 포장을 벗기면서 탕비실로 향했다.

★

"역시 그랬군요. 보통내기가 아닌 줄은 알았지만, 설마 L의 일족일 줄이야…."

수화기 너머에서 사루히코가 말끝을 흐렸다. 미쿠모는 기숙사 방에 있었다. 미쿠모 가문이 L의 일족이었다. 그 충격적인 사실은 시간이 흐를수록 더더욱 큰 아픔이 되어 돌아왔다. 미쿠모는 혼자만 속에 담아둘 수가 없어 사루히코에게 털어놓고 말았다.

"소장님은 예전에 L의 일족과 맞대결을 펼치신 적이 있습니다. 그때가 아마 10년 전이었죠."

큐슈 오이타현에 있는 모 기업의 사장이 소타로에게 사건을 의뢰했다. 그가 수집한 미술품을 노리는 자가 있는 것 같아 불안하니 수집품을 지켜달라는 의뢰였다. 미쿠모의 아버지 호죠 소타로는 의뢰를 받아들여 사루히코와 함께 오이타현으로 향했다.

"가서 보니 수묵화를 중심으로 한 컬렉션이 있었고, 넓은 저택 안에 전시실도 있었습니다. 그 사장님이 소장님을 찾은 이유는 최근 집 CCTV에 낯선 차량이 찍혔기 때문이었습니다. 그 사장님은 의심이 많고 조심스러운 분이었거든요. 그렇지 않았으면 큰일 날 뻔했습니다."

소타로는 바로 보안을 강화하고 CCTV에 찍힌 차량을 조사했다. 차는 도난차량이었다. 누군가가 그림을 훔치려 하는 것을 눈치챈 소타로는 일부러 이를 모른 척하며 도둑을 일망타진

할 계획을 세웠다. 하지만 적도 호락호락하지 않아서 소타로가 쳐 놓은 덫에 걸리지 않았다.

"시간이 흐른 뒤에, 그때 그 도둑이 L의 일족이었다고 소장님이 말씀해주셨습니다. 유쾌하게 웃으시면서요."

물밑에서 엄청난 심리전이 펼쳐졌을 것이다. 서로 관찰하고 조사하고 약점을 찾았을 것이다. 그 과정에서 두 사람은 서로의 정체를 알게 되었을지도 모른다. 그래서 오늘 미쿠모가 타케루의 사진을 보냈을 때, 소타로는 L의 일족을 암시하는 문자 메시지를 보낸 것이리라.

L의 일족은 거물급 범죄자들이다. 그들의 정체를 알면서 소타로는 왜 경찰에 신고하지 않았을까. 그 이유는 소타로에게 물어봐야만 알 수 있지만, 십중팔구 단순한 변덕 때문이었을 것이다. 소타로는 오히려 호적수를 만나서 좋아했을지도 모른다. 그는 그런 사람이었다.

"아가씨, 그러면 와타루 공과는…."

"사루히코, 그 이상 아무 말도 하지 마."

"죄송합니다, 아가씨."

사랑은 장애물이 있으면 더 불타오른다. 미쿠모는 웬만한 장애물을 다 뛰어넘을 자신이 있었지만, 남자친구의 가족이 모두 도둑이라면, 심지어 초일류 도둑이라면 얘기가 달랐다. 게다가 미쿠모는 경찰청 수사1과 형사이고, 본가는 탐정사무소를 운영한다. 아무리 발버둥 쳐도 결혼은 불가능하다.

지난주에 와타루를 본가에 데려갔을 때, 미쿠모의 아버지 소타로는 결혼을 반대하지는 않았지만 두 사람이 결혼하기는 무리라고 딱 잘라 말했다. 생각해보면 그때 소타로는 이미 와타루의 정체를 알고 있었을지도 모른다. 아니, 분명 그랬을 것이다.

"아가씨, 너무 상심하지 마십시오. 살다 보면 좋은 일도 생길 겁니다. 아가씨, 혹시 우시는…"

"우, 울긴 누가 울어? 무슨 소리를 하는 거야? 사루히코."

미쿠모는 그렇게 말하며 눈물을 닦았다. 수화기 너머에서 사루히코가 송구하다는 듯 말했다.

"죄송합니다, 아가씨. 제 실언을 용서하십시오."

"이제 끊을게. 아무 때나 전화하고 그러지 마, 사루히코."

"아니, 아가씨가 전화를 거셨—"

미쿠모는 전화를 끊고 침대 위에 누웠다. 머릿속에 와타루의 얼굴이 떠올랐다. 보고 싶었지만, 한편으로 더는 그를 좋아해서는 안 된다는 생각도 들었다.

교토에서 돌아오던 기차 안에서 있었던 일을 떠올렸다. 갑자기 와타루의 부모님이 나타나서 미쿠모는 몹시 당황스러웠다. 그리고 이유도 모른 채 결혼을 반대한다는 말을 들었을 때, 와타루는 미쿠모의 손을 잡고 일어나 승강구까지 데려갔다. 미쿠모는 그때 느낀 그 손의 감촉, 온기가 지금도 잊히지 않았다. 아마 평생 잊을 수 없을 것이다.

태어나 처음으로 생긴 남자친구이자, 처음 만난 순간부터 이 사람과 결혼할 것이라는 예감을 느끼게 해준 운명의 남자. 하지만 그와 그 가족의 정체가 밝혀진 지금, 결혼에 대한 희망은 우주 저편으로 멀리 사라져 버린 것 같았다.

미쿠모는 형사이자 탐정의 딸이었다. 남들처럼 평범한 행복을 얻기는 힘든 위치였다. 평생 할 사랑을 이미 다했노라고 체념하며 이대로 혼자 살 수밖에 없었다.

이렇게 애절하고도 슬픈 밤은 난생처음이었다. 미쿠모는 이불에 얼굴을 묻고 울었다.

DAUGHTER OF HOLMES

제 4 장

커다란 사랑의 선율

"안녕하세요. 오늘도 잘 부탁드립니다."

교실 앞에서 안의 손을 놓자, 안은 교실로 뛰어 들어갔다. 어린이집에 막 다니기 시작했을 때는 안 들어가겠다고 자꾸 떼를 써서 하나코를 힘들게 하더니, 이제는 그때와 딴판으로 신나게 교실에 들어간다. 하나코는 커가는 딸을 보며 기쁘기도 하고, 동시에 조금 헛헛하기도 했다.

"안녕하세요, 하나코 씨."

어린이집 복도를 걷던 하나코에게 엄마 한 명이 말을 걸었다. 어린이집 행사에서 몇 번 말을 섞은 적이 있는 사람이었다. 마침 딸을 바래다주고 나왔는지 가는 길이 같아서 자연스럽게 대화가 시작되었다.

"다음 달부터 안도 중간반으로 옮기겠네요."

"맞아요. 시간이 참 빠르네요. 아, 유아는 졸업반으로 가나요?"

유아는 그녀의 딸 이름이었다. 유아 엄마는 웃으며 대답했다.

"그렇죠. 내년부터는 초등학생이에요."

3월은 졸업 시즌이지만, 안은 새내기반에서 중간반으로 올라가는 정도라 딱히 준비할 것이 없었다. 하지만 초등학교에 입학할 때가 되면 여러모로 힘들다는 이야기를 자주 들었다. 하나코는 딱히 생각이 없었지만, 사립 초등학교 입시라는 미지의 세계도 있었다. 다만 안이 다니는 플라워어린이집 원아들은 대부분 동네 공립초등학교에 진학하는 듯했다.

"그러고 보니 유아는 피아노학원에 안 다니나요?"

지난달이었다. 입춘 전날 어린이집에서 잡귀를 쫓기 위한 콩 뿌리기 행사를 했는데, 그때 그런 대화를 나누었다. 안이 피아노학원에 다닌다고 말하자, 유아 엄마는 자기 딸에게도 피아노를 가르치고 싶다고 했다.

"…네. 피아노는 좀…."

유아 엄마가 말끝을 흐렸다. 하나코가 이어서 말했다.

"안도 피아노학원에 다니는데, 엄청 재미있어해요. 선생님도 잘해주시고, 피아노 실력도 쑥쑥 늘더라고요. 저는 추천해요."

"저도 유아한테 피아노를 가르치고 싶어요." 유아 엄마가 복잡한 표정으로 말했다. "안이 다니는 학원은 평판도 좋으니까 저도 유아를 보내고 싶었어요. 근데… 왜, 그 애가 다니잖아요."

그 애. 그 말이 대체 누구를 가리키는 것인지 몰라 잠시 생각하던 하나코는 이윽고 이름 하나를 떠올렸다. 설마 호노카인가.

"요즘 계속 소문이 돌잖아요. 키노시타 아키라 씨네 말이에요. 아키라 씨한테 잘못이 없는 건 알지만, 그래도 좀…."

키노시타 아키라의 형이 교도소에서 복역 중이라는 말이었다. 형이 범죄자라는 사실이 아키라 부녀를 무겁게 짓눌렀다. 그는 자세히 말하지 않았지만, 예전에도 비슷한 이유로 이사한 적이 있다고 했다.

"저도 호노카에 대해서 이러쿵저러쿵 말할 생각은 없어요. 근데 일단은 거리를 두고 지켜보는 게 좋을 것 같아서….

한마디로 엮이기 싫다는 뜻이었다. 하나코도 어느 정도는 그 마음을 이해했다. 이대로 아키라 부녀를 비난하는 분위기가 과열되어 안에게까지 나쁜 영향이 미칠지도 모른다고 생각하면 하나코 역시 조금 무서웠다.

"그래서 당분간 피아노학원은 보류하려고요. 우리 애는 내년에 초등학교에 들어가니까 영어 회화나 다른 공부를 시키는 게 나을 것 같아요."

하나코는 체온이 조금 떨어진 듯한 착각을 느끼며, 억양 없이 말했다.

"영어 회화도 좋겠네요."

"그렇죠? 어차피 초등학교에서도 영어를 배워야 하잖아요. 그런 건 일찍 시작하는 게 좋대요."

"그러게요. 안한테도 영어 공부를 시키는 게 좋겠네요."

"그래요. 꼭 시켜요. 아, 하나코 씨, 이제 출근하죠?"

갈림길에 접어들었다. 역으로 향하는 하나코는 직진해야 했고, 유아 엄마는 모퉁이를 돌아야 했다. 하나코는 "그럼 다음에 봬요."라고 인사를 나누고 유아 엄마와 헤어져 횡단보도를 건넜다.

아키라 부녀를 생각했다. 그들이 처한 상황은 그다지 좋지 않았다. 애초에 아무 잘못도 없는데 가족이 저지른 일 때문에 귀찮은 상황에 내몰렸다. 방금 유아 엄마가 말한 대로 지금은 멀리서 지켜보며 엮이지 않는 것이 최선임을 하나코도 알고 있었다.

하지만…. 하나코는 남 일처럼 생각할 수 없었다. 하나코도 그들처럼 가족 중에 범죄자가 있기 때문이었다. 아니, 범죄의 정도를 따지자면, 미쿠모 가문은 수준이 달랐다. 미쿠모 가문의 죄가 훨씬 무거우리라.

그래서 하나코는 아키라 부녀를 모른 체할 수 없었다. 당사자는 아니었지만, 그들에게 자신의 모습이 겹쳐 보였다. 가족 중에 범죄자가 있다는 이유만으로 어린이집에서도 고립되는 키노시타 아키라와 그의 딸 호노카. 하나코와 안 역시 언제 그렇게 되어도 이상하지 않았다.

오늘 낮에 키노시타 아키라를 만나기로 했다. 아키라가 상담할 것이 있다고 했는데, 아마 그들이 처한 상황과 관련된 이야기일 듯했다. 하나코는 가능한 한 아키라 부녀를 돕고 싶었다.

빨간불에 걸음을 멈추었다. 핸드백에서 스마트폰을 꺼내 보니, 메시지가 하나 와 있었다. 발신자는 키노시타 아키라였고, 어디에서 만나면 좋겠냐는 내용이었다. 하나코는 자신이 일하는 서점 이름을 적어 보냈다.

신호등이 파란불로 바뀌자, 하나코는 스마트폰을 가방에 집어넣고 걸음을 뗐다.

★

아침 9시. 카즈마는 신주쿠 경찰서 앞에 있었다. 물론 미쿠
모도 함께였다. 카즈마는 약간 기운 없어 보이는 그녀가 신경
쓰였지만, 미쿠모 가문의 비밀을 안 충격 때문일 테니 굳이 이
유를 묻지는 않았다. 5년 전, 카즈마도 지금의 미쿠모처럼 충격
을 받았다. 그렇다. 하나코가 도둑 일가의 딸임을 안 그때 말이
다. 그 순간만은 스스로 극복하는 것밖에 방법이 없었다.

모리어티가 제시한 제한 시간까지 이제 3시간도 남지 않았
다. 모리어티는 다음 표적과 살해 동기를 알아내라고 요구했다.
모리어티, 즉 미쿠모 레이가 노리는 사람은 31년 전에 그녀를
체포한 이소카와 타케하루 형사부장(당시에는 순경)인 듯했지
만, 문제는 그 살해 동기였다. 순직한 타카스기 류헤이 순경의
동생 타카스기 나오야만이 그녀가 체포된 당시의 상황을 자세
히 알 만한 사람이었다.

어제 대화해본 느낌으로는 무언가를 아는 눈치였지만, 그것
을 이야기해줄 것 같지는 않았다. 어떻게 접촉해야 할지 카즈
마와 미쿠모가 고민하는데, 나오야가 조금 전 경찰청 수사1과
로 전화를 걸어 신주쿠 경찰서 정문 앞에서 9시에 만나자고
했다.

9시가 5분 정도 지났을 즈음, 나오야 과장이 정문에서 나왔
다. "늦어서 미안하네."라고 짧게 말하고는 거리를 걷기 시작했
다. 신주쿠 경찰서는 니시신주쿠에 있어 근처에 회사가 많았

다. 출근 중인 직장인들이 주변을 오갔다.

나오야가 향한 곳은 근처에 있는 비즈니스 호텔이었다. 1층에 있는 카페로 들어가 가장 안쪽 자리에 앉았다. 세 사람 모두 커피를 주문했다. 주문한 커피가 나온 뒤에 카즈마가 입을 열었다.

"어쩐 일로 저희를 부르셨습니까?"

"갑자기 불러내서 미안하네." 나오야가 사과하고는 말했다. "어제 헤어지기 직전에 그쪽 여형사가 한 말이 마음에 걸려서 말이야. 다른 진실이 궁금하지 않냐고 했지? 어젯밤 자기 전에 많이 생각해 봤네."

"아시는 걸 얘기해주시는 겁니까?"

"그래. 마음을 정했네."

나오야는 고개를 크게 끄덕이고는 형 이야기를 시작했다.

"나랑 형님은 두 살 차이였어. 어릴 때부터 형제 사이가 좋았지. 경찰이 된 형님이 멋있어 보여서 나도 경찰의 길을 선택했네. 자랑스러운 형이었어. 힘이 세면서도 절대 힘을 과시하지 않았고, 약한 이에게 약하고 강한 이에게 강한 사람이었지."

나오야가 경찰이 된 뒤에도 형제의 교류는 계속되었다. 비번 날이면 서로 기숙사를 왕래했고 함께 술을 마시면서 정보도 교환했다.

"어느 날이었어. 내가 평소처럼 형님의 집, 아, 그 당시 형님은 기숙사를 나가서 막 자취를 시작한 참이었는데, 내가 집에 가서 노크를 해도 형님은 나오지를 않더군. 잠시 후에 형님이 나왔지만, 무척 당황한 얼굴이었어. 아마 안에 여자가 있었을 거야. 그 정도는 나도 알 수 있었지."

그로부터 약 한 달이 지났을 때였다. 형이 밥을 먹자고 불러내기에 나오야가 하라주쿠에 있는 식당에 가니, 거기에 형이 어떤 여자와 함께 있었다.

"멋있는 여자였네. 지적인 느낌이 났다고 할까? 꽤 차분한 느낌의 여자였어. 난 형님이 그렇게 환하게 웃는 걸 그때 처음 봤네."

류헤이와 그의 연인이 함께 있는 모습을 본 것은 식당에서 처음 소개받은 날뿐이었지만, 나오야는 언젠가 두 사람이 결혼하리라는 예감이 들어 어서 그날이 오기를 기대했다. 그러다 얼마 후에 그 일이 일어났다.

"31년 전, 딱 요맘때였네. 나는 그 당시 아사쿠사 파출소에서 근무했는데, 그날은 비번이었지. 기숙사에 걸려온 전화 소리에 잠이 깼네. 그때 같은 파출소에서 일하는 선배가 말했어. 우리 형님이 총을 맞았다고."

나오야는 여태껏 살면서 그렇게까지 허둥댄 적이 없었다. 정신을 차리고 보니 시나가와구에 위치한 병원에 와 있었다. 나오야의 형 타카스기 류헤이는 가슴에 권총 한 발을 맞고 즉사했다고 했다. 주변에 류헤이의 상사인 수사1과의 수사관들이 있었지만, 나오야는 발령 난 지 2년밖에 되지 않은 신입 형사라 넋을 놓고 형의 시신 앞에 주저앉을 수밖에 없었다.

"오래지 않아 네리마 본가에서 부모님이 달려오셨고, 어머니는 남의 눈도 신경 쓰지 않고 오열하셨지. 꼭 어머니가 내 몫까지 울어주시는 것 같았네."

그 사건이 저녁 뉴스에도 방송되었다고 들었지만, 나오야는 병원에 있느라 세상이 얼마나 떠들썩한지 알 수 없었다. 일단 병원에서 나가기로 하고 나오야는 부모님과 헤어져 경찰청으로 향했다. 거기서 형의 죽음에 관해 상세한 이야기를 들었다.

류헤이는 순찰 중에 긴급 수배된 사기단의 여성 리더과 마주쳤다고 했다. 함께 있던 이소카와 타케하루 순경—당시에는 성을 바꾸기 전이라 스즈키 타케하루였다—과 함께 그 여자를 추격했는데, 궁지에 내몰린 그 여자가 총을 쏘았다. 타카스기 류헤이는 총알을 맞고 쓰러졌다.

"형님을 쏜 범인은 이미 체포되어 심문을 받고 있었네. 수사관이 배려해준 덕분에 나는 범인의 얼굴을 매직미러 너머로 볼 수 있었지. 나는 할 말을 잃었어. 심문을 받던 여자는 내가 아는 사람이었네. 그래. 형님과 사귀던 여자, 하라주쿠 식당에서 형님이 내게 소개했던 그 여자가 바로 사기단의 리더였네."

대체 어떻게 된 것일까. 그러니까 마미야 레이코, 아니, 미쿠모 레이와 타카스기 류헤이가 연인이었다는 말인가. 카즈마가 확실하게 물었다.

"한 마디로 두 사람이 연인이었다는 말씀이죠?"

"맞네." 나오야는 고개를 끄덕였다. "형님은 마미야 레이코와 교제했어. 적어도 내가 알기로는 그랬네."

"과장님은 31년 전에 왜 그 사실을 알리지 않으셨죠?"

카즈마가 그렇게 묻자, 나오야는 미세하게 표정을 구기며 말했다.

"당연히 말했지. 하지만 아무도 믿어주지 않았어. 현직 경찰관과 사기단의 리더가 사귀다니, 이상한 소리 하지 말라고 다들 웃어넘기더군."

하지만 처음에는 믿어주지 않던 수사관들도 곧 나오야가 허투루 하는 말이 아님을 알아차린 듯했다. 그러자 분위기가 묘해지는 것을 당시의 나오야는 느꼈다.

"불편한 진실이었지. 내 증언이 사실이라면, 귀찮은 문제가 불거질 테니까. 형님이 사기단을 도운 것 아니냐는 의심을 샀겠지. 형님과 마미야 레이코가 공범이었을 거라고 말이야. 무식한 헛소리. 그럴 리가 없지 않나."

어렴풋하게나마 당시 수사본부의 의도가 짐작되었다. 만약 순직한 타카스기 류헤이와 사기단의 리더 마미야 레이코가 얽혀 있다면, 사건의 양상은 완전히 달라질 것이다. 단순히 도주를 막으려던 경찰관이 총에 맞은 사건으로는 끝나지 않을 터였다.

"정말 확실하냐, 정말 두 사람이 사귀었냐, 네가 잘못 본 것 아니냐, 계속해서 묻더군. 심문을 받는 용의자의 마음이 어떤

지 처음으로 이해했네. 상대가 계속 물으면 결국 뭐가 뭔지 알 수 없게 돼. 정말 내 기억이 정확한지 의심이 들지."

현직 경찰관이 사기단과 얽혀 있었던 것이 사실이라면, 수사 본부, 아니, 경찰청 입장에서 그것은 비리나 다름없었다. 그러니 윗사람들은 나오야가 착각한 것이기를 바랐으리라.

"사건이 터지고 사흘 뒤, 아니, 나흘 뒤였나? 부검이 끝나 형님의 시신이 네리마 본가로 돌아온 날이었네. 내가 본가에서 아사쿠사에 있는 기숙사로 돌아가니 한 남자가 기숙사 앞에서 나를 기다리고 있었어."

남자는 형 류헤이의 동료였다. 남자는 나오야의 집에 들어와 조문했다. 그러고는 생전의 류헤이에 대해 이야기했다. 타카스기 류헤이가 얼마나 촉망받는 경찰관이었는지, 얼마나 동료들에게 사랑받았는지. 남자는 류헤이의 훌륭한 인망과 재능에 대해 막힘없이 늘어놓았다.

"나도 모르게 눈물이 흘렀네. 그 남자도 마찬가지였고. 남자가 내게 말하더군. '네 형을 악인으로 만들고 싶지는 않다. 류헤이가 사기단에 가담했을 리가 없다. 범죄자가 아니라 경찰관으로서 형을 보내주자'고 말이네."

타카스기 류헤이가 정말 사기단의 리더와 연인이었다면, 그는 비리를 저지른 것이 되고, 경찰청은 당연히 그 비리를 세간에 공개해야 했다. 모든 것이 나오야의 증언에 달려 있었다.

"나는 고개를 끄덕였네. 승낙할 수밖에 없었어. 다음 날 나는 경찰청에 가서 지금껏 했던 발언을 철회하겠다고 했네."

곧바로 고별식이 열렸다. 범죄자의 도주를 막으려 한 정의로운 경찰관. 세상은 타카스기 류헤이를 그렇게 인식했다. 실제로 언론에도 크게 보도되었다. 생전의 그에게 길 안내를 받았다는 노인의 인터뷰 영상이 TV에서 흘러나왔고, 그 방송을 본 시청자들은 슬퍼하며 가슴 아파했다.

"이거면 된 거라고 나 자신을 타일렀네. 형님의 명예를 지켰다고 스스로 변명하면서 살아왔어. 그런데 말일세, 가끔은 생각이 나. 하라주쿠 식당에서 마미야 레이코와 나란히 앉아 행복하게 웃던 형님의 얼굴이. 그 환한 미소가. 난 그렇게 행복하게 웃는 형님을 본 적이 없었어. 대체 두 사람 사이에 무슨 일이 있었는지, 그 수수께끼를 묻어버린 걸 솔직히 후회했네. 그 뒤로 30년 넘는 시간이 흘렀고, 그 수수께끼는 영원히 풀리지 않을 거라고 생각했지. 그때 자네들이 나를 찾아왔어."

나오야는 거기서 입을 다물고는 커피를 마셨다. 어깨를 짓누르던 짐을 내려놓은 듯 편안한 얼굴이었다. 카즈마가 물었다.

"과장님의 기숙사를 찾아와 사실을 은폐하라고 귀띔한 경찰관은 누구였습니까?"

나오야가 커피잔을 내려놓고 대답했다.

"이소카와 타케하루 형사부장. 사건이 발생했을 때 형님과 함께 있었던 경찰관일세."

오전 11시를 넘긴 시각, 카즈마의 책상에 놓인 내선전화가 울렸다. 카즈마가 수화기를 귀에 대자, 남자 목소리가 들려왔다. 이소카와 타케하루 형사부장의 비서인 오사다였다.

"회의 끝났다."

"알려줘서 고마워."

카즈마는 수화기를 내려놓고 일어섰다. 옆에 앉아 있던 미쿠모도 따라서 일어났고, 두 사람은 형사부장실로 향했다. 타케하루 형사부장이 회의 중이라기에 끝나면 연락을 달라고 오사다에게 부탁한 뒤 기다리던 중이었다.

카즈마는 형사부장실 앞에 멈춰서 노크를 하고 문을 열었다. 방 한가운데에 놓인 고급스러운 책상 앞에 이소카와 타케하루가 앉아 있었다. 그가 카즈마를 보더니 말했다.

"오사다에게 들었네. 그 여자가 또 움직였다지? 경호부에 경호 강화를 의뢰한 참일세."

타케하루 형사부장은 성골 출신이 아닌데도 부장까지 승진한 남자였다. 31년 전에 마미야 레이코를 현행범으로 체포한 일을 계기로 본청 수사1과에 발탁되었다고 한다. 오랫동안 형사계에 몸담은 만큼, 그를 진심으로 존경하는 형사도 많은 듯했다.

"사실 그것과 관련해서 드릴 말씀이 있어 찾아뵀습니다."

카즈마가 그렇게 말하자, 타케하루가 서류로 눈을 돌리며 말했다.

"뭔가?"

"31년 전, 타카스기 류헤이 순경이 총에 맞은 사건 말입니다. 타카스기 류헤이는 연인의 손에 죽었습니까?"

타케하루가 고개를 들었다. 날카로운 눈빛으로 카즈마를 바라보았다.

"그게 무슨 뜻인가?"

"말 그대로입니다. 당시 타카스기 류헤이 순경과 사기단의 리더 마미야 레이코는 교제 중이었다는 이야기를 들었습니다."

"류헤이의 동생 나오야, 그 친구가 그러던가?" 그렇게 말하며 타케하루가 작게 미소를 지었다. "나는 부당한 짓을 했다고 생각하지 않네. 오히려 반대지. 경찰의 명예를 지켰잖나. 류헤이가 마미야 레이코와 그런 사이인 줄은 당시의 나도 몰랐네."

"그날 대체 무슨 일이 있었습니까? 류헤이 순경은 왜 죽어야만 했습니까?"

남은 자료와 신문 보도에 따르면, 그날 두 사람은 순찰 중에 마미야 레이코를 우연히 발견해 뒤쫓았다고 했다. 하지만 류헤이 순경과 마미야 레이코의 관계가 밝혀진 지금, 두 사람이 우연히 마주쳤다고 생각하기는 어려웠다.

"그날 근무 중이던 류헤이에게 전화가 걸려왔지. 여자 목소리였어. 내가 우연히 그 전화를 받고 그 녀석에게 전화를 넘겨줬네. 류헤이는 잠시 대화를 하다가 낯빛이 확 변하더군. 그리고 얼마 후에 그 녀석이 순찰을 간다면서 밖으로 나갔지. 낌새가 이상했어."

타케하루는 몰래 류헤이를 미행했다. 타케하루가 미행하는 것을 눈치채지 못할 정도로 류헤이는 초조해 보였다. 이내 류헤이는 타카나와 비즈니스 호텔 근처에 있는 주차장 안으로 들어갔다.

"거기서 녀석이 여자와 만나는 장면을 봤네. 그 여자의 생김새가 수배 중인 사기단의 주범과 비슷해 보였지. 당시의 나는 두 사람이 어떤 관계인지 헤아릴 겨를도 없이 그저 여자의 신병을 확보하자는 생각만 들었어. 나는 권총을 들고 다가갔네. 그런데 상대도 내 존재를 눈치챘지 뭔가. 류헤이가 나에게 다가왔어."

제발 내 말 좀 들어 봐. 류헤이는 필사적으로 그렇게 말했다. 몹시 흐트러진 모습이었다. 그때 갑자기 총성이 들렸고, 류헤이가 힘없이 쓰러졌다. 한 손에 권총을 들고 서 있는 여자의 모습이 보였다.

"나는 그 틈을 놓치지 않았네. 여자의 손을 쳐서 권총을 떨어뜨리고 그 자리에서 수갑을 채웠어. 그리고 곧바로 지원을 요청했지."

거기까지 이야기한 타케하루는 크게 한숨을 쉬었다. 거짓말을 하는 것 같지는 않았다. 다만 타카스기 류헤이 순경과 마미야 레이코, 아니, 미쿠모 레이가 왜 남의 눈을 피해 만났는지, 그 이유는 알 수 없었다.

"형사부장님, 그때 잡힌 마마야 레이코가 류헤이 순경에 대해서 뭐라고 진술했습니까?"

"그 부분에는 묵비권을 행사했네. 그것 말고는 거의 모든 혐의를 인정했어. 사기단을 이끈 것도, 류헤이를 쏜 것도. 경찰청은 류헤이가 사기단 운영에 관여했다는 시나리오만큼은 반드시 피하고 싶어했네. 그래서 내가 류헤이의 동생을 설득하러 간 걸세. 자네들도 당사자에게 이미 들었겠지만."

그리하여 진실은 묻히게 되었다. 마마야 레이코―미쿠모 레이는 왜 타케하루 형사부장의 목숨을 노렸을까. 명확한 동기는 알 수 없지만, 연인이던 두 사람의 밀회를 방해했다는 것이 정답이리라. 만약 타케하루가 그 자리에 나타나지 않았다면 두 사람이 함께 도망쳤을지, 아니면 새로운 전개로 흘러갔을지, 이제는 아무것도 알 수 없다. 한 가지 확실한 사실은 미쿠모 레이가 연인이던 류헤이 순경을 사살했다는 것뿐이었다.

"잠깐 한 말씀 괜찮을까요?"

옆에서 조용히 듣고 있던 미쿠모가 입을 열었다. 카즈마가 그녀에게 물었다.

"추가로 여쭤볼 게 있어?"

"아뇨. 그게 아니고요." 미쿠모는 목을 가다듬듯 헛기침을 하더니 조금 목소리를 키워 말했다. "어디선가 이 대화를 듣고 있죠? 모리어티 씨. 슬슬 하고 싶은 말이 있지 않습니까?"

"미쿠모, 너 대체 무슨…."

"선배님, 벌써 잊으셨습니까? 카와키타 야스오 사장님 사건을 생각해보세요. 그때처럼 모리어티가 이 대화를 듣고 있다는 느낌이 들어요."

"이봐, 무슨 소리를 하는 건가?"

타케하루가 의아한 얼굴로 그렇게 말한 순간이었다. 갑자기 타케하루의 책상에서 전화기가 울렸다. 미쿠모가 싱긋 웃으며 멋대로 전화기를 조작해 스피커폰으로 설정하더니 수화기를 들었다. 미쿠모가 말했다.

"모리어티 씨, 이게 우리가 찾은 답입니다. 어떻습니까?"

그러자 익숙한 목소리가 들려왔다. 음성변조기로 변조된 목소리였다.

"꽤 하는군요, 미쿠모 순경. 그리고 처음 뵙겠습니다, 이소카와 타케하루 형사부장. 아니, 오랜만이라고 해야 할까요?"

★

역시 이 방 어딘가에 도청기가 설치되어 있었다. 미쿠모는 자신의 추리가 들어맞아서 만족스러웠지만, 기뻐할 수는 없었다.

타케하루가 굳은 표정으로 전화기를 바라보았다. 아직 상황 파악이 되지 않은 모양이었다. 미쿠모는 이를 알아차리고 설명했다.

"형사부장님, 이 사람은 모리어티라는 범죄자입니다. 아마

이 방 어딘가에 도청기가 있을 겁니다."

"도청기라고? 그럼 그걸 어서…."

"모리어티의 정체는," 미쿠모는 일단 거기서 말을 끊고 옆에 선 카즈마를 쳐다보았다. 아직 그녀의 진짜 이름을 말할 타이밍이 아니었다. 카즈마에게 고개를 끄덕이고는 미쿠모가 말을 이었다. "모리어티의 정체는 마미야 레이코입니다. 형사부장님이 31년 전에 체포한 사람이자, 5개월 전에 가석방된 수감자입니다."

"마미야… 레이코…."

타케하루는 그렇게 말하자마자 입을 닫았다. 전화기에서 목소리가 들려왔다.

"카즈마 경장, 그리고 미쿠모 순경. 수고했습니다. 당신들의 추리대로 내 다음 표적은 이소카와 타케하루였습니다. 내게 수갑을 채운 이 남자를 줄곧 죽이고 싶었어요."

일단 모리어티의 표적을 알아맞히는 데에는 성공한 모양이었다. 미쿠모는 가슴을 쓸어내렸다. 그러나 모리어티는 이어서 말했다.

"살해 동기에 대한 설명은 약간 부족하네요. 하긴 당사자만 아는 사실도 있으니 모든 것을 알아내기는 어렵겠죠. 한 80점 정도입니다."

류헤이 순경과 마미야 레이코가 나눈 대화를 알아내지 못했다는 지적이었다. 두 사람 사이에 무슨 일이 있었던 것일까. 그

구체적인 정황은 아직 베일에 싸여 있었다. 확실한 것은 두 사람이 연인이었고, 마미야 레이코가 류헤이 순경을 사살했다는 것. 그것뿐이었다.

타케하루가 펜을 집어 근처에 있던 메모지에 무어라 썼다. 그 내용을 미쿠모와 카즈마에게 보여주었다. '어떻게 좀 해 보게'라고 갈겨 쓴 글자가 보였다. 미쿠모는 어깨를 으쓱했다. 더 구체적인 지시를 내려주면 시키는 대로 따르겠지만, 그런 식의 요구로는 무엇을 어떻게 해야 할지 알 수 없었다. 전화기에서 모리어티의 목소리가 들려왔다.

"목숨만은 살려주겠습니다. 이소카와 타케하루 형사부장, 능력 있는 젊은 부하를 둔 것에 감사하십시오."

다행히 범행을 막는 데에는 성공한 모양이다. 미쿠모는 그렇게 생각했지만, 아직 마음을 놓을 수는 없었다. 이걸로 끝일 리가 없다. 예상대로 모리어티가 덧붙여 말했다.

"목숨은 살려주겠지만, 사회적으로는 매장시켜야겠어요. 타케하루 형사부장은 1년에 한두 번씩 태국 방콕에 가시죠? 거기서 10대 소녀와 좋은 시간을 보내는 것 같던데, 맞습니까?"

타케하루는 대답하지 않았다. 하지만 얼굴이 점점 새파랗게 질렸다.

"대답하기 싫으면 됐습니다. 타케하루 형사부장은 방콕에서 돈 주고 산 소녀와 한 일을 전부 녹화해서 직접 보관하잖아요? 제가 그 동영상 일부를 신문사에 보냈습니다."

그동안 미성년자 성매매를 하기 위해 방콕을 방문했다는 말인가. 미쿠모는 구역질이 났다. 만약 그 말이 사실이라면 형사부장, 아니 경찰로서도 실격이었다. 심지어 그 영상이 언론에 노출된다면, 그야말로 치명적이리라. 경찰관으로서 얻은 지위도 잃게 될 것이다. 모리어티가 사용한 사회적인 매장이라는 표현은 결코 과장이 아니었다.

"자, 잠깐!" 타케하루는 처절한 얼굴로 목소리를 쥐어짰다. "그것만은 봐줘. 이봐, 듣고 있나? 제발 부탁이야. 제발…."

전화가 끊겼다. 공허한 뚜뚜뚜 소리가 실내를 채웠다. 미쿠모는 손을 뻗어 수화기를 제자리에 돌려놓았다.

타케하루가 일어나 터덜터덜 걷다가 손님용 소파에 털썩 주저앉았다. 자업자득이라고는 하나, 차마 눈 뜨고 볼 수 없는 처량한 모습이었다. 타케하루는 단번에 10년쯤 늙은 것처럼 보였다. 그가 저지른 가장 큰 실수는 마미야 레이코의 본질을 꿰뚫어 보지 못했다는 것이었다. 그녀의 정체는 미쿠모 레이. L의 일족 출신인 천재 범죄자였다.

누군가가 소매를 잡아당기는 느낌이 들어 미쿠모가 돌아보자, 옆에 선 카즈마가 눈짓을 보내고 있었다. 그가 타케하루의 등에 대고 말했다.

"형사부장님, 저희는 이만 실례하겠습니다."

카즈마는 그렇게 말하며 형사부장실을 나서려 했다. 문을 열고 복도로 나가기 직전에 위압적이고 낮은 타케하루의 목소리가 들려왔다.

"카즈마, 그 여자를 꼭 잡게. 알겠나? 꼭."

카즈마는 대답하지 않았다. 아무 말 없이 복도로 나갔다. 미쿠모가 앞서 걷는 카즈마에게 물었다.

"선배님, 다음 문제는 뭘까요?"

모리어티와의 게임을 말하는 것이었다. 모리어티는 문제가 총 세 개라고 했다. 첫 번째 문제는 미나미센쥬 연립주택에서 발견된 여자의 시신이었다. 그 시신의 정체는 진짜 마미야 레이코로, 옛날에 자신의 호적을 판 것으로 추측되었다. 그리고 두 번째 문제에서는 31년 전에 류헤이 순경을 살해한 사람이 마미야 레이코—미쿠모 레이이며, 당시 두 사람이 교제했다는 사실이 밝혀졌다. 모리어티의 진짜 의도는 무엇일까. 미쿠모조차 아직 가늠이 되지 않았다.

"글쎄. 아무튼 모리어티의 흔적을 찾아보자. 허탕일 가능성이 크지만, 방금 형사부장실에 전화를 건 번호부터 조사하자. 그러고 나서 도청기도 찾아야지."

"알겠습니다."

모리어티는 몹시 용의주도했다. 아마도 자신의 흔적을 남길 만한 짓은 하지 않았을 테지만, 일단 수사해볼 수밖에 없었다. 미쿠모는 카즈마와 나란히 복도를 지나며 걸음을 재촉했다.

★

"하나코 씨가 유니폼 입은 모습을 보니까 새롭네요."

키노시타 아키라가 한 손에 커피잔을 든 채 말했다. 하나코
는 조금 쑥스러워 웃으며 대답했다.

"그래요? 유니폼이 평범하지 않아요?"

"평범하니까 더 좋죠. 기본 재료의 장점이 더 잘 드러나니까
요."

"제가 재료예요?"

"죄송합니다. 제가 말실수했네요."

아키라가 그렇게 말하며 웃자, 하나코도 따라서 웃었다. 우
에노에 위치한 대형 프랜차이즈 이탈리안 레스토랑이었다. 정
오에 하나코가 일하는 서점 앞에서 만나 이 레스토랑에 들어
왔다. 이미 점심을 다 먹었고 이제 식후 커피를 마시고 있었다.
식사를 하며 아이들을 주제로 즐겁게 대화를 나누었다. 아키
라의 딸 호노카는 요즘 토마토를 좋아해서 자주 먹는데, 나중
에 커서 토마토가 되겠다고 하는 모양이었다.

이렇게 남자와 둘이서 만나는 데에 죄책감을 못 느낀다고 하
면 거짓말이었다. 하지만 하나코는 아키라에게 연애감정이 조
금도 없었고, 어디까지나 같은 어린이집의 학부모로서 아키라
를 대했다. 그 DVD 영상을 본 뒤로 아직 카즈마와 대화다운
대화를 나누지 못했다. 어젯밤에 카즈마는 수사 때문에 집에
들어오지 않았다.

"그런데 상담할 게 뭐예요?"

하나코가 그렇게 말을 꺼냈다. 시간은 12시 반을 지나고 있었다. 점심시간은 1시까지였다. 아키라는 커피잔을 내려놓고 대답했다.

"사실 이사하려고요."

"네?"

하나코는 그 이상 말이 나오지 않았다. 아키라는 표정 변화도 없이 담담하게 말했다.

"진지하게 말씀드리는 거예요. 사실 친구가 보소반도 남단에서 펜션을 해요. 거기서 잠깐 신세를 질까 싶어요."

"일은요? 일은 어떻게 하려고요?"

"컴퓨터만 있으면 어디서든 일할 수 있는 게 제 직업의 장점이거든요. 펜션 일을 돕는 것도 기분 전환이 되고 좋을 것 같아요. 그 친구도 호노카랑 동갑인 자녀가 있어요. 시골이라 어린이집에 다니는 아이들도 적은 것 같고요."

하나코도 아키라의 심정은 이해했다. 여러모로 소문에 시달리느라 지쳤으리라. 하지만 어디를 가든 똑같지 않을까. 비밀을 들키면 그걸로 끝이다. 같은 일이 반복될 뿐이다. 하나코의 마음을 읽었는지 아키라가 덧붙였다.

"저도 배운 게 있으니까, 이번에는 처음부터 밝히려고요. 형이 죄를 지어서 교도소에서 잘못을 뉘우치고 있다고 처음부터 설명하는 게 낫지 않을까 싶어요. 감추려고 하다가 들키니까 오히려 떳떳하지 못한 느낌이 들었던 것 같아요."

알 것도 같았다. 처음부터 사실을 털어놓으면 괜히 끙끙 앓을 필요가 없다. 플라워어린이집에서도 그랬다. 원장 선생님에게 미리 알렸다면 지금 같은 상황이 되지는 않았을지도 모른다.

"마침 지금이 3월이니까 시기적으로도 좋고요. 사이좋은 호노카랑 안을 떼어놓기는 미안하지만, 기회는 지금뿐이라는 생각이 들어요."

"그렇군요…."

슬프게도 하나코는 말릴 수 없었다. 아키라 부녀가 처한 상황이 앞으로 나아지리라는 보장이 없으니 새로운 학년이 시작되는 이 시기에 이사하는 것이 가장 좋은 방법이라는 생각이 들어서였다.

"아무한테도 말하지 않고 조용히 떠날 생각이었는데, 하나코 씨한테는 신세를 졌으니까 미리 말씀드리고 싶었어요. 뭐, 그쪽에 가서도 일 때문에 종종 도쿄에 오겠지만요. 너무 갑작스러워서 죄송합니다. 이래서는 상담이 아니라 일방적인 통보네요."

아키라는 그렇게 말하며 웃었지만, 하나코의 눈에는 그 웃음이 조금 공허해 보였다. 그는 가족 중에 범죄자가 있다는 이유만으로 딸과 함께 도쿄를 떠나기로 결정했다. 가족 중에 범죄자가 있다는, 그저 그뿐인 이유만으로 사람들의 입에 오르내려야 했고 떠밀리듯 이사할 수밖에 없었다. 하나코는 그것을 딱 잘라 남 일로 여길 수가 없었다.

"사실 마음을 먹은 지가 얼마 안 돼서 이사 준비는 이제 시작이에요. 당분간은 호노카가 안이랑 놀 테니까 잘 부탁드려요."

"저야말로 잘 부탁드려요. 제가 도울 일이 있으면 뭐든 말씀하세요."

"말씀만으로도 감사합니다. 아, 그렇지. 하나코 씨, 펜션 한다는 그 친구가 채소를 보내줬거든요. 괜찮으시면 가져가세요. 저희끼리 다 못 먹을 정도로 많아서요."

"그냥 받기가…."

"괜찮으니 받아주세요. 제 차에 있어요."

아키라는 그렇게 말하며 계산서를 들고 일어났다. 아키라가 커피값을 계산하겠다고 말했지만, 하나코는 극구 사양하며 자기 몫을 냈다. 아키라는 가게에서 나가 걷기 시작했다. 하나코는 근처 무인 주차장으로 들어가는 그를 뒤따라갔다. 아키라는 SUV 한 대의 잠금을 해제하더니 트렁크를 열었다.

"하나코 씨, 이쪽이에요. 원하는 걸 골라보세요."

아키라가 그렇게 말하며 손짓하자, 하나코는 자동차 뒤쪽으로 향했다. 트렁크 안을 들여다보았지만, 거기에는 아무것도 없었다.

"아키라 씨, 이게…."

하나코는 의아해서 뒤를 돌아보았다. 그러자 다음 순간, 불꽃 같은 것이 번쩍였다. 어깨에 심한 충격을 느끼며 하나코는 의식을 잃었다.

★

"지극히 평범한 도청기였습니다. 아키하바라에 가면 쉽게 살 수 있는 제품이에요. 지문도 묻어 있지 않았다고 합니다."

감식 결과를 확인하고 돌아온 미쿠모가 그렇게 말하자, 옆에 앉은 카즈마가 작게 웃었다.

"그랬겠지. 그렇게 쉽게 빈틈을 보일 상대가 아니니까."

형사부장실 책상 밑에서 도청기가 발견되었다. 언제 설치되었는지는 확실하지 않지만, 과학수사대는 최근 몇 주 사이였을 것이라고 진단했다. 적이지만 인정할 수밖에 없는 솜씨였다. 무려 경찰청에 침입해 도청기를 설치했다. 와타루의 아버지 미쿠모 타케루는 자신의 누나를 천재라고 칭했다고 하던데, 그 말이 이해되는 실력자였다.

카즈마가 핸드폰을 꺼냈다. 모리어티에게 받은 핸드폰이었다. 연락이 온 모양이었다.

"선배님, 이쪽이에요."

미쿠모가 그렇게 말하며 일어났다. 여기서는 주변의 눈 때문에 미쿠모가 통화 내용을 들을 수 없었다. 카즈마의 손을 잡아끌어 계단 옆에 있는 창고로 뛰어 들어갔다. 카즈마가 핸드폰을 조작하고는 귀에 댔다. 구식 핸드폰이라 스피커폰 기능이 없어서 통화 음량을 최대로 올려준 모양이었다. 미쿠모는 핸드폰에 귀를 가까이 가져갔다.

"여보세요."

"아까는 실례가 많았습니다. 그럼 다음 문제로 넘어가죠."

익숙한 목소리였다. 카즈마가 신경질적으로 말했다.

"잠깐. 언제까지 이런 짓을 계속할 생각이야?"

"걱정 마세요. 이번이 마지막입니다."

미쿠모는 숨을 죽였다. 이번에는 또 얼마나 어려운 문제가 나올까.

"다음 문제입니다. 이건 문제라기보다 미션에 가깝겠네요. 지금으로부터 4시간 후인 오후 5시에 카즈마 경장의 소중한 사람 두 명이 죽을 겁니다. 그들을 살리는 게 여러분의 미션입니다."

카즈마가 숨을 삼키는 소리가 들렸다. 카즈마의 소중한 사람이라니 대체….

"잠깐 기다려. 무슨 소리를 하는 거야?"

"말 그대로입니다. 두 명의 표적을 찾아내서 보호하세요. 이 작업에 성공하면 여러분의 승리입니다. 실패하면 여러분의 패배고요. 그걸로 이 게임의 승패가 갈릴 겁니다."

오후 5시까지 표적을 알아내서 보호할 것. 언뜻 들으면 간단한 것 같지만, 사실 생각보다 어려운 일임을 미쿠모는 직감했다. 만약 표적이 아닌 사람을 표적으로 착각하면 다른 희생자가 나올 터였다.

"하지만 이래서는 난이도가 너무 높으니까 한 가지 베네핏benefit을 드리겠습니다." 수화기 너머에서 모리어티가 말을 이었다. "표적이 누구인지 알아냈지만 도저히 보호할 수 없는 상황이라면, 이 번호로 전화를 걸어 표적의 이름을 말하십시오. 만약 그 이름이 정답이면 저는 그 사람을 즉시 풀어주겠습니다. 단, 이 베네핏을 적용할 수 있는 건 한 명뿐입니다."

만약 오후 5시까지 한 명도 보호하지 못한 채 속절없이 시간이 흐른다면, 표적으로 추정되는 사람의 이름을 모리어티에게 말할 수 있고, 그 이름이 정답이라면 그 사람은 구제된다는 뜻이었다.

"선배님, 잠시만요."

미쿠모가 그렇게 말하며 손을 내밀었다. 미쿠모의 의도를 알아차렸는지 카즈마가 핸드폰을 건넸다. 미쿠모는 핸드폰을 귀에 대며 말했다.

"표적의 조건을 조금 더 자세히 가르쳐주십시오."

"그럴 순 없습니다. 카즈마 경장의 소중한 사람. 그뿐입니다."

"저희가 제한 시간보다 일찍 표적 두 명을 보호하면 어떻게 되죠?"

"그건 불가능합니다. 오후 5시가 되지 않으면 답을 알 수 없을 테니까요. 여러분이 정답이라고 생각한 사람이 사실은 오답일지도 모르잖아요. 그렇게 되면 오후 5시에 어딘지 모를 곳에서 누군가가 목숨을 잃게 되겠죠."

한 마디로 오후 5시까지 가능성이 있는 사람을 모조리 찾아내 안전한 장소로 이동시키라는 말이었다. 그것이 이 게임의 방식이었다.

"게임은 이미 시작됐어요. 건투를 빕니다."

전화가 끊기고 말았다. 미쿠모는 손목시계를 확인했다. 오후 1시 10분이었다. 카즈마는 스마트폰을 꺼냈다. 그가 무엇을 할 생각인지 미쿠모도 짐작이 갔다.

"저는 안의 어린이집에 전화해보겠습니다."

"부탁해. 나는 하나코한테 연락해볼게."

카즈마의 소중한 사람. 가장 먼저 머릿속에 떠오르는 사람은 부인 하나코와 딸 안이었다. 미쿠모는 스마트폰으로 안이 다니는 어린이집을 검색해 곧바로 전화를 걸었다. 보육 교사로 추정되는 여자에게 말했다.

"그 어린이집에 미쿠모 안이라는 여자애가 다닐 텐데, 오늘 어린이집에 잘 도착했습니까?"

"실례지만, 무슨 일이시죠?"

아무래도 전화상이라 선뜻 알려주지 않을 듯했다. 미쿠모는 어쩔 수 없이 신원을 밝혔다.

"저는 경찰청 수사1과 호죠 미쿠모라고 합니다. 미쿠모 안의 부모님과 가까운 사이입니다. 안이 어린이집에 있는지 확인하고 싶습니다."

"아, 그때 그 형사님이시군요."

지금으로부터 5개월 전에 안이 다니는 어린이집 버스가 납치되는 사건이 있었고, 미쿠모는 인질로 그 버스에 올랐다. 보육 교사는 그때 일을 기억하는 모양이었다.

"맞습니다. 호죠 미쿠모입니다. 안이 안전한지만 확인해주십시오."

"알겠습니다. 잠시만 기다려 주세요."

미쿠모가 옆을 보자, 카즈마가 진지한 표정으로 스마트폰을 귀에 대고 있었다. 이내 수화기 너머에서 보육 교사가 말했다.

"안은 잘 있어요. 지금 낮잠 시간이라 다른 애들이랑 같이 자고 있어요."

"알겠습니다. 자세한 사정은 설명할 수 없지만, 안한테서 눈을 떼지 말아주세요."

"네. 형사님이 말씀하신 대로 할게요."

"잘 부탁드립니다."

미쿠모가 전화를 끊었을 때, 공교롭게 카즈마도 통화를 끝냈다. 그의 표정이 심상치 않았다.

"안은 무사합니다. 눈을 떼지 말아 달라고 선생님께 부탁했습니다. 하나코 언니는 어떤가요?"

미쿠모가 그렇게 묻자, 카즈마가 고개를 가로저으며 대답했다.

"점심시간이 끝나고도 직장에 돌아오지 않았대. 이런 적은 처음이래."

설마 벌써 모리어티에게 붙잡힌 것일까. 첫 번째 표적이 하나 코임은 확실한 듯했다. 미쿠모가 자리에서 일어났다.

"일단 하나코 언니의 직장으로 가시죠. 그리고 선배님의 다른 가족분들도 안전한지 확인해야 해요."

"그, 그렇지."

미쿠모는 문을 열고 창고에서 나갔다. 오후 1시 15분이었다. 제한 시간인 오후 5시까지는 이제 3시간 45분이 남았다.

★

카즈마는 잠복용 차량을 운전했다. 동시에 스피커폰 상태로 이 사람 저 사람에게 전화를 돌렸다.

"그러니까 어머니, 집에서 한 발짝도 나가지 마세요. 할아버지, 할머니도요. 두 분도 집에 계시죠?"

"그런데 카즈마, 난 저녁 장을 보러 가야 하고, 할머니는 돈을 산책시키러 나가셔야 할 텐데."

"장보기도 산책도 안 돼요. 이해해주세요, 어머니. 지금은 비상사태예요."

아무래도 상황을 설명하기가 어려웠다. 카즈마는 이 긴박감이 상대에게 전해지지 않아 답답했다.

"아무튼 절대 단독 행동하지 마세요. 부탁드릴게요."

전화를 끊었다. 빨간불이 켜지자 차를 세웠다. 통화를 하면서 가는 중이라 일부러 사이렌은 꺼두었다. 스마트폰이 울렸다.

아버지 노리카즈의 전화였다. 조금 전에 전화를 걸었지만 연결되지 않아서 음성 사서함에 메시지를 남겨두었다.

"카즈마, 하나코가 납치됐다는 말이 사실이냐?"

"지금 하나코의 직장으로 가는 길이에요. 자칭 모리어티라는 범죄자가 제 주변 사람 두 명을 오후 5시에 죽이겠다고 했어요. 한 명은 하나코가 확실해요. 문제는 나머지 한 명이에요."

안일 줄 알았지만, 안은 어린이집에 무사히 있다고 했다. 나머지 한 명은 누구일까. 가능성이 높은 대상은 가족들이었다.

"모리어티 얘기는 들었다." 수화기 너머에서 노리카즈가 말했다. 그도 경찰청 간부인지라 그런 정보를 듣게 되는 위치였다. "인터넷으로 범죄를 판매한다지? 그런데 그놈이 왜 너를 노리는 거냐?"

사실 모리어티의 정체는 미쿠모 레이로, 하나코의 고모에 해당하는 여자였다. 그 사실을 여기서 설명하기는 복잡하니 카즈마는 일단 입을 다물기로 했다.

"이유는 몰라요. 아무튼 이런 상황이에요. 아버지, 부탁이 있습니다. 가족들이 모두 안전한지 확인해주세요."

"알았다. 내가 뭐라도 해보마."

"부탁드려요. 그리고 안을 데리러 어린이집에 가주세요."

"그래. 카오리한테도 연락해야겠다. 카즈마, 무슨 일이 생기면 바로 연락해라. 나도 너희 상사한테 상황을 전달하마."

"그렇게 해주시면 감사하죠. 그리고 표적이 아버지나 카오리일 가능성도 배제할 수 없어요. 절대 그 점을 잊지 마세요."

"알았다. 너도 조심해라."

신호가 파란불로 바뀌자, 카즈마는 액셀을 밟아 차를 출발시켰다. 조금만 더 가면 목적지인 서점에 도착한다. 500미터 정도 달리고는 길가에 차를 세웠다. 지체 없이 차에서 내렸다. 도착한 곳은 3층짜리 건물로, 1층부터 3층까지 전부 서점이었다. 카즈마는 서점 안으로 들어가 계산대로 향했다. 손이 빈 직원에게 말했다.

"이곳 책임자가 계십니까? 저는 이 서점에서 일하는 미쿠모 하나코의 남편입니다."

"기다리고 있었습니다." 뒤에서 목소리가 들려왔다. 뒤를 돌아보니 안경을 낀 남자가 서 있었다. "제가 점장입니다. 하나코 씨의 남편분이시죠?"

"맞습니다. 하나코는… 제 아내는 아직인가요?"

"네. 아직 오지 않았습니다. 이쪽으로 오시죠."

점장이 가게 안쪽으로 안내했다. 직원 전용 문을 통해 사무실로 들어가 보니, 책 재고가 여기저기 쌓여 있었다. 점장이 설명했다.

"오늘 하나코 씨의 점심시간은 정오부터 1시간이었습니다. 그런데 1시가 지나도 오지 않아서 어떻게 된 건가 싶던 차에 남편분이 전화를 주셨죠."

"제 아내는 보통 어디에서 점심을 먹습니까?"

"이 안쪽에 직원 전용 휴게실이 있는데, 거기서 먹을 때가 많았습니다. 가끔 동료들과 밖에 나가서 먹을 때도 있었지만요."

"오늘은 어땠나요?"

"방금 직원들에게 물어보니 밖에 나가는 모습을 본 사람이 있었습니다. 혼자 나갔다고 하더군요."

"그렇군요."

혼자 밖에서 식사를 하러 간 것일까. 아니면 편의점에 점심을 사러 간 것일까. 안이 다니는 어린이집에서는 급식이 나와서 하나코는 평소에 도시락을 만들 일이 없었다. 전에 대화를 하다가 빵을 사 먹을 때가 많다는 얘기를 한 적이 있었다.

아무튼 하나코의 행방을 쫓아야 했다. 카즈마는 근처를 돌아다니며 탐문해서 하나코의 이동 경로를 알아낼 생각이었다. 카즈마는 점장에게 감사 인사를 하고 사무실에서 나왔다. 옆에 있던 미쿠모에게 말했다.

"미쿠모, 하나코의 이동 경로를 조사해보자. 사진이 있으면 좋을 텐데…."

카즈마가 그렇게 말하며 스마트폰을 조작했다. 예전에 놀이동산에 갔을 때 가족 셋이서 함께 찍은 사진이 사진첩에 남아있어 그 사진을 미쿠모에게 보냈다.

"시간이 없으니까 흩어져서 찾자. 미쿠모, 하나코의 행방을 쫓아 줘."

"알겠습니다."

그러나 시간이 없으니 여기서 계속 하나코만 찾을 수는 없었다. 이제 오후 1시 50분이 되어가고 있었다. 카즈마가 말했다.

"25분 후, 오후 2시 15분이 되면 여기로 돌아와."

"알겠습니다."

두 사람은 서점에서 나갔다. 미쿠모가 왼쪽으로 방향을 틀자, 카즈마는 오른쪽으로 걸어갔다. 하나코, 어디 있는 거야? 카즈마는 마음속으로 그렇게 물었다.

"이 여자를 본 적 없으십니까? 오늘 점심때 이 가게에 왔을지도 모릅니다."

카즈마는 편의점 직원에게 스마트폰 화면을 보여주었다. 가족끼리 찍은 사진을 잘라 하나코의 얼굴만 클로즈업한 것이었다. 화질이 좋지 않았지만 얼굴은 알아볼 수 있을 정도였다.

"글쎄요. 기억이 안 나네요."

"부탁드립니다. 다시 제대로 봐주세요."

직원이 화면을 보고는 고개를 갸웃거렸다. 학생으로 보이는 젊은이였다.

"몰라요. 점심때는 사람이 많아서 손님들 얼굴을 일일이 기억할 수가 없어요."

"그렇군요. 협조해주셔서 감사합니다."

카즈마는 편의점에서 나왔다. 편의점과 빵집, 식당을 중심으로 탐문을 했지만, 아직 하나코를 목격했다는 증언을 듣지 못했다. 서점 근처에서 탐문을 시작했는데 벌써 상당히 멀리 오고 말았다. 하나코가 점심을 사러 이 부근까지 오지는 않았을 것이다. 오후 2시 10분이 되어가자, 카즈마는 일단 서점으로 돌아가기로 했다.

계속해서 하나코에게 전화를 걸었지만, 통화는 연결되지 않았다. 불안은 커져만 갔다. 제한 시간까지 이제 3시간밖에 남지 않았다. 만약 그때까지 하나코가 있는 곳을 알아내지 못한다면….

"선배님." 서점 앞으로 돌아가자, 미쿠모가 다가왔다. "못 찾았어요. 하나코 언니를 봤다는 증언은 없었습니다."

"이쪽도 똑같아. 서점 동료들한테 얘기를 들어보는 게 좋겠어. 하나코가 평소에 어느 가게에서 점심을 사거나 먹는지 구체적으로 물어보자."

"찬성입니다."

카즈마가 서점으로 들어가려 할 때, 스마트폰이 울렸다. 놀랍게도 전화를 건 사람은 하나코의 아버지 미쿠모 타케루였다. 카즈마는 스마트폰을 귀에 댔다.

"네. 카즈마입니다."

"나다. 하나코한테 문제가 생긴 모양이더라."

"그걸 어떻게 아셨습니까?"

"아까 사돈이 전화를 주셨어. 하나코는 내 딸이야. 나한테 제일 먼저 알리는 게 도리 아닌가?"

"죄송합니다…."

"뭐, 됐어. 아마 누님의 소행이겠지. 누님이 왜 이렇게 하나코
에게 집착하는지는 모르겠지만. 단순히 조카가 귀여워서 그러
는 거면 좋겠는데…."

타케루는 하나코가 실종된 데에 미쿠모 레이가 엮여 있음을
이미 간파한 듯했다. 역시 미쿠모 가문의 가장다웠다. 타케루
라면 하나코가 있는 곳을 알아낼 수 있을지도 모른다. 카즈마
는 일말의 희망을 본 것 같았다.

"장인어른, 혹시 하나코가 있을 만한 곳을 아시면 알려 주십
시오. 지금 당장 수색을 도와주신다면 제가 정말 든든할 것 같
습니다."

"미안하군. 나는 골프 라운딩 중이야."

카즈마는 맥이 탁 풀렸다. 딸의 목숨이 왔다 갔다 하는 상황
에서 골프가 더 중요하다니, 역시 미쿠모 가문 사람들은 상식
밖이었다.

"에츠코도 마찬가지야. 다음 달 도쿄에서 미술품 경매가 열
리는데, 거기 관계자랑 라운딩 중이거든. 그 경매에 내가 오랫
동안 노리던 골동품 도자기가 출품된단 말이지. 아, 실수, 실수.
현역 형사한테 이런 말을 하면 안 되지. 못 들은 걸로 해."

타케루는 그 경매장에서 골동품 도자기를 훔칠 계획인 듯했
다. 카즈마는 한숨을 쉬며 말했다.

"알겠습니다. 만약 하나코가 있는 곳을 아실 것 같으면…."

"나랑 에츠코는 안 되고, 우리 부모님도 이즈로 여행을 가셨어. 하지만 와타루는 협조할 수 있을 거다."

"와타루 형님이요?"

"어. 그래 봬도 그 녀석이 꽤 믿음직해. 전에 만난 그 아가씨도 같이 있지? 그 아가씨를 와타루네 아파트로 보내. 틀림없이 도움이 될 거야."

타케루가 말하는 아가씨는 미쿠모일 것이다. 미쿠모는 와타루의 부모님을 만난 적이 있다고 했다.

"와타루가 어디 사는지 모르지? 지금 주소를 가르쳐줄게. 음, 주소가 그러니까…."

카즈마는 주소를 외웠다. 츠키시마에 위치한 아파트인 듯했다. 수화기 너머에서 타케루가 말했다.

"그럼 카즈마, 하나코를 부탁한다."

전화가 끊겼다. 무책임한 부모였지만, 이렇게 일부러 전화를 걸어준 것만 해도 어디인가 싶었다. 미쿠모는 이미 카즈마 옆에 없었다. 서점 안에서 탐문을 시작한 모양이었다.

카즈마는 서점으로 들어갔다. 미쿠모를 찾으려고 실내를 돌아다니다가 문고본 코너에서 서점 직원에게 질문하는 그녀를 발견했다. 그쪽으로 달려가 말을 걸었다.

"미쿠모, 잠깐 보자."

"무슨 일이세요, 선배님?"

"방금 장인어른한테서 전화가 왔어. 너를 와타루 형님네 아파트로 보내라고 하셨어. 와타루 형님은 뭔가 알지도 모른다고."

와타루가 산다는 아파트 이름과 주소를 미쿠모에게 알려주며 카즈마가 말했다.

"여기는 나한테 맡겨. 눈에 띄는 정보가 없으면 나도 바로 그쪽으로 갈 테니까. 너는 먼저 택시로 가 있어."

"알겠습니다."

미쿠모가 그렇게 말하며 밖으로 향했다. 사라지는 그녀의 모습을 보던 카즈마는 다시 정신을 가다듬으며 근처에 있는 서점 직원에게 질문을 시작했다.

★

눈이 뜨였다. 하나코는 자신이 의자에 묶여 있음을 깨달았다. 아무리 몸을 움직여도 풀릴 기미가 보이지 않았다. 등 뒤로 젖혀진 손목에는 수갑이 채워져 있었다.

어둑한 방이었다. 오래된 사무실인 듯했고, 테니스코트만 한 넓이였다. 아무렇게나 놓인 의자 몇 개 말고는 아무것도 없었다. 희미하게 곰팡내가 났고, 블라인드 사이로 어슴푸레하게 햇빛이 비쳐들었다.

아키라는 어디로 갔을까. 무인 주차장에 세워진 그의 자동차로 다가간 것까지는 기억이 났다. 하나코는 채소를 준다기에 그를 따라갔다. 하지만 아키라가 연 트렁크 안에 채소 같은 것은 없었다. 그 직후에 전류가 몸에 닿았고, 거기서 의식을 잃었다. 전기 충격기였을까. 뒤에서 기습을 당한 탓에 이런 짓을 한 사람의 얼굴은 보지 못했지만, 상황상 아키라가 유력했다.

'그런데 그가 왜 나를…'

문 열리는 소리가 들렸다. 하나코가 고개를 돌리자 사람 형체가 보였다. 아키라였다. 그가 빙긋 웃으며 말했다.

"정신이 들었군요. 다행이에요. 아, 소리 질러도 소용없어요. 여기는 곧 철거될 건물이거든요. 소리쳐봤자 아무도 안 올 거예요."

"왜, 왜 이런 짓을…"

아키라는 대답하지 않았다. 손에 든 비닐봉지에서 생수병을 꺼내 뚜껑을 따더니 빨대를 꽂아 넣었다. 그리고 하나코의 발치에 놓으며 말했다.

"목이 마르면 언제든 말씀하세요."

하나코는 영문을 알 수 없었다. 나를 감금해서 어쩌려는 것일까. 하나코는 이 상황에 공포를 느꼈다. 아키라는 평소와 별반 차이가 없어 보였지만, 그래서 오히려 더 기괴한 느낌이 들었다.

"저를 속였군요. 절 납치하는 게 목적이었어요?"

"아뇨. 속이지 않았어요. 아까 하나코 씨에게 한 말은 사실이에요."

아키라는 치바현에서 펜션을 운영하는 친구가 있어 거기에서 잠깐 신세를 질 것이라고 했다. 그 이야기를 하려고 하나코를 불러낸 것이었다.

"말해 봐요. 왜 이런 짓을 하는 거예요? 목적이 뭐죠?"

하나코가 물어도 아키라는 대답하지 않았다. 하나코는 여자, 아키라는 남자이다. 역시 그런 것이 목적일까. 정말 철거가 예정된 폐건물이라면 아무리 소리를 질러도 도와줄 사람은 나타나지 않을 것이다.

하나코는 의자 뒤에서 묶인 손목을 움직였다. 수갑에 달린 사슬이 스치며 철걱거리는 소리가 났다. 하나코는 바닥을 보며 무언가가 떨어져 있지 않은지 확인했다. 얇은 이쑤시개 하나만 있으면 된다. 수갑을 푸는 방법은 할머니 마츠에게 배웠다. 하지만 공교롭게도 바닥에는 수갑을 푸는 데 쓸 만한 물건이 없었다. 오늘은 하필 머리핀도 꽂지 않았다.

아키라는 의자에 앉아 스마트폰을 만지작거렸다. 그 모습이 무척 차분해서 범죄로 손을 더럽힌 사람 같지가 않았다. 그저 무료한 시간을 때우는 것처럼 보였다.

아마 서점 사람들은 하나코가 사라졌음을 알았을 것이다. 하나코는 그들이 경찰에 신고했기를 바랐지만, 바람과 현실이 일치할지는 알 수 없었다. 만약 경찰에 신고가 들어갔다고 해도, 하나코와 아키라의 연결고리를 찾기는 어려울 것이다. 하나코는 오늘 아키라와 점심 약속을 잡았다는 이야기를 아무에게도 하지 않았기 때문이다.

아키라는 어린이집 학부모들 사이에서 소외를 당하고 있어서 하나코는 그와 친하게 지낸다는 사실을 굳이 남에게 알리지 않았다. 당연히 카즈마도 모른다. 그런 의미에서는 경솔했다. 적어도 카즈마에게만은 말했어야 했다.

아키라가 자리에서 일어나 그대로 문을 열고 나갔다. 하나코는 덩그러니 혼자 남았다. 시험 삼아 몸을 흔들어 보았지만, 가슴부터 복부까지를 꽁꽁 동여맨 밧줄은 느슨해질 기미가 없었다. 다만, 발은 자유로운 덕에 잘하면 창가까지 갈 수 있을 것 같았다.

하나코는 의자를 끌며 이동했다. 몇 센티씩 천천히. 창문까지 가면 바깥도 볼 수 있을 테고, 어찌어찌 창문을 깨면 밖에서 걷던 누군가가 우연히 그 소리를 들어줄지도 모른다.

창문에 도착하기까지 2미터쯤 남았을 때였다. 하나코는 균형을 잃고 옆으로 쓰러지고 말았다. 의자에 묶여 있는 덕분인지 아픈 곳은 없었지만, 이제는 일어나는 것조차 어려워졌다.

뺨이 바닥에 닿아서 차가웠다. 필사적으로 몸을 움직였지만, 더는 이동할 수가 없었다.

그때 문 열리는 소리가 들렸다. 아키라가 돌아온 모양이었다. 하나코는 각도상 아키라의 모습을 볼 수 없었다. 발소리가 가까워지더니 하나코 바로 옆에서 멈추었다. 발소리의 주인이 의자 째로 하나코를 일으켜 원래 상태로 돌려놓았다.

아키라가 아니었다. 하나코의 눈앞에 있는 사람은 아키라가
아니라, 여자였다. 나이는 50대쯤일까. 머리카락을 어깨 부근까
지 길렀고 눈이 큰 여성이었다. 꽤 아름다운 얼굴이었는데, 이
목구비는 어쩐지 익숙한 느낌을 풍겼고, 상복처럼 보이는 검은
옷을 입고 있었다.

"타케루랑은 안 닮았네. 굳이 따지면 에츠코 느낌이 더 강하
구나."

여자는 그렇게 말하며 손을 뻗어 하나코의 오른뺨에 묻은
먼지를 털어주었다. 그제야 하나코는 깨달았다. 할머니 마츠의
얼굴과 닮았다. 설마 이 여자가….

"많이 컸구나, 하나코."

눈앞에 있는 여자, 미쿠모 레이가 그렇게 말하며 싱긋 웃었
다.

★

"손님, 도착했습니다."

생각에 잠겨 있던 미쿠모는 운전기사의 목소리에 퍼뜩 정신
이 들었다. 츠키시마에 위치한 초고층 아파트 앞이었다. 이곳
에 오기까지 미쿠모는 마음을 정리했다. 와타루와는 결혼할
수 없다. 그렇게 생각하며 눈물로 이불을 적시던 것이 바로 어
제였다. 그런데 이렇게 금방 와타루의 아파트에 오게 될 줄은
상상도 하지 못했다.

택시비를 내고 차에서 내렸다. 고급 호텔을 연상시키는 호화로운 입구였다. 카즈마가 알려준 호실을 입력하자, 스피커 너머에서 와타루의 목소리가 들려왔다.

"들어와."

자동문이 열리자, 미쿠모는 안으로 들어갔다. 와타루는 52층에 산다고 했다. 미쿠모는 지금껏 이렇게 높은 아파트에 들어와본 적이 없었다. 52층에서 내려 복도를 지나서 와타루의 집으로 향했다. 문 앞에서 와타루가 벌써 기다리고 있었다. 청바지에 셔츠를 입은 가벼운 차림이었다.

"안녕하세요."

"잘 왔어. 들어와."

"실례하겠습니다."

미쿠모가 집 안으로 들어갔다. 신발을 벗고 복도를 지나니넓은 거실이 나왔다. 이렇게 넓은 거실은 처음 보았다. 대형 TV가 벽에 붙어 있었다. 화면이 굉장히 거대한 듯했지만, 집이 워낙 넓어서 그다지 커 보이지 않았다.

"사실 이 집은 옛날부터 우리 가족이 함께 살던 곳이야." 와타루가 그렇게 설명했다. "5년 전에 사정이 있어서 이사했지만, 나는 여기가 좋아서 최근에 다시 들어왔어. 우리 어머니도 한 달에 보름 정도는 여기서 같이 지내."

와타루는 거실을 지나 복도 안쪽으로 들어갔다. 방도 아주많은 것 같았다. 4인 가족이 살아도 충분할 넓이와 구조였다.

"여기가 내 방이야. 들어와."

와타루가 그렇게 말하며 문 하나를 열었다. 미쿠모가 안을 들여다보니 책장에 책과 잡지가 쏟아질 듯이 많았다. 다소 어지러웠지만, 크게 신경 쓰일 정도는 아니었다. 안쪽에 있는 L자형 책상에는 데스크톱 두 대가 놓여 있었다.

"아까 아버지한테서 전화가 왔어. 하나코가 어디 있는지 알고 싶다고?"

"맞아요. 점심시간 전까지는 직장에 있었다는 정황을 확인했어요. 그런데 오후 1시가 지나서도 서점으로 돌아오지 않았고, 지금까지 행방이 묘연해요."

"흠…. 그렇구나."

와타루는 컴퓨터 앞에 앉아 키보드와 마우스를 조작했다. 미쿠모는 뒤에서 화면을 보았지만, 와타루가 무엇을 하는지는 전혀 이해할 수 없었다. 3분쯤 지나서 와타루가 말했다.

"이거, 하나코가 일하는 서점의 CCTV 영상이야. 시간은 정오가 조금 지났을 때고."

옆에 있는 또 다른 컴퓨터에 영상이 떴다. 서점 입구에 설치된 카메라로 찍은 듯한 영상이었다. 유니폼을 입은 하나코가 서점에서 나오는 장면이었다. 서점 앞에 한 남자가 서 있다가 하나코와 나란히 걸음을 옮겼다. 곧 영상 밖으로 사라졌다.

"누구지, 이 사람?"

와타루가 그렇게 말하며 영상을 되감더니 남자의 모습을 확대했다. 갈색 재킷에 검은 바지 차림인 것을 보니 직장인 같지는 않았다. 나이는 30대인 듯했다. 설마 하나코가 바람을 피웠을 리는 없다. 대체 두 사람은 어떤 관계일까.

"어, 레스토랑에 들어갔네."

이번에는 레스토랑으로 들어가는 두 사람의 모습이 화면에 비쳤다. 조금 전에 미쿠모가 탐문한 가게였다. 점심때는 바빠서 손님의 얼굴까지 기억하지는 못한다며 매니저로 보이는 남자가 미쿠모를 쫓아낸 곳이었다.

아무튼 미쿠모는 해킹의 무시무시함을 실감했다. 미쿠모의 아버지 소타로가 무척이나 신나 보이던 이유를 알 것도 같았다. 미쿠모는 이 집에 온 지 10분도 되지 않았는데, 하나코가 점심에 간 식당을 알아내 버렸다.

"두 사람이 주문한 음식은 음료가 함께 나오는 오늘의 런치 세트A야. 오늘 메뉴는 치킨 토마토소스 스튜였대. 맛있겠다."

"그런 것까지 알 수 있어요?"

"응. 가게 데이터를 해킹했거든. 참고로 둘 다 음료는 커피를 골랐어."

동시에 와타루는 레스토랑 내부의 CCTV를 보는 듯했지만, 두 사람이 찍힌 영상은 없다고 했다. 와타루가 그 다음 발견한 영상에는 두 사람이 레스토랑에서 나오는 모습이 담겨 있었다. 시간은 오후 12시 47분이었다.

"와타루 씨, 이 레스토랑은 서점이랑 얼마나 떨어져 있죠?"

"200미터쯤 되려나?"

하나코는 겨우 200미터 떨어진 서점으로 돌아오지 못하고 자취를 감추었다. 미쿠모는 그녀를 잘 알지는 못했지만, 대수롭지 않게 오후 업무를 빼먹을 사람은 아니라고 생각했다. 하나코는 대체 어디로 사라진 것일까.

처음에 미쿠모의 뇌리를 스친 것은 택시였다. 하나코와 함께 있던 남자가 지나가던 택시를 잡아 하나코를 태운 다음 강제로 어딘가에 데려갔을지도 모른다. 하지만 이 가설에는 구멍이 있었다. 하나코는 오후에 다시 일을 해야 했기 때문에 택시 타기를 거부했을 것이다. 그렇다면….

"와타루 씨, 이 근처에 무인 주차장이 있나요?"

"있어."

"CCTV 영상을 찾아 주세요."

"알았어."

무인 주차장에는 대부분 CCTV가 있다. 누군가가 설비를 부수거나 요금을 내지 않고 가는 사태를 막기 위해서였다. 무인 정산기에 적외선 카메라가 설치된 곳도 있었다.

"찾았어. 아까 그 남자랑 하나코가 같이 있어."

화면에 영상이 나왔다. 남자와 하나코가 화면을 가로질러 무인 주차장 안으로 들어갔다. 잠시 후 검은 SUV가 사라지는 모습이 보였다.

"차량번호를 알 수 있으면 알려주세요. 조회해봐야겠어요."

"소유주는 알아낼 수 있어. 시간이 좀 걸리겠지만."

와타루가 그렇게 말하며 키보드를 두드렸다. 검색에 시간이 걸리는지 와타루는 컴퓨터에서 잠시 눈을 돌렸다.

"커피라도 마실래?"

"아니요. 괜찮아요. 와타루 씨, 사실 할 말이 있는데…."

결혼 이야기였다. 미쿠모는 역시 L의 일족인 미쿠모 와타루와 결혼할 수는 없으리라고 반쯤 체념한 상태였다. 탐정 일가의 외동딸과 도둑 일가의 장남. 두 사람은 절대 만날 수 없는 평행선이었다.

"아, 역시 다음에 할게요." 지금은 수사 중이니 사적인 이야기를 할 때가 아니었다. 미쿠모는 그렇게 자신을 타일렀다. "조만간 천천히 얘기할게요."

"그래. 알았어. 혹시 미쿠모만 괜찮으면 이 집으로 이사 오는 건 어때?"

"이 집으로요? 제가요?"

"응." 와타루가 당연하다는 듯 고개를 끄덕였다. "아까도 말했지만 혼자 살기에 너무 넓어. 아깝잖아. 미쿠모가 이사 오면 나도 재미있을 테고, 미쿠모 혼자 방 두 개 정도는 써도 돼."

머리가 어지러웠다. 갑작스러운 동거 제안이었다. 역시 L의 일족은 보통내기가 아닌 듯했다. 미쿠모는 인정하기 싫었지만 이렇게 제멋대로인 면까지 멋있어 보였다.

정신 차리라고 스스로를 다그쳤다. 하지만 미쿠모는 이미 완전히 그에게 마음을 빼앗긴 상태였다.

★

하나코는 앞에 있는 여자의 얼굴을 빤히 쳐다보았다. 하나코의 고모에 해당하는 여자였다. 하나코는 오랫동안 고모의 존재조차 몰랐지만, 막상 얼굴을 맞대니 역시 남 같지 않은 희한한 감각이 느껴졌다. 그녀의 얼굴에 할머니 마츠의 얼굴이 있기 때문일지도 모른다.

"하나코, 나를 아니?"

레이가 그렇게 물었다. 하나코가 대답했다.

"작년에 처음 알았어요. 원래는 고모가 있는 줄도 몰랐어요."

"그랬겠지. 나는 미쿠모 가문의 수치니까. 숨기고 싶은 마음도 이해해."

레이는 하나코의 아버지 타케루를 능가하는 재능을 가졌지만, 젊을 때 마약 사업에 손을 대는 바람에 이와오에게 의절당했다고 들었다. 그리고 31년 전 사기 사건으로 경찰에 눈도장이 찍혔고, 경찰관을 사살한 뒤에 현행범으로 체포되었다.

"엄마는 여러 번 교도소로 면회를 왔지만, 그때마다 나는 거절했어. 난 부모와 연을 끊을 생각이었거든."

이와오와 마츠의 마음이 어땠을지 상상하자, 하나코는 가슴이 먹먹했다. 장녀가 잘못된 길에 발을 들여 악질적인 범죄로 손을 더럽히고 말았다. 애끓는 심정으로 연을 끊었으리라.

"내 존재를 숨긴 건 이해해. 허술하게 경찰관을 죽인 죄로 체포된 초라한 범죄자니까."

레이는 말투도 부드러웠다. 툭하면 기괴한 언행을 일삼는 하나코의 부모님에 비해, 레이는 지극히 정상적인 사람으로 보였다. 하지만 그 이면에 깊은 어둠이 숨어 있을 것 같다는 느낌도 들었다.

"나는 네가 에츠코의 배 속에 있을 때 체포됐어. 네가 태어나기를 얼마나 기대했는지 몰라. 그래서 체포될 때 그게 유일하게 아쉬웠어. 조카 얼굴을 볼 수 없다는 게. 와타루는 자주 몰래 지켜봤거든."

하나코가 어릴 적의 이야기였다. 레이는 그때 이미 의절당한 뒤라 미쿠모 가문과 연결고리가 없었을 터였다. 하지만 어떤 방법을 써서 가족의 동향을 살폈다는 뜻이었다.

"왜 저예요?" 하나코가 의문을 입에 담았다. "저를 인질로 삼아서 어쩔 셈이에요? 작년에도 그랬죠. 버스로 저를 납치하려고 했잖아요."

5개월 전이었다. 어린이집에서 집으로 돌아갈 때 버스 운전기사가 집까지 데려다주겠다고 해서 하나코는 버스를 탔지만, 사실 그 운전기사는 전직 교도관 이와나가 요시타케, 그러니까 레이의 심복이었다. 다행히 하나코는 부모님의 도움을 받아 구출되었지만, 그때 핸드폰으로 고모의 목소리만은 들을 수 있었다.

"나는 30년이나 교도소 안에서 지냈어. 편하지는 않았지만, 사람이 참 무서운 게 거기에도 적응이 되더라. 나는 이것저것 물건을 융통할 수 있었으니까 크게 불편하지는 않았거든."

레이는 교도관을 뜻대로 주물러 외부의 물건을 받을 수 있었다. 쾌적하지는 않아도 다른 수감자에 비하면 훨씬 좋은 환경에서 지냈다.

"내 부하는 이와나가 요시타케만 있는 게 아니야. 내가 예전에 이끌던 사기단의 부하들 중에도 여전히 나에게 충성하는 사람들이 있어. 그런 자들을 시켜서 미쿠모 가문을 조사했어. 특히 조카인 네가 어떻게 자랐는지 정말 궁금했어. 내 독방에 네 사진을 붙여 놨을 정도야, 하나코. 교도소는 좁은 세계야. 그런 것 말고는 낙이 없거든. 조카가 어떻게 자랐을지 상상하는 게 내 취미였어."

교도관을 마음껏 부렸다고는 하나, 아무리 그래도 무기징역수가 탈출할 수 있을 만큼 교도소의 경비가 허술하지는 않았다. 레이는 죽을 때까지 교도소 안에서 살 것이라 생각했다. 그런데 5년 전, 어떤 정보를 입수했다.

"그 얘기를 처음 들었을 때 웃음이 터졌어. 네가 결혼을, 그것도 형사랑 결혼을 한다더라고? 도서관 사서인지 뭔지 아주 재미없는 직업을 선택하더니, 이번에는 형사랑 결혼하겠다니. 역시 내 조카구나 싶어서 감탄이 나오더라."

"그게 그렇게 우스운가요?" 계속 입을 다물고 있던 하나코가 끼어들었다. "맞아요. 우리 가족은 다 도둑이에요. 하지만 저는 합법적인 일을 하는 사람이니까 경찰과 결혼하지 못할 이유는 없잖아요."

"그런 말이 아니야, 하나코. 나는 경찰과 결혼할 수 없다고 말한 적 없어. 피는 못 속인다고 생각했을 뿐이야. 내가 생각한 대로였어. 너한테는 나랑 똑같은 피가 흘러. 31년 전에 나도 경찰관이랑 사귀었거든."

레이는 과거를 회상하듯 허공을 응시했다. 입가에는 미소를 짓고 있었다.

"나는 그 남자를 쐈어. 내가 가장 사랑하던 남자를 죽였다고."

미쿠모 레이에게는 많은 죄목이 있었지만, 가장 큰 죄목은 경찰관을 사살한 살인죄였다는 이야기를 하나코도 들어 알고 있었다. 그러니까 레이는 자신이 죽인 그 경찰관과 사귀는 사이였다는 말인가.

"첫 만남은 평범했어. 역에서 그 사람이 내 지갑을 주워줬어. 웃기지? 도둑인 내가 지갑을 흘리다니. 그래서 내가 사례할 겸 커피라도 마시자고 제안했어. 지금 생각해보면 처음 만났을 때부터 끌렸던 건지도 몰라."

처음 만난 날에는 커피만 마시고 헤어졌다. 상대방은 회사원이라고 했고, 레이는 부동산 관련 사무원이라고 속였다. 두 사람은 성격이 잘 맞았는지 금방 연인으로 발전했다. 그리고 당연하게도, 레이는 알아차렸다. 그가 경찰관이라는 사실을.

"내가 설마 경찰과 사귀게 될 줄은 꿈에도 몰랐지만, 솔직히 조금 재미있기도 했어. 그도 그럴 게 경찰이잖아. 절대 있을 수 없는 일이니까."

그 사람, 타카스기 류헤이는 겉과 속이 똑같은 담백한 사람이었고, 올곧고 순수한 청년이었다. 자신이 왜 이런 사람과 사귀는지 레이 스스로도 가끔 의문이 들 만큼 착한 남자였다.

당시 레이는 사기단의 리더였다. 부자를 상대로 별장을 판매한다고 속여 돈을 빼돌렸다. 약 3년을 들여 세운 조직은 역할 분담도 확실했고 매뉴얼도 완벽했다. 처음에는 레이도 현장에서 활약했지만—레이의 웃는 얼굴은 상대를 안심시키기 때문에 경계심이 강한 사람도 쉽게 속아 넘어갔다—당시에는 레이가 관여하지 않아도 현장이 알아서 잘 굴러가 1년에 몇억 엔씩 수익을 내던 때였다.

"그 사람과의 연애는 순조로웠어. 나는 계속 내 정체를 숨겼지만. 그 사람의 남동생을 소개받은 적도 있어. 아무것도 모르는 상태에서 갑자기 소개를 받아서 깜짝 놀랐지."

마침 그 무렵, 예상치 못한 사건이 일어났다. 레이가 임신을 한 것이다. 그녀는 연인 타카스기 류헤이에게 일언반구도 없이 낙태를 택했다. 그런데 아이를 지우자마자, 그 사실을 류헤이에게 들키고 말았다.

"그 사람이 불같이 화를 냈어. 태어나서 처음으로 뺨을 맞았지. 그때 나는 그 사람이 나를 얼마나 진심으로 사랑하는지 깨달았어."

그리고 류헤이에게 정식으로 청혼을 받았다. 경찰관과 결혼할 수는 없다는 생각에 레이는 대답을 보류했다. 하지만 날이 갈수록 그에 대한 마음이 커져 갔다.

어떻게든 되지 않을까. 레이는 그렇게 생각하게 되었다. 당시의 그녀는 마미야 레이코라는 가명으로 살고 있었고, 호적을 통째로 샀기 때문에 문제가 없었다. 마미야 레이코는 호적상 천애고아라 류헤이를 가족에게 소개할 필요도 없었다. 그대로 결혼하면 그만이었다.

가장 큰 걱정거리는 자신이 이끄는 사기단이었지만, 그것도 어떻게든 해결될 것 같았다. 레이가 빠져나와도 문제없이 굴러갈 만큼 조직은 이미 탄탄했다. 간부 몇 명에게는 사퇴 의사를 밝혔고, 인수인계도 꼼꼼히 했다.

"방심한 거지. 조직을 빠져나와 그 사람과 함께 살 생각에 미쳐 있었어. 코앞까지 쫓아온 경찰 수사를 미처 파악하지 못한 건 온전히 내 실수야."

그날은 레이의 생일이었다. 그녀는 마미야 레이코로 살고 있었기에 실제로 생일을 축하할 일은 없었지만, 굳이 자신의 생일로 날짜를 잡았다. 그날 오후, 레이는 조직의 아지트로 사용하는 시나가와의 고층 아파트로 향했다. 거기에 모인 간부들 앞에서 마지막 인계를 마치고 조직과 완전히 연을 끊을 예정이었다.

"밤에 류헤이를 만날 생각이었어. 그때 프러포즈에 답하려고 했지."

하지만 운명은 얄궂었다. 그날, 경찰청 특수팀이 사기단을 적발하기 위해 시나가와로 몰려들었다. 조금 늦게 아파트에 도착한 것이 다행이었다. 수사관에게 발각되었지만, 레이는 즉시 아파트 앞에서 도주했다.

"언제나 비상시에 대비하라. 미쿠모 가문에서 그렇게 배웠으니 나도 늘 준비를 게을리하지 않았어. 도쿄에 준비해둔 긴급 피난소만 세 군데였지. 거기서 상황을 지켜보다가 위조 여권으로 출국할 생각이었어. 목적지는 홍콩. 그쪽 은행에 계좌를 만들어뒀거든."

은신처에서 몸을 숨기다가 다음날 출국. 누구에게도 들키는 일 없이 다음날 밤이면 홍콩 5성급 호텔에서 우아하게 와인을 마실 터였다. 하지만 레이는 망설인 끝에 어떤 결단을 내렸다. 마지막으로 류헤이를 보고 싶다. 그런 생각을 하고 만 것이다.

그가 일하는 파출소에 연락해 당장 만나자고 말했다. 레이의 목소리에서 심상치 않은 기운을 느꼈는지 그는 근무 중임에도 불구하고 레이의 부탁을 들어주었다. 파출소 근처에 있는 비즈니스호텔 옆 주차장에서 만나기로 했다. 거기에 레이의 피난용

도난차량이 있었기 때문이다.

"주차장에서 그 사람을 만났어. 나는 짧게 사정을 설명했어. 사실 난 범죄자고, 이제 도망갈 거라고. 그 사람은 처음에 너무 놀라서 아무 말도 못 하다가 서서히 상황을 이해하는 것 같았어."

그도 경찰관이니 연인이 무언가 숨기는 것이 있음을 어렴풋이 느꼈을 테지만, 설마 범죄자일 줄은 상상도 못 한 모양이었다.

"나는 헤어지자고 했어. 이생에서는 다시 볼 수 없을 테니까. 하지만 그 사람은 받아들이지 않았어. 나더러 자수하라고 하더라. 자기도 같이 속죄하겠다고, 여차하면 자기가 경찰을 관두겠다고. 안녕. 기다려. 나를 막지 마. 안 돼, 가지 마. 그런 식으로 소모적인 대화가 이어졌어."

그때였다. 갑자기 인기척이 느껴져 돌아보자, 기둥 뒤에 한 경찰관이 서 있었다. 류헤이의 동료 같았다. 그 경찰관은 권총을 갖고 있었다. 류헤이는 당황한 기색으로 경찰관에게 잠시 기다려 달라고 애원했다.

"나는 그 모습을 보면서 품에 숨겨둔 권총을 뽑았어. 호신용 자동권총이었지. 사격 실력에는 자신이 있었어. 권총을 든 경찰관만 처리하려고 했어."

레이는 경찰관을 향해 권총을 겨누었다. 대화하던 두 사람 중 레이가 권총을 들었음을 먼저 알아차린 사람은 류헤이의 동료 경찰관이었다. 그의 눈빛이 변했다. 이를 눈치챘는지 류헤이도 레이를 돌아보았다.

레이는 그 동료의 가슴을 조준했다. 그녀가 방아쇠를 당긴 순간, 그 동료가 류헤이를 방패 삼듯이 앞으로 떠밀었다.

"류헤이의 가슴에서 선혈이 뿜어져 나왔어. 나는 태어나 처음으로 사랑한 남자를 그렇게 내 손으로 죽여버렸어."

★

와타루가 사는 아파트는 츠키시마에 있었다. 하나코가 예전에 살던 동네이기도 해서 카즈마도 여러 번 온 적이 있었다. 홀로 우뚝 솟은 초고층 아파트에 들어가려 할 때, 스마트폰이 울렸다. 여동생 카오리였다.

"오빠, 나야. 방금 어린이집에 도착했어."

아버지 노리카즈가 시키는 대로 안을 데리러 간 모양이었다. 카오리는 비번이라 체육관에 있었는데 노리카즈에게 전화가 왔다고 한다. 카오리가 비번이라 천만다행이었다.

"미안해, 카오리. 안을 본가에 데려다줘."

"아빠한테도 그렇게 들었는데, 안이 내 말을 안 들어."

카즈마는 저도 모르게 쓴웃음을 지었다. 그렇다. 원래는 항상 카즈마나 하나코가 안을 데리러 왔는데 오늘은 다른 사람이 왔다고 하니 안이 따라가지 않는 것이었다.

"게다가 지금 재롱잔치 연습을 하는지 친구들이랑 신나게

춤추고 있어. 억지로 끌고 가기가 미안해."

"알았어. 어차피 곧 끝날 테니까 마무리되면 네 말도 들을 거야."

"그래. 그럼 나는 여기서 잠깐 대기할게."

"일단 눈을 떼지 말아 줘. 어디에 위험이 도사리고 있을지 몰라."

카즈마는 전화를 끊고 공동현관으로 들어갔다. 비밀번호를 누르자, 자동문이 열렸다. 와타루가 사는 집은 52층이었다. 입이 떡 벌어지는 건물을 둘러보며 카즈마는 미쿠모 가문의 비범함을 새삼 통감했다.

"선배님, 수고하셨습니다."

초인종을 누르니, 미쿠모가 문을 열어주었다. 카즈마는 그녀의 안내를 받아 안으로 들어갔다. 방도 넓고 천장도 높아 으리으리했다.

"난 수확이 없었어. 하나코의 동료들한테서 들은 게 아무것도 없어. 그쪽은 어때?"

카즈마가 묻자, 미쿠모가 안쪽으로 걸어가며 대답했다.

"이것저것 알아냈어요. 여기입니다."

그 방은 와타루의 작업실인 듯했다. 중앙에 놓인 책상 앞에 와타루가 앉아 있었다. 카즈마가 와타루에게 고개를 숙였다.

"형님, 번거롭게 해서 죄송합니다."

"괜찮아. 하나코는 내 동생이니까."

"선배님, 각설하고 말하면…." 미쿠모는 그렇게 말하며 컴퓨터 화면을 가리켰다. 거기에 한 쌍의 남녀가 있었다. 한 명은 유니폼을 입은 하나코였고, 다른 한 명은 처음 보는 남자였다. 장소는 하나코가 일하는 서점 앞이었다. "오늘 점심때 서점 앞 CCTV에 찍힌 영상입니다. 하나코 언니는 지금 이 남자와 같이 있을 가능성이 큽니다."

"그래서 이놈은 정체가 뭐야?"

카즈마는 본 적 없는 얼굴이었다. 처음에는 서점 동료인가 싶었지만, 서점 직원치고는 복장이 너무 편안했다.

"키노시타 아키라. 서른세 살이고 웹디자이너입니다. 키노시타 아키라의 딸 호노카가 선배님의 따님과 같은 어린이집에 다닙니다. 집도 선배님댁에서 직선거리로 1킬로미터 이내에 있어요."

"이 사람이 왜 하나코랑…."

"하나코 언니가 일하는 서점 근처에 있는 무인 주차장에서 이 사람의 차가 나가는 영상을 찾았습니다. 차량번호로 소유주를 알아내 키노시타 아키라의 신원을 확인했습니다. 지금 이 차의 행방을 쫓고 있습니다. 아, 저는 아무것도 한 게 없습니다. 전부 와타루 씨가 해줬어요."

카즈마의 가슴에서 불편한 감정이 올라왔다. 이 남자와 하나코는 어떤 관계일까. 설마 하나코가…

"키노시타 아키라는 블로그를 운영하는데, 하나코 언니가 그 사이트를 열람한 모양이에요. 아이들이 같은 어린이집에 다니니까 친하게 지냈을지도 모릅니다. 이 남자에 관해서 한 가지 걸리는 점이 있습니다. 이 사람 형이 2년 전에 강도치상죄로 체포돼서 실형 선고를 받았어요."

친형이 교도소에 있다는 말인가. 이 키노시타 아키라라는 남자와 모리어티—미쿠모 레이 사이에는 어떤 연결고리가 있는 것일까.

"미쿠모, 하나코는 이 남자랑 같이 있는 거지? 이 사람의 자동차는 움직임이 있어?"

"와타루 씨가 N시스템으로 조사하고 있지만, 아직 못 찾았습니다."

N시스템은 전국 각지에 설치된 차량번호 인식 장치를 이용해 수배차량을 추적하는 시스템이었다. 원래는 경찰 관계자만 사용할 수 있지만, 와타루는 자기 집에서 이 시스템을 사용했다. 하긴 미쿠모 가문 사람이니 놀라울 것도 없었다. 와타루가 컴퓨터 화면을 보며 말했다.

"나는 계속 차의 행방을 쫓을게. 여기에 세 명이나 있을 필요는 없으니까 둘은 다른 방향으로 수사하는 게 어때?"

"저도 같은 생각이에요." 미쿠모가 그렇게 말하며 카즈마에게 눈길을 돌렸다. "선배님, 잠깐 보시죠."

카즈마는 복도로 나갔다. 거실 소파에 앉았다. 아주 커다란 TV가 벽에 걸려 있었다. 미쿠모가 말했다.

"선배님, 모리어티가 말한 베네핏을 기억하십니까?"

"응. 최악의 경우 한 명을 구제해주겠다고 했지?"

정답을 맞혀야 한다는 조건은 있었지만, 구제하고 싶은 사람의 이름을 말하면 그 사람의 목숨을 살려준다고 했다.

"표적 중 한 명은 하나코 언니가 확실합니다. 만약 하나코 언니가 있는 곳을 찾지 못하더라도 베네핏을 사용하면 하나코 언니를 구할 수 있을 거예요. 지금은 또 다른 표적을 찾는 데 집중하는 게 좋을 것 같습니다. 시간도 얼마 남지 않았어요."

하나코를 제외하면 카즈마의 가족은 모두 안전한 것으로 확인되었고, 어디에 있는지도 이미 파악된 상태였다. 나머지 표적은 누구일까. 카즈마는 좀처럼 생각나는 사람이 없었다.

"선배님에게 소중한 사람, 누구 없을까요? 가까운 친구든, 은인이든요."

"나도 열심히 생각 중인데, 도저히 모르겠어."

오랜 친구나 친척까지 후보에 넣으면, 범위는 끝없이 넓어졌다. 게다가 경찰이 된 뒤에 도움을 받은 상사와 동료들까지 있었다.

"소중한 사람. 뭔가 힌트가 있을 거예요." 미쿠모가 그렇게 말하며 턱을 짚었다. "선배님의 소중한 사람. 하나코 언니는 부인이니 당연히 해당하죠. 안은 무사하니까…. 음…." 거기서 잠깐 뜸을 들이고는 미쿠모가 말했다. "요즘 선배님 주변에서 뭔가 별다른 일이 일어나지 않았나요? 사소한 변화도 괜찮습니다."

사소한 변화. 그 말을 들으니 카즈마의 머릿속을 스치는 것이 있었다. 미쿠모 역시 비슷한 생각을 했는지 카즈마에게 말했다.

"그 DVD를 보낸 사람이 모리어티일지도 몰라요."

그 봉투에는 보낸 사람의 이름이 없었다고 했다. 하나코가 그것을 열어서 영상을 보고 말았다.

"나카무라 아리사? 걔는 그냥 동창이야. 혹시나 오해할까 봐 말하지만."

"그냥 동창이랑 단둘이서 술을 마시나요?"

"미쿠모, 지금 상황에서 그렇게 이죽거리지 말아줘라."

카즈마는 그렇게 말하면서 스마트폰을 꺼내 나카무라 아리사에게 전화를 걸었다. 아무리 기다려도 연락이 닿지 않았다. 일하는 중이라 전화를 못 받는 것이면 좋겠지만….

카즈마는 아리사의 직장이 어디인지 알고 있었다. 예전에 수사차 방문한 적이 있었다. 카즈마는 인터넷에서 그 회사를 검색해 대표번호로 직접 전화를 걸었다. 접수원인 듯한 여자의 목소리가 들리자, 카즈마가 물었다.

"거기에 나카무라 아리사 세무사님 계십니까?"

"…오늘은 휴가입니다."

접수원이 대답하기 전에 잠깐 침묵이 흐른 것이 마음에 걸렸다. 카즈마는 신원을 밝히기로 했다.

"저는 경찰청 수사1과의 사쿠라바 카즈마라고 합니다. 나카무라 아리사 씨와는 수사 관련으로 뵌 적이 있습니다. 그분이 정말 휴가인가요?"

"잠시만 기다려 주세요."

대기 음악이 흘러나왔다. 접수원이 상사에게 대처 방법을 묻는 중일지도 모른다. 2분쯤 기다리자, 남자 목소리가 들려왔다.

"아리사 씨는 오늘 회사에 나오지 않았습니다. 무단결근이라 저희도 난처하던 참입니다."

정말 아리사가 두 번째 표적이란 말인가. 카즈마는 손목시계로 눈을 돌렸다. 시곗바늘이 오후 3시 30분을 향해 달리고 있었다. 제한 시간까지 이제 1시간 반밖에 남지 않았다.

★

"경찰은 나랑 류헤이의 관계를 세간에 알리려 하지 않았어. 의도적으로 그러는 것 같았어. 사기단의 리더와 현직 경찰관이 연인이었다니, 경찰 입장에서는 불편한 진실이었던 거지."

미쿠모 레이의 이야기가 계속 이어졌다. 하나코는 의자에 앉아 그녀의 이야기에 귀를 기울였다. 하나코에게는 고모인 여자였다. 게다가 도둑 일가의 딸임에도 불구하고 경찰관과 사랑에 빠진 여자였다. 그녀의 과거는 하나코와 닮은 부분이 있었다.

"교도소는 지루했지만, 심심풀이할 거리가 없지는 않았어. 왜냐하면 나는 교도관을 마음껏 부릴 수 있었으니까."

하지만 그녀는 교도소에서 탈출했다. 정확히 말하자면, 가석
방되었다고 한다. 무기징역수임에도 조건이 갖춰지면 가석방될
수 있다는 사실을 하나코는 근래 들어 처음 알았다. 최소 30년
이상 복역한 뒤에 신원보증인을 세우고 그 밖에도 세세한 조건
을 만족시키면, 엄격한 심사를 거쳐 가석방될 수 있다고 했다.
그러나 레이는 뒷거래를 통해 가석방되었다는 듯하다.

"내가 출소하려고 한 계기가 너야, 하나코. 네가 경찰관이랑
결혼한다는 이야기를 들었을 때, 내 조카가 나랑 똑같은 길을
걷는다니 놀라웠어. 그리고 궁금했어. 네가 앞으로 어떤 가정
을 꾸려나갈지. 가까이서 보고 싶었어."

레이가 지난 5개월 동안 어디선가 하나코를 지켜보았다는
말이었다. 하나코는 그런 조짐을 조금도 느끼지 못했다. 하나코
도 할아버지에게 소매치기 기술을 전수받은 몸이라 누군가의
시선을 알아차리는 능력이 뛰어났다. 그런 하나코가 눈치채지
못한 이유는 역시 이 미쿠모 레이라는 여자가 보통내기가 아니
기 때문이리라.

"정말 웃겼어. 너, 아주 당연하다는 듯이 형사의 아내 역할
을 해내더라? 게다가 낮에는 평범하게 서점에서 일하고. 그야
말로 어디에나 있을 법한 가족 같았어."

하나코 스스로도 자신의 가정이 평범하다고 생각했다. 하나
코가 도둑의 딸이라는 사실 말고는 특이할 것도 없는 평범한
가정이었다.

"내버려 둬요." 하나코는 드디어 입을 열었다. 목이 말라 입 안이 건조했다. "날 그냥 내버려 두라고요. 저는 아빠나 엄마처럼 법을 어기는 짓은 하지 않아요. 줄곧 부끄러울 것 없는 길을 걸어왔어요. 어서 풀어주세요."

"귀여운 조카의 말이니까 소원대로 해주고 싶지만, 상황이 바뀌었어. 너는 잘못 없어. 잘못은 네 남편한테 있지."

"그게 무슨 말이에요?"

"두 번이나 나를 방해했거든. 우연일지도 모르지만, 나는 누가 내 일을 방해하면 속이 뒤틀려. 그래서 지금 너희 남편이랑 게임을 하는 중이야."

그 게임이 전자오락은 아니리라. 어쩐지 불길한 예감이 들었다.

"오후 5시, 이제 1시간 30분 뒤에 너랑 다른 한 명의 불쌍한 희생자가 죽게 될 거야."

하나코는 저도 모르게 몸이 굳었다. 나를 죽이겠다고, 지금 이 사람은 그렇게 말하는 것인가.

"하나코, 너무 걱정하지 마. 그 사람들이 게임에서 져야 네가 죽는 거니까."

어떤 게임일까. 그것을 알 수 없어서 무서웠다. 카즈마는 지금 하나코의 목숨을 구하기 위해 미쿠모 레이가 휘두르는 대로 휘둘리고 있을 터였다. 그리고 또 다른 한 명은 누구일까. 가장 먼저 머릿속에 떠오른 사람은 딸 안이었다.

"그만해. 안한테 절대 손대지 마."

하나코가 그렇게 말했지만, 레이는 대답하지 않았다.

"우리 안을 손끝 하나라도 건드리면, 내가 당신을 절대 가만두지 않을 거야. 나뿐만이 아니야. 카즈마도 그렇고, 아빠, 엄마, 할아버지, 할머니까지 전부 당신을 가만두지 않을 거야. 절대로."

"어머, 무서워라." 레이는 그렇게 말하며 입가에 손을 댔다. "어쩌지? 미쿠모 가문을 적으로 돌리면 내가 아무리 난다 긴다 해도 못 이길 텐데. 게다가 경찰 일가까지 가세할 거 아니야? 뭐 이렇게 무서운 가족이 다 있담?"

말과는 달리 그녀의 표정에는 여유가 흘러넘쳤다. 절대 잡히지 않을 자신이 있는 모양이었다.

레이는 벽 쪽으로 걸어갔다. 그리고 바닥에 놓인 007가방을 들고 돌아왔다. 가방을 하나코 발치에 두며 레이가 말했다.

"이 안에는 폭탄이 들어 있어. 오후 5시가 되면 타이머가 작동해서 폭발할 거야. 이 방 하나쯤은 날려버릴 수 있게 조정해 놨어."

하나코는 발치에 놓인 가방을 보았다. 흔하디흔한 은색 007가방이었다. 이 안에 폭탄이 들어 있다. 그 말이 농담 같지는 않았다.

"과연 너희 남편이 이 게임에서 이길 수 있을까?"

레이는 입가에 웃음을 머금으며 가늘고 긴 담배에 불을 붙였다.

★

카즈마가 요츠야에 위치한 나카무라 아리사의 아파트에 도착한 때는 정확히 오후 4시였다. 카즈마는 전에 수사차 아리사의 아파트를 방문한 적이 있었다. 수첩에 적어둔 그녀의 집 호수는 301호였다. 1층 공동현관에서 초인종을 눌렀지만, 반응이 없었다. 아리사가 무단결근한 적은 지금껏 한 번도 없었다고 했다.

관리인이 상주하지 않는 듯해 카즈마가 부동산회사에 연락하려고 스마트폰을 꺼냈을 때, 아파트 주민으로 보이는 젊은 남자가 공동현관으로 다가왔다. 카즈마는 그 남자에게 경찰 신분증을 보여주고 사정을 설명했다. 그와 함께 안으로 들어간 뒤, 계단으로 3층까지 서둘러 올라갔다.

301호의 초인종을 눌렀지만, 역시나 반응이 없었다. 시험 삼아 문손잡이를 돌려 보니 문이 열렸다. 불길한 예감이 들었다. 카즈마는 스마트폰을 꺼내 미쿠모에게 전화를 걸었다. 곧바로 통화가 연결되었다.

"나야. 지금 나카무라 아리사의 집에 도착했어."

상황을 설명했다. 당장 지원을 부른다 해도 기다릴 시간이 없었다. 카즈마는 마이크 기능이 있는 이어폰을 귀에 꽂았다. 이제 손을 자유롭게 쓰면서도 계속 미쿠모와 대화할 수 있다.

통화 상태로 집에 들어가면, 어떤 일이 벌어져도 미쿠모에게 즉시 상황을 전할 수 있을 것이다.

"그럼 들어간다."

"조심하세요."

권총은 물론 진압봉도 가지고 있지 않았다. 완전히 빈손이었다. 원래 이렇게까지 대책 없는 짓은 하지 않지만, 이 사건에는 하나코의 목숨이 달려 있었다. 카즈마는 요란하게 뛰는 심장 박동을 느끼며 문손잡이를 돌렸다.

"아리사, 있어?"

그렇게 말을 걸어 보았지만, 안에서는 반응이 없었다. 카즈마는 신발을 벗고 집 안으로 들어갔다. 들어가자마자 바로 부엌이 나왔다. 건너편에는 화장실과 욕실 문이 보였다. 방은 하나였다.

카즈마는 문을 열고 방 안으로 들어갔다. 침대 위에 나카무라 아리사가 누워 있었다. 입에는 테이프가 붙어 있었고 양손과 양발이 밧줄로 묶인 상태였다.

"아리사, 괜찮아?"

카즈마가 말을 걸자, 아리사가 그를 올려다보며 몇 번 고개를 끄덕였다. 잔뜩 겁을 먹은 표정이었다. 카즈마는 실내를 둘러보았다. 누군가가 숨어 있을 가능성도 있었다. 일단 부엌으로 돌아가 화장실과 욕실 안을 확인하고 다시 침실로 가서 옷장과 바깥 베란다를 확인했다. 어디에도 이상한 점은 없었다.

"선배님, 상황이 어떻습니까?"

이어폰에서 미쿠모의 목소리가 들리자, 카즈마가 대답했다.

"아리사가 묶여 있어. 하지만 무사해. 이제 아리사의 얘기를 들어봐야지."

카즈마는 그렇게 말하며 무릎을 꿇고는 아리사의 입에 붙은 테이프를 떼어냈다. "아리사, 이제 괜찮아."라고 다독인 뒤 그녀의 양손과 발을 구속한 밧줄을 풀었다. 밧줄 끝이 침대 다리에 묶여 있어 아리사는 움직일 수 없는 상태였다.

"아리사, 무슨 일이 있었던 거야?"

카즈마가 그렇게 묻자, 아리사가 떨리는 목소리로 대답했다.

"아침에 출근하려고 집에서 나갔는데 갑자기 누가 덮쳤어."

"어떤 놈이었어? 그놈 얼굴을 봤지?"

"못 봤어. 문을 잠그려고 하는데 누가 뒤에서 코랑 입을 막았어. 난 그 뒤에 의식을 잃었고… 눈 떠보니 침대 위였어."

바닥에 놓인 은색 007가방이 보였다. 덩그러니 놓여 있어 눈에 띄었다. 아리사에게 물어보니 처음 보는 가방이라고 했다. 잠시 차분해졌던 카즈마의 심장 박동이 다시 빨라졌다.

"미쿠모, 들려? 007가방을 발견했어. 범인이 남긴 물건 같아."

"위험합니다. 폭탄일지도 몰라요. 미쿠모 레이는 작년 사건에서도 폭탄을 사용했습니다. 폭탄 제조에 능한 것 같습니다."

"알았어. 5시까지는 시간이 있지만 바로 대피할게."

"경찰청에도 지원 요청을 넣었습니다. 관할 경찰서 수사관이 곧 그쪽에 도착할 거예요."

"이걸로 표적 한 명은 확보했어. 모리어티에게 전화해서 하나 코를 풀어달라고 할게."

카즈마는 전화를 끊고 아리사에게 말했다.

"지금 당장 여기서 나갈 거야. 서둘러."

카즈마는 아리사를 부축해 일으켜서 밖으로 나갔다. 1층까지 내려가서 공동현관 옆 화단 근처에 그녀를 앉혔다. 카즈마는 핸드폰—모리어티가 연락용으로 준 것—을 꺼내 발신 기록에 남은 번호로 다시 전화를 걸었다. 잠시 후 모리어티의 목소리가 들려왔다.

"이제 1시간도 안 남았습니다. 상황은 어떻습니까?"

"표적 한 명을 확보했다. 나머지 한 명을 풀어줘라."

"풀어주길 바라는 사람의 이름은요?"

"미쿠모 하나코다."

수화기 너머에서 모리어티는 침묵했다. 설마 오답은 아니겠지. 카즈마는 마른침을 삼키며 대답을 기다렸다. 이윽고 모리어티의 목소리가 들렸다.

"알겠습니다. 미쿠모 하나코를 풀어드리죠."

"이제 게임은 끝이야. 우리의 승리라고. 이봐, 듣고 있어?"

모리어티는 카즈마의 외침을 들은 척도 하지 않고 일방적으로 전화를 끊었다. 그래도 이제 안심이었다. 하나코의 안전을 확보했다. 좌우간 지금은 한시라도 빨리 하나코를 보고 싶었다. 모리어티의 손에서 풀려나면 하나코가 연락을 줄 것이다. 감금되었다고는 하나, 미쿠모 레이는 하나코의 고모였다. 허튼짓을 하지는 않았을 것이다.

갑자기 피로가 몰려왔다. 카즈마는 앉아 있는 나카무라 아리사 쪽으로 가서 그 옆에 앉았다. 방금까지는 가벼운 쇼크 상태이던 아리사도 조금씩 정신을 차리는 듯했다. 그녀가 물었다.

"카즈마, 대체 왜… 왜 내가 이런…"

아리사는 거기까지 말하다가 갑자기 울음을 터뜨렸다. 눈에서 눈물이 뚝뚝 떨어졌다. 조금 차분해졌나 싶더니 공포가 다시금 되살아난 모양이었다.

"괜찮아. 이제 안전해."

카즈마는 그렇게 말하며 입고 있던 정장 상의를 벗어 아리사에게 덮어주었다. 아리사가 핸드백에서 손수건을 꺼냈다. 그리고 눈물을 닦으려 하는데, 종잇조각 한 장이 빠져나와 카즈마의 발 근처에 떨어졌다. 수첩을 찢은 듯한 종잇조각이었다. 거기에 적힌 글을 보고 카즈마는 말을 잃었다.

'I am Fake'.

거기에는 그렇게 적혀 있었다. 직역하면 나는 가짜. 카즈마 옆에서 목을 빼고 종잇조각을 들여다보던 아리사가 고개를 갸웃거렸다. 처음 보는 것이라고 했다. 그렇다면 범인이 몰래 숨겨

놓은 물건일지도 모른다.

카즈마는 저도 모르게 인상을 구겼다. 그녀는 가짜. 그러니까 나카무라 아리사는 표적이 아니라는 것인가.

★

"알겠습니다. 미쿠모 하나코를 풀어드리죠."

그녀는 그렇게 말하고 핸드폰을 귀에서 뗐다. 하나코는 마른 침을 삼키며 고모 미쿠모 레이의 움직임을 지켜보았다. 그녀는 곧장 하나코 쪽으로 걸어와 섰다.

"하나코, 다행이다. 너는 살았어."

"다른 한 명은요? 다른 한 명도 산 거죠?"

"그건 모르지. 어떻게 될지는 잠시 후에 알게 될 거야."

하나코는 시간을 알 수 없었다. 손목시계는 빼앗기지 않은 듯했지만, 뒷짐을 진 상태로 손목에 수갑이 채워져 있었다. 다만 블라인드 너머로 비쳐드는 햇빛의 색을 보면 저녁인 것 같았다.

"이제 어떻게 할 거죠?" 하나코가 그녀에게 물었다. "앞으로도 계속 도망 다닐 건가요? 평생 도망 다닐 수는 없어요. 자수하세요. 제발요."

단 한 명뿐인 고모였다. 제대로 말을 섞어본 것은 처음이었지만, 역시나 그녀는 어두운 분위기—부모님과는 또 다른 기괴한 범죄자 같은 분위기를 풍겼다. 하지만 그녀가 미쿠모 가문 사람임은 명백하기에 어쩐지 친근감이 느껴지는 것도 사실이었다.

"그보다 너는 어때, 하나코? 형사랑 계속 결혼생활을 이어갈 생각이니? 내 눈에는 소꿉놀이로 보이는데."

"소꿉놀이가 아니에요. 그 사람도, 우리 딸도, 저한테는 소중한 가족이에요."

"그래? 옆에서 보기에는 소꿉놀이로밖에 안 보여."

도둑 일가의 딸이 형사와 부부가 되었다. 고모의 눈에는 소꿉놀이로 보일지도 모른다. 하지만 이런 가족은 레이 자신이 꿈꾸던 미래이기도 했다. 그녀는 31년 전, 한 경찰관과 사랑에 빠져 그와 결혼할 결심을 했다. 하지만 꿈을 이루지 못한 채 사랑하는 남자를 자기 손으로 죽이고 말았다. 감히 상상할 수도 없을 만큼 큰 슬픔과 상실감에 휩싸였을 것이다.

시간이 흘러 그녀는 바깥세상으로 나왔다. 그리고 형사와 부부가 되어 아이를 낳은 조카의 모습을 멀리서 지켜보았다. 그 눈에는 이 가족이 어떻게 비쳤을까. 그녀는 소꿉놀이라고 폄하했지만, 사실 그렇게 느끼지만은 않았으리라.

"그래요." 하나코는 고개를 끄덕이며 말했다. "맞아요. 장난처럼 보일지도 몰라요. 하지만 이렇게 말도 안 되는 가족이야말로 당신이 꿈꾸던 것 아닌가요? 안 그럴 것 같지만, 저도 남들한테 털어놓을 수 없는 어려움이 있어요. 네, 저는 도둑의 딸이에요. 그건 절대 바꿀 수 없는 현실이죠. 하지만 그 현실을 우리 가족 셋이서 함께 극복해가는 게 제 인생이에요."

지금은 카즈마 말고도 안이 있다. 안의 인생을 풍요롭게 만드는 것이 자신에게 주어진 사명이라고 하나코는 생각했다. 그러기 위해서는 가족 세 명이 힘을 합쳐야 했다. 소꿉놀이가 아니라, 현실이었다.

툭 하는 소리가 났다. 하나코의 몸에 묶여 있던 밧줄이 풀려 바닥에 떨어지는 소리였다. 의자에 고정되어 있던 상반신을 움직일 수 있게 되자, 하나코가 일어났다. 양손에는 아직 수갑이 채워진 상태였다.

"너, '포박 해제'를…."

레이가 처음으로 놀란 표정을 지었다. 그 얼굴을 보고 하나코가 말했다.

"저도 미쿠모 가문 사람이에요. 포박 해제 정도는 할 수 있다고요."

포박 해제는 예로부터 미쿠모 가문 사람들에게 전해 내려온 기술이었다. 일본 전국시대에 자객이 적에게 잡혔을 때 사용하던 기술이라는 설도 있었다. 포박에서 벗어나기 위해 스스로 어깨 관절을 빼야 하는 거친 기술이라 미쿠모 가문에서는 남자들에게만 가르쳐왔지만, 하나코는 초등학생 때 할아버지 이와오에게서 이 기술을 전수받았다. 이유는 간단했다. 오빠 와타루가 하지 못했기 때문이다.

"역시 대단하구나, 하나코. 다시 봤어."

"당신한테 칭찬 들을 생각 없어요."

하나코와 레이는 키도 비슷했다. 하나코가 나이 들면 분명 이런 느낌의 중년이 되리라. 그런 생각이 들 만큼 이목구비가 비슷했다. 하나코는 고모의 눈을 응시하며 말했다.

"자수하세요. 그게 최선이에요."

"내가 자수할 리가 없잖아. 어차피 일본 경찰은 나를 못 잡아."

그렇겠지, 라고 하나코는 속으로 생각했다. 미쿠모 가문 사람들은 무일푼으로 해외 길거리에 쫓겨난다고 해도 자신이 가진 기술을 살려 어떻게든 살아남을 힘을 갖고 있었다. 하나코의 아버지 타케루가 천재라 일컫던 레이라면 더더욱 경찰의 추적 따위가 두렵지 않을 터였다.

"하나코, 나랑 같이 가지 않을래? 분명 재미있을 거야."

"절대 안 가요."

"그래? 아쉽네."

레이가 하나코에게 다가왔다. 숨결이 닿을 만한 거리까지 가까워졌다. 하나코는 몸을 움직일 수 없었다. 호랑이의 눈을 보고 겁을 먹은 토끼가 된 것 같았다. 레이가 포옹하듯 하나코에게 양팔을 둘렀다. 수갑이 채워진 하나코의 왼손에 무언가가 들어왔다. 가는 침 같은 물건. 머리핀 같았다.

"그럼 안녕, 하나코. 이제 두 번 다시 못 만날 거야."

레이는 그렇게 말하며 걸음을 돌려 사라졌다. 하나코는 몸이 굳어버린 듯 그 자리에 그대로 얼어 있었다. 레이의 모습이 완전히 사라지고 나서야 몸을 움직일 수 있었다. 레이가 쥐여 준 머리핀으로 수갑을 풀었다. 얼얼한 손목을 어루만지며 실내를 둘러보았다.

방 한구석에서 깜박이는 빛이 보였다. 하나코의 스마트폰이었다. 달려가 스마트폰을 집어 드니, 카즈마의 부재중 전화와 문자메시지가 몇 건이나 와 있었다. 곧바로 카즈마에게 전화를 걸었다.

"…하나코? 하나코 맞아?"

"응, 나야. 지금 풀려났어."

"무사해서 다행이다. 정말 다행이야. 지금 어디야? 당장 갈 테니까 어딘지 알려줘."

"폐건물 같은 곳이야. 잠깐 기다려 봐."

하나코는 스마트폰에 지도 애플리케이션을 켜서 자신의 위치를 확인했다. 지도상에 자신의 위치가 표시되었다. JR칸다역 근처였다.

"칸다역이라고? 지금 당장 경찰청에 연락할게. 건물 밖으로 나와서 기다려줘."

"응, 알았어. 그보다 카즈마." 하나코는 거기서 잠시 말을 끊었다가 입을 열었다. "나, 카즈마를 믿어도 되는 거지?"

그 DVD를 두고 하는 말이었다. 사실 하나코는 그 영상에 나온 여자가 줄곧 마음에 걸렸다. 수화기 너머에서 카즈마가 대답했다.

"당연하지. 나를 믿어 줘. 그보다 하나코도…. 아, 아니야. 나중에 얘기할게. 아직 사건이 해결된 게 아니니까."

혹시 키노시타 아키라에 대해 묻고 싶은 것일까. 그는 미쿠모 레이의 부하가 틀림없었다.

"키노시타 아키라는 그냥 친구야. 아니, 고모가 시키는 대로 나한테 접근했을 뿐이야. 나를 납치하려고."

"역시 그랬구나."

수화기 너머에서 카즈마가 수긍한 듯 말했다.

"저기, 카즈마. 아직 사건이 해결되지 않았다는 게 무슨 말이야?"

"사실…."

카즈마가 설명했다. 자신을 모리어티라고 칭한 미쿠모 레이가 카즈마에게 문제를 냈다. 카즈마의 소중한 사람 두 명을 오후 5시에 살해하겠다고 했다. 카즈마는 그중 한 명인 하나코를 구했지만, 다른 한 명은 구출은커녕 누구인지도 모른다고 했다. 시간은 이제 4시 20분. 앞으로 40분이 남았다.

"안은? 안은 무사한 거지?"

"무사해. 방금 카오리한테 확인했어. 카오리가 계속 옆에 붙어 있으니까 문제없을 거야."

대체 누구일까. 카즈마에게 소중한 사람. 가족은 모두 무사하다고 했다. 그렇다면 달리 떠오르는 사람은….

"저기, 카즈마. 혹시…."

하나코는 어떤 사람의 이름을 말했다.

★

미쿠모는 와타루네 아파트에 있었다. 조금 전 카즈마에게 전화가 와서 나카무라 아리사가 가짜였음을 알게 되었다. 다른 표적이 한 명 더 남았다는 뜻이다.

"와타루 씨, 어떻게 생각하세요?"

지금 미쿠모는 와타루와 나란히 거실 소파에 앉아 있었다. 와타루는 방금까지 컴퓨터로 하나코의 행방을 쫓았지만, 그녀가 풀려나자 이쪽으로 자리를 옮겼다. 지금은 또 다른 표적을 찾는 것이 급선무였다.

미쿠모는 입술을 깨물었다. 사태가 이렇게 복잡해진 이유는 자신의 실수 탓이라는 생각이 들었다. 두 번째 표적이 누구인지 고민하던 때에 미쿠모의 발언 때문에 나카무라 아리사가 유력 후보로 떠올랐다. 카즈마가 성급하게 움직인 느낌도 없지는 않았지만, 아무튼 보기 좋게 적의 덫에 걸려든 꼴이었다.

모리어티의 책략을 꿰뚫어 보지 못한 것은 자신의 책임이었다. 돌이켜보니 하나코의 집에 배달된 DVD조차 교묘하게 꾸며진 덫이었다. 카즈마와 하나코를 정신적으로 흔들고, 나아가 두 번째 표적을 나카무라 아리사로 착각하게 하려고 준비한 장치였을 것이다. 애초에 나카무라 아리사와 카즈마가 재회한 것도 모리어티가 설치한 덫의 일부였을지도 모른다.

"와타루 씨, 미쿠모 레이를 아시나요?"

"만난 적은 없어. 그렇지만 알아. 얼마 전에 아버지가 알려줬거든."

와타루에게는 고모인 사람이었다. 그가 이야기를 시작했다.

"어릴 때 백화점에서 길을 잃은 적이 있어. 그게 아마 네 살 때쯤이었나? 부모님이랑 같이 백화점에 갔어. 아마 하나코가 태어나기 전이었을 거야."

긴자에 위치한 백화점이었다. 그때도 와타루의 부모님은 퍽 특이했기에 백화점에서 하나뿐인 아들을 잃어버리고도 당황하지 않았고, 곧 돌아오겠거니 하면서 천하태평인 사람들이었다. 하지만 아들 입장에서는 무척이나 무서웠다. 부모님을 찾으며 울면서 백화점 안을 배회했다.

"누가 갑자기 내 손을 잡았어. 고개를 들어 보니 어떤 여자가 서 있었어. 얼굴을 검은 베일로 가렸지만, 입가에는 미소를 짓고 있었어. 그 사람이 내 손을 잡고 부모님이 있는 귀금속점 앞까지 데려다줬어. 헤어질 때 그 사람이 내 머리를 쓰다듬으면서 말했어. '건강하렴, 와타루'라고."

"그 사람이 미쿠모 레이였나요?"

"몰라." 그렇게 말하며 와타루는 고개를 가로저었다. "말없이 사라졌거든. 그런데 나한테 고모가 있다는 얘기를 들으니까 그때의 기억이 떠올랐어. 검은 베일 너머의 미소가 아직도 잊히지 않아."

그때는 미쿠모 레이가 체포되기 전이라 가능성이 없지는 않았다. 레이에게 와타루는 조카이니 그녀가 얼굴을 알았어도 이상할 것이 없었다.

역시 가족이라는 연결고리가 가장 끈끈하다는 것을 미쿠모는 새삼 되새겼다. 그래서 두 번째 표적도 카즈마의 가족일 것이라는 추측이 강해졌다. 지금은 안전이 확보되었다고 해도, 오후 5시가 되면 갑자기 괴한의 습격을 받을지도 모른다.

카즈마가 하나코만큼 사랑하는 사람은 하나뿐인 딸 안이었다. 설마 네 살짜리 어린아이를 노릴 것 같지는 않았고, 카즈마의 말에 따르면 그의 동생 사쿠라바 카오리―미쿠모는 만난 적이 없지만, 그녀는 현역 경찰관인 데다 기동수사대 대원이었다―가 안을 지키고 있다고 했다. 하지만 방심은 금물이었다.

"역시 가족일 것 같아요." 미쿠모가 자신의 생각을 말했다. "안이 있는 곳 근처에 조용히 숨어 있을 가능성도 있어요. 아무리 경호가 있다고 해도, 모리어티는 폭발물을 다루는 능력이 뛰어나요. 만약 모리어티가 폭탄을 쓴다면 손쓸 방법이 없을 거예요."

"듣고 보니 그럴 수도 있겠다."

"전 어린이집에 가볼게요."

미쿠모는 자리에서 일어나 핸드백을 어깨에 멨다. 택시를 타면 5시가 되기 전에 히가시무코지마에 도착할 수 있을 것이다.

카즈마에게는 택시로 이동하면서 보고하면 된다.

"미쿠모, 조심해."

"와타루 씨, 협조해줘서 고마워요."

미쿠모는 와타루를 보았다. 하고 싶은 말이 많았다. 두 사람의 결혼은 어떻게 되는 것일까. 그런 대화를 나누고 싶었지만, 지금은 그럴 때가 아니었다. 미쿠모는 무거운 발걸음을 돌려 문을 열고 나갔다. 카펫이 깔린 복도를 지나 엘리베이터를 타고 1층에서 내렸다. 공동현관 밖으로 나왔다.

택시가 금방 잡히기를 바라며 거리로 나섰다. 의외로 교통량이 많아 차가 적잖이 오가고 있었다. 이 정도 교통량이면 택시가 빨리 잡힐 것 같았다. 거리를 달리는 차들로 눈을 돌리는데, 갑자기 뒤에서 인기척이 느껴졌다.

뒤를 돌아보았지만 늦었다. 목덜미에 강렬한 아픔을 느끼며 미쿠모는 의식을 잃었다.

★

"미쿠모가 표적일 거라는 얘기야, 하나코?"

카즈마가 묻자, 수화기 너머에서 하나코가 대답했다.

"왜냐하면 미쿠모는 카즈마의 소중한 파트너잖아. 소중한 사람에 포함되지 않을까?"

생각도 못 했다. 카즈마와 미쿠모는 모리어티가 낸 문제를 푸는 입장이었으니 표적이 될 수 있다는 생각 자체를 못 했다. 하나코의 말처럼 호죠 미쿠모는 카즈마에게 소중한 부하였다. 아니, 지난 5개월 동안 함께 움직이다 보니 이제는 부하라기보다 친구 같은 친근감마저 느껴졌다.

"맞아. 그럴 수도 있겠다."

"지금 미쿠모랑 같이 있어?"

"지금은 갈라졌어. 미쿠모는 와타루 형님네 아파트에 있어."

"어서 연락해 봐."

"알았어. 하나코, 고마워."

카즈마는 고마움을 전하고는 전화를 끊었다. 곧장 미쿠모에게 전화를 걸었지만, 통화는 연결되지 않았다. 신호는 가는데 통화 연결음만 계속 이어졌다. 나쁜 예감이 들었다. 설마 하나코의 추측이 정답이었나…?

카즈마는 지체없이 와타루에게 전화를 걸었다. 이쪽은 통화가 바로 연결되었다. 와타루의 목소리가 들렸다.

"카즈마, 다행이야. 하나코가 무사했구나."

"형님 덕분입니다. 도와주셔서 감사합니다. 그런데 형님, 미쿠모 거기에 있나요?"

"아까 나갔어. 한 5분 전에. 히가시무코지마에 있는 어린이집에 간다고 했어. 역시 안이 걱정되나 봐."

안은 카오리가 지키고 있으니 괜찮을 것이다. 더구나 이미 귀갓길에 올라 지금쯤 카즈마의 본가에 도착했을지도 모른다.

"미쿠모와 연락이 안 돼요. 형님, 미쿠모가 걱정됩니다. 아파트 주변을 수색해주세요. 저도 당장 그쪽으로 가겠습니다."

"알았어. 찾아볼게."

이제 곧 오후 4시 30분이다. 나카무라 아리사를 두 번째 표적으로 오인한 것이 치명적인 실수였다. 포박당한 그녀를 발견하고 섣불리 하나코를 풀어달라고 했다.

멀리서 경찰차 사이렌 소리가 들렸다. 소리가 점점 가까워졌다. 이쪽을 향해 오는 듯했다. 가능하면 도착할 지원을 기다리다가 상황을 설명한 다음에 자리를 뜨고 싶었지만, 그럴 여유가 없었다.

카즈마는 공동현관 옆에 쪼그려 앉은 나카무라 아리사에게 다가갔다. 그녀는 몹시 지친 기색이었지만, 지금이 어떤 상황인지 잘 알고 있을 터였다. 카즈마가 아리사에게 말했다.

"나는 다른 곳으로 가야 해. 곧 경찰이 도착할 거야. 무슨 일이 있었는지 네 입으로 직접 설명해야 돼. 할 수 있지?"

아리사가 고개를 끄덕이는 것을 보고 카즈마는 일어나 달리기 시작했다. 길가에 세워둔 잠복용 차량으로 뛰어갔다. 사이렌을 꺼내 자동차 루프에 올렸다. 언제든 전화를 받을 수 있도록 귀에 이어폰을 꽂았다. 운전석에 올라 시동을 켰다.

미쿠모, 부디 무사하길.

카즈마는 기도하는 심정으로 잠복용 차량의 액셀을 밟았다.

★

미쿠모는 커서 뭐가 되고 싶어요?

그때 미쿠모는 초등학교 저학년이었다. 수업 중에 담임 선생님이 아이들 한 명 한 명에게 장래희망을 물은 적이 있었다. 남자애들 중에는 축구선수나 야구선수 같은 운동선수가 되겠다고 하는 아이가 압도적으로 많았고, 여자애들 사이에서는 제과제빵사나 유치원 선생님이 인기였지만 가끔 수의사라고 대답하는 아이도 있었다.

미쿠모는 커서 뭐가 되고 싶어요?

탐정이요.

그렇게 대답했을 때 교실에 흐르던 야릇한 공기를 미쿠모는 아직도 생생하게 기억한다. 원래 초등학교 저학년 때는 탐정이라는 직업을 잘 모를 때라, 아니, 전혀 모를 때라 어찌 보면 당연한 결과였다. 조금 전까지는 반 친구들의 대답에 "또 제빵사야?"나 "나 따라하지 마."라고 딴지를 걸며 시끄럽게 굴던 남자애들도 미쿠모의 대답에는 어떤 반응을 해야 할지 몰라 조용했다.

묘한 분위기를 간파한 담임 선생님이 이어서 말했다.

그렇구나. 미쿠모의 아버지는 훌륭한 탐정님이지? 미쿠모도 훌륭한 탐정이 되면 좋겠다.

담임 선생님의 격려가 무색하게 교실의 공기는 그다지 변하지 않았다. 미쿠모는 의자에 앉아 고개를 푹 숙였다. 이제 아무에게도 장래희망을 말하지 않을 거야. 그렇게 속으로 다짐했다. 무언실행(無言實行). 그것이 미쿠모의 방식이 되었다.

어째서인지 그때의 꿈을 꾼 것 같다. 눈을 뜬 미쿠모는 제일 처음 입 주변에 이상한 느낌이 든다는 생각을 했다. 입에 테이프가 붙어 있음을 깨달았다. 장소는 차 안이었다. 미쿠모는 조수석에 앉아 있었다.

몸도 결박되어 있었다. 팔이 자동차 좌석에 묶여 있었다. 다리에도 밧줄이 감겨 있었다. 옴짝달싹도 못 하는 상태였다. 도움을 요청하고 싶어도 목소리가 나오지 않았고, 차에서 내릴 수도 없었다.

창문으로 바깥을 살폈다. 주택가인 듯했지만, 인적은 드물었다. 몇 시인지는 모르겠으나, 의식을 잃은 뒤에 오랜 시간이 흐른 것 같지는 않았다. 일몰까지는 아직 시간이 있어 보였다.

운전석에는 은색 007가방이 놓여 있었다. 가방 사이로 삐져나온 전선이 운전석 아래쪽에 연결되어 있었다. 어쩌면 저건 폭탄이 아닐까. 아니, 틀림없다. 두 번째 표적은 미쿠모 자신이었다.

예상도 못 했다. 완전히 허를 찔렀다. 지금껏 봐온 어떤 범죄자보다 모리어티는 교활했다. 설마 문제를 푸는 사람이 표적이될 줄은 상상도 못했다.

하지만 이제 와 한탄해봤자 소용없었다. 지금은 이 상황에서 빠져나가는 것이 중요했다.

미쿠모는 몸을 흔들어 보았다. 밧줄이 꽤 단단하게 묶였는지 느슨해질 기미가 보이지 않았다. 발을 버둥거려 보았지만 역시나 꿈쩍도 하지 않았다.

그때 시야에 자전거가 들어왔다. 마침 건너편에서 자전거를 탄 여고생이 다가왔다. 도움을 요청하려고 목소리를 내보았지만, 테이프가 붙은 입 밖으로 나가는 소리는 앓는 소리뿐이었다. 여고생을 태운 자전거가 떠나 버렸다.

발치에서 진동음이 들렸다. 미쿠모가 그쪽을 보니 바닥 매트 위에 스마트폰이 놓여 있었다. 발로 스마트폰을 움직여 시야에 들어오는 위치로 옮겼다. 화면이 위를 향하고 있어 스마트폰에 표시되는 내용을 볼 수 있었다. 마침 카즈마에게 전화가 왔다.

어떻게 할 수가 없었다. 발도 묶였고, 손을 움직일 수도 없었다. 모리어티는 이것을 의도하고 일부러 스마트폰을 여기에 놓아둔 듯했다. 모리어티의 비웃음 소리가 들리는 것 같았다.

30초쯤 지나자 전화가 끊겼다. 그래도 미쿠모는 화면을 보고 지금이 4시 45분임을 알 수 있었다. 남은 시간은 이제 15분.

필사적으로 몸을 흔들었다. 밧줄은 느슨해지지 않았다. 발을 움직여 스마트폰을 옮겼다. 한쪽 펌프스를 벗고 발가락으로 스마트폰을 조작해보려고 노력했지만, 마음처럼 되지 않았다. 비밀번호를 제대로 누를 수가 없었다.

이마에 맺히는 땀이 느껴졌다. 이런 곳에서 죽고 싶지 않다. 아직 하고 싶은 일이 많다.

형사가 된 지 이제 겨우 5개월. 수사본부가 어떤 곳일지 불안하기도 했지만, 카즈마를 비롯한 선배들의 도움을 받아 생각보다 잘해나가고 있다고 자신했다. 수사1과에는 호죠 미쿠모가 있다. 그런 말이 도는 것도 알고 있었다.

솔직히 자만했는지도 모른다. 그저 그런 범죄자에게 내가 질 리 없다고 실력을 과신한 것 같다. 그 결과, 모리어티를 만나 궁지에 내몰렸다.

초일류 형사가 되겠다. 미쿠모가 경찰관으로서 세운 목표였다. 하지만 진짜 초일류 형사는 두 눈 멀쩡히 뜬 채 결박되어 폭탄과 함께 차에 갇히지 않는다. 정말 스스로가 한심했다.

시간은 속절없이 흘러갔다. 미쿠모는 발 옆에 놓인 스마트폰을 보았다. 적어도 한 번만 더 카즈마가 전화를 걸어주면 좋겠다. 전화를 받는 데는 비밀번호도 필요하지 않으니 발가락만으로 통화 버튼을 누를 수 있을 것이다. 하지만 아무리 기다려도 전화는 걸려오지 않았다.

다른 방도가 없어 미쿠모는 밧줄이 풀리기를 바라며 필사적으로 몸부림칠 수밖에 없었다.

★

카즈마는 브레이크를 밟아 차를 세웠다. 곧장 운전석에서 내렸다. 와타루가 사는 츠키시마 아파트 앞이었다. 시간은 오후 4시 47분. 아직도 미쿠모가 어디에 있는지 알 수 없었다.

카즈마는 핸드폰—모리어티가 연락용으로 준 것—을 꺼내

거기에 등록된 번호로 전화를 걸었다. 용서를 빌어서라도 미쿠모의 목숨을 구하고 싶었다. 하지만 모리어티는 전화를 받지 않았다.

미쿠모는 이 아파트를 나선 직후 사라졌다. 이 근처에 있을지도 모른다. 카즈마는 그런 일말의 희망을 품고 이쪽으로 달려왔지만, 그녀가 있는 곳을 알 수 있을 만한 단서는 하나도 없었다.

와타루에게 연락해볼까. 그렇게 생각하는데, 때마침 와타루의 전화가 걸려왔다. 카즈마는 스마트폰을 귀에 댔다.

"카즈마, 지금 어디야?"

"지금 막 도착했습니다. 형님네 아파트 앞이에요. 형님은 지금 어디세요?"

"내 방이야. 실은 미쿠모 스마트폰의 GPS가 반응했어. 어디 있는지 알아냈어. 이 아파트에서 1킬로미터 정도 떨어진 길거리야. 지금 네 스마트폰에도 위치 정보를 보냈어. 확인해 봐."

"감사합니다. 확인할게요."

카즈마는 잠복용 차량으로 돌아가면서 스마트폰을 보았다. 문자메시지를 확인하니, 지도가 첨부되어 있었고 지도에는 두 지점을 잇는 경로가 표시되어 있었다. 와타루가 위치뿐만 아니라 그곳으로 가는 길까지 표시해준 모양이었다. 와타루도 일처리에 빈틈이 없었다.

카즈마는 잠복용 차량에 올라탔다. 사이렌을 울리며 출발했다. 반드시 구한다. 절대 미쿠모가 죽도록 내버려 두지 않을 것이다.

앞서 달리는 승용차를 추월했다. 와타루가 표시한 경로를 믿고 잠복용 차량을 몰았다. 아주 평범한 주택가였다. 전방에 정차된 검은 SUV 한 대가 보였다. 저거다.

카즈마는 차를 세우고 운전석에서 내렸다. SUV로 달려가 창문 안을 들여다보자, 조수석에서 미쿠모의 모습이 보였다. 입에는 테이프가 붙어 있었고, 몸은 밧줄에 묶여 좌석에 고정되어 있었다. 다리 역시 묶인 것 같았다.

"미쿠모, 괜찮아?"

카즈마가 말하면서 운전석 쪽 문으로 손을 뻗자, 차 안에서 신음하는 듯한 미쿠모의 목소리가 들렸다. 자세히 보니, 조수석에 앉은 미쿠모가 무언가를 호소하듯 카즈마를 보며 고개를 흔들었다.

카즈마가 문에서 손을 뗐다. 운전석에 놓인 은색 007가방이 보였다. 그 가방 사이로 전선 여러 개가 뻗어 나와 운전석 바로 아래에 연결되어 있었다. 설마 폭탄인가.

등줄기를 타고 식은땀이 흘러내렸다. 문을 열면 폭탄이 터지는 구조일까. 카즈마는 손목시계를 확인했다. 시간은 오후 4시 53분. 폭탄이 5시에 폭발한다면, 남은 시간은 이제 7분 남짓.

카즈마는 입술을 깨물었다. 그야말로 절체절명의 순간이었다. 만일 경찰청에 지원을 요청한다 해도 폭발물 처리반이 사쿠라다몬에서 여기까지 7분 안에 도착하지는 못할 것이다.

카즈마는 미쿠모를 보았다. 그녀는 필사적으로 몸부림치고 있었다. 어떻게든 밧줄을 풀어내려고 발버둥 쳤다.

어떻게 해야 하지? 카즈마가 자문했다. 자동차 앞 유리를 깨뜨리면 되지 않을까? 하지만 그 충격으로 폭탄이 터질 위험도 있었다.

어떻게 해야 하지? 어떻게 해야 되냐고.

카즈마는 주먹을 꽉 쥐었다. 손톱이 손바닥을 파고들었다. 생각해. 지금 뭘 할 수 있지? 내가 뭘 해야 해?

미쿠모와 눈이 마주쳤다. 그녀의 눈이 무언가를 말하는 듯했다. 카즈마는 그 눈빛을 보고 알았다. 선배님은 경찰로서 해야 할 일을 하세요. 그렇게 말하는 듯했다.

카즈마는 다리의 힘이 풀리는 것 같았다. 그렇구나. 자기를 버리라는 뜻이구나.

만약 이 차에 진짜 폭탄이 들어 있다면, 폭발한 후에 주변에 미칠 영향을 생각해야 했다. 과연 피해가 어디까지 미칠까. 그것을 알 수 없으니 사람들이 이쪽으로 오지 못하게 막아야 했다. 이곳을 봉쇄해 피해를 최소로 줄여야 했다. 그것이 경찰로서 카즈마가 해야 할 일이었다. 지금 당장 이곳을 떠나 근처에 있는 행인과 차를 다른 곳으로 유도하는 것. 그것이 지금 해야 할 일이었다.

머리로는 안다. 하지만….

카즈마는 미쿠모를 버릴 수 없었다. 어떻게 해서든 미쿠모를 구하고 싶었다. 그녀를 죽게 내버려 두는 선택지만은 도저히 받아들일 수 없었다.

손목시계를 보았다. 앞으로 4분. 이제 끝인가. 여기서 아무것도 하지 못한 채 손가락을 빨면서 지켜볼 수밖에 없단 말인가. 카즈마는 그 자리에 무릎을 꿇고 주저앉았다. 아스팔트에 이마를 처박고 머리를 쥐어뜯었다.

그때였다. 뒤에서 바이올린 소리가 들려왔다.

상황과 어울리지 않는 아름다운 소리였다. 카즈마가 뒤를 돌아보니, 거리 맞은편에서 두 남자가 걸어왔다. 한 사람은 정장을 입은 부스스한 머리의 남자였고, 바이올린을 켜면서 우아한 걸음걸이로 다가왔다. 바이올린을 켜는 남자보다 한 발짝 뒤에는 키 작은 초로의 남성이 커다란 가방을 짊어진 채 따라오고 있었다.

바이올린을 켜는 남자가 카즈마 앞까지 다가왔다. 남자가 연주를 멈추더니 말했다.

"자네가 사쿠라바 카즈마군. 딸이 신세를 지고 있다고 들었네."

바이올린을 켜는 남자의 얼굴이 어쩐지 낯익었다. 호죠 소타로. 21세기 홈즈라고 불리는 명탐정이었다.

카즈마가 초등학교 고학년일 때였다. 당시에는 UFO나 심령사진 같은 초자연 현상의 진위를 파헤치는 TV 프로그램이 유행했다. UFO나 심령사진 연구가 초자연 현상을 부정하는 학자들과 토론하는 프로그램이었다. 거기에 게스트로 초대된 사람이 바로 날카로운 신입 탐정 호죠 소타로였다. 물론 카즈마도 그 프로그램을 시청했다.

부스스한 머리에 정장 차림으로 기세 좋게 등장한 호죠 소타로였지만, 생방송이 진행되는 2시간 동안 내내 조는 만행을 저지르며 방송을 마쳤다. 시청자들 사이에서는 맥이 빠진다는 반응이 많았지만, 사실 카즈마는 내심 감탄했다. 역시 명탐정은 남들과 뭐가 달라도 다르구나 싶었다.

"하여튼 칠칠치 못한 딸을 두니 고생이군. 사루히코, 부탁한다."

"네, 소장님."

사루히코라 불린 초로의 남성이 앞으로 나왔다. 그는 어깨에 멘 큰 가방을 내려놓더니 자동 심장 충격기처럼 생긴 기계를 꺼냈다. 운전석 문에 도구를 붙이고는 버튼을 눌렀다. 파지직하는 소리가 나며 불꽃이 튀었다.

"소장님, 됐습니다."

사루히코가 그렇게 말하자, 이번에는 호죠 소타로가 앞에 나섰다. 소타로는 운전석 문으로 손을 뻗더니 주저 없이 문을 열었다. 카즈마는 반사적으로 눈을 감았지만, 폭발은 일어나지 않았다. 아마도 사루히코라는 남자가 전기로 잠시 회로를 차단한 것 같았지만, 어떤 원리인지는 알 수 없었다.

소타로는 운전석에 놓인 007가방을 열었다. 역시 안에는 폭탄이 있는 듯했고, 중앙에 자리한 디지털 시계 주변에 알록달록한 전선이 가득했다. 카즈마는 디지털 시계를 보았다. 시간은 오후 4시 58분. 이제 2분 후면 폭발할 것이다.

카즈마는 마른침을 삼키며 소타로의 손을 응시했다. 그는 가벼운 손놀림으로 선을 만지면서 회로를 살펴보는 것 같았다. 사루히코는 어느새 차 뒷좌석에 올라 밧줄을 자르고 미쿠모의 입에 붙은 테이프를 떼고 있었다.

"고마워, 사루히코. 아버지, 덕분에 살았어요."

"감사 인사는 됐다. 일본에서는 폭탄을 해제해볼 기회가 거의 없거든. 값진 경험을 했으니 오히려 고맙다. 좋아, 이거군."

소타로는 그렇게 말하면서 전선 하나를 잡더니 사루히코 쪽으로 손을 뻗었다. 사루히코가 건넨 가위로 전선을 잘랐다. 그러자 007가방 안에서 움직이던 디지털 시계가 멈추었다. 시간은 오후 4시 59분 30초였다.

"포, 폭탄은… 괜찮은 건가요?"

카즈마가 묻자, 소타로는 가위를 사루히코에게 넘기며 대답했다.

"물이고 론이지. 그보다 자네, 내가 이 폭탄을 가져가도 되겠나? 이런 수제 폭탄은 정말 구하기 힘들거든."

"그, 그건….'

당연히 안 된다. 하지만 생명의 은인을 앞에 두고 딱 잘라 거절하기가 미안했다. 카즈마가 우물쭈물하자 사루히코라는 남자가 눈치 있게 도와주었다.

"소장님, 그건 무리일 듯합니다. 경찰들에게는 이 폭탄이 중요한 증거입니다. 소장님의 컬렉션에 넣을 수는 없겠습니다."

"그것참 아쉽군. 하여간 경찰들은 융통성이 없어." 소타로는 그렇게 말하며 조수석에서 내린 미쿠모에게 말했다. "미쿠모, 아직 더 분발해야겠구나. 내가 없었으면 넌 죽었을 거야."

천하의 미쿠모도 아버지 앞에 서니 온순하고 얌전했다. 소타로가 이어서 말했다.

"그럼 다시 도쿄 구경을 시작해볼까? 다음은 어디였지, 사루히코?"

"네, 다음은 메이지대학 박물관입니다."

"오, 고문 도구를 모아놓은 박물관이지? 재미있겠군. 그럼 잘 있게, 카즈마 형사. 못난 딸을 잘 부탁하네."

소타로는 카즈마의 어깨를 두 번 두드리고는 다시 바이올린을 어깨에 올리고 연주를 하며 걸음을 옮겼다. 사루히코가 그 뒤를 따랐다. 카즈마는 입을 헤 벌린 채 떠나가는 명탐정의 뒷모습을 바라보았다. 딸을 궁지에서 구해내고 아무 일도 없었다는 듯 사라지다니. 미쿠모 가문 덕분에 특이한 사람들에 단련이 되었다고 자부하는 카즈마였지만, 호죠 소타로는 그에 못지 않게 특이한 사람이었다.

"선배님, 죄송합니다."

카즈마가 정신을 차려 보니 옆에 미쿠모가 서 있었다. 자못 풀이 죽었는지 눈가가 촉촉했다.

"그래도 아무 일 없었잖아." 살았다는 생각이 들어 긴장이 풀리자, 카즈마는 저도 모르게 아스팔트 위에 주저앉았다. "아까는 정말 어떻게 되는 줄 알았어. 널 구하지 못하는 줄 알았어. 너희 아버지가 와주셔서 다행이야, 정말로."

미쿠모도 풀썩 주저앉았다. 그리고 크게 숨을 내쉬며 말했다.

"저도 죽는 줄 알았어요. 그나저나 선배님, 우린 모리어티가 흔드는 대로 휘둘리기만 했네요."

카즈마가 핸드폰을 꺼냈다. 모리어티가 준 물건이었다. 아마 미쿠모 레이는 힌트가 될 만한 흔적을 조금도 남기지 않았을 것이다. 이번 사건에서도 두 사람은 그 여자가 기획한 게임에 강제로 참여하게 된 꼴이었다.

"선배님, 언젠가 꼭 잡아요."

"그래. 반드시 잡자. 우리 손으로."

멀리서부터 경찰차 사이렌 소리가 가까워졌다. 카즈마는 무릎에 손을 짚으며 일어나서 앉아 있는 미쿠모에게 오른손을 내밀었다.

★

"예약하신 방은 2층에 있는 도라지방입니다. 일행분도 이미

와 계십니다."

"감사합니다."

미쿠모는 접수대 여직원에게 인사하고는 2층으로 향하는 계단을 올랐다. 기모노를 입었더니 역시 걷기가 힘들었다. 고등학생 때 엄마 타카코에게 기모노 입는 법을 배웠지만, 오늘 그럴듯한 옷매무새를 만들기까지 거의 2시간이 걸렸다.

화려하게 치장한 사람들이 복도를 지나다니는 이곳은 도쿄에도 몇 없는 일본풍 라운지였다. 상견례 같은 행사에 자주 이용되는 장소였다. 옛 귀족의 저택을 개조한 곳이라 여기에 있으면 실수로 메이지시대에 들어온 것 같은 느낌마저 들었다. 밖에는 넓은 정원이 있었고, 연못에는 아름다운 잉어가 헤엄쳤다. 3월도 어느새 하순에 접어들어 정원에 심긴 벚나무도 분홍빛으로 물들기 시작했다.

미쿠모는 도라지방에 도착했다. 문 앞에 한 남자가 서 있었다. 그 모습을 보고 미쿠모는 고개를 갸웃했다.

'선배님이 왜 여기에…'

"어, 왔구나, 미쿠모. 기모노를 입어서 못 알아봤어."

카즈마가 그렇게 말하며 부드럽게 웃었다. 사흘 전, 와타루는 미쿠모에게 오늘 이곳으로 와달라는 연락을 했다. 미쿠모는 데이트일 것이라 생각하면서 어떤 결심을 품고 여기에 왔다.

"자, 들어가자. 다들 안에서 기다려."

미쿠모는 카즈마의 재촉에 등을 떠밀리듯 실내로 들어갔다.

방 한가운데에 큰 식탁이 있었고, 그 주위에 의자가 놓여 있었다. 커다란 창문으로 바깥 정원이 한눈에 보였다. 미쿠모 와타루와 그의 여동생 하나코가 의자에서 일어났다.

"미쿠모, 어서 와. 기모노가 멋있다. 아주 잘 어울려. 옷매무새는 직접 만졌어?"

"네. 어찌어찌…."

"나도 기모노 입는 법을 엄마한테 배우긴 했는데, 혼자서는 도저히 못 입겠더라고."

미쿠모는 와타루 쪽을 보았다. 마침 그녀를 보던 와타루와 눈이 마주쳤다. 미쿠모가 가볍게 인사하자, 그도 작게 고개를 숙였다.

"형님, 그래서 어쩐 일로 저희를 부르셨어요?"

방에 들어온 카즈마가 와타루에게 물었다. 상황을 보니 와타루가 이곳에 있는 사람들을 불러 모은 모양이었다. 미쿠모는 카즈마와 하나코가 함께하는 자리인 줄 몰랐지만, 굳이 따지자면 이 두 사람도 관계자였다. 이렇게 된 이상, 두 사람에게도 말해야겠다는 생각이 들었다.

사실 미쿠모는 오늘 와타루에게 헤어지자고 말할 셈이었다. 고민 끝에 내린 결론이었다. 누가 뭐래도 미쿠모는 탐정의 딸이자 경찰청 수사1과의 형사였다. L의 일족과 결혼할 수는 없다. 그러니 이쯤에서 깔끔하게 물러나자. 그렇게 결심했다.

"사실 이 자리에는 이유가 있는데…."

와타루가 거기까지 말하고는 머뭇거렸다.

그래, 지금 말하자. 미쿠모는 그렇게 마음을 다잡았다. 먼저 선언해 버리는 것이 낫다. 이런 말은 뒤로 미룰수록 더더욱 꺼내기가 어려워지는 법이다.

"저기, 세 분, 잠깐 제 얘기를 들어주시겠어요? 사실 저 호죠 미쿠모는…."

"미안, 제군들."

문을 벌컥 열고 안으로 들어온 사람은 와타루의 아버지 미쿠모 타케루였다. 그 뒤로 그의 부인 에츠코도 보였다. 짙은 보라색 기모노를 입은 에츠코는 미쿠모와 비교가 안 될 만큼 어른스러운 매력을 흩뿌리며 나타났다.

"다들 앉지. 하나코, 안은 어떻게 했냐?"

"시댁에 맡겼어. 그보다 아빠, 대체 할 얘기가 뭐야? 우리를 이런 데로 다 부르고…."

그런 것인가. 사람들을 여기로 불러 모은 이는 와타루의 아버지 미쿠모 타케루였다. 그가 어떤 계획을 꾸몄을지 미쿠모는 도무지 상상이 되지 않았다. 얼마 전 교토에 와타루를 데리고 갔을 때, 돌아오는 열차 안에서 타케루는 두 사람의 만남을 반대했다. 오늘은 그때 이후 첫 대면이었다.

"너희를 부른 건 다름이 아니라," 타케루가 가슴을 펴며 설명했다. "사실은 말이지. 오늘 중대한 발표가 있다. 이 천하의 대도 미쿠모 타케루의 장남인 미쿠모 와타루는 오늘부로 미쿠모 가문에서 나가기로 했다."

"저, 저기, 아빠. 뭐라고? 오빠가 미쿠모 가문에서 나간다고? 그게 무슨 소리야?"

"맞습니다, 장인어른. 제대로 설명해 주세요. 아니, 그보다 미쿠모 가문이 그렇게 쉽게 들락날락할 수 있는 곳이었습니까? 이런 식이면 무슨 조기축구회 같지 않습니까?"

하나코와 카즈마가 타케루의 말에 들고일어났다. 그들을 제지한 사람은 에츠코였다.

"둘 다 흥분하지 마. 여보, 좀 더 자세히 설명해줘야죠."

"아, 미안하군. 그러니까 쉽게 말하면, 와타루는 데릴사위로 들어가게 됐다. 거기 있는 아가씨네 집안에. 와타루, 너는 오늘부터 호죠 와타루다."

미쿠모는 머리를 얻어맞은 듯 정신이 아득했다.

'이게 무슨 말이지? 와타루 씨가 우리 집 데릴사위로 들어온다고? 그 말은 그러니까, 나랑 결혼한다는 말이잖아?'

"잠, 잠깐만요." 미쿠모가 드디어 입을 뗐다. 운동한 것도 아닌데 숨이 턱까지 차올랐다. "원래 저희 결혼을 엄청 반대하셨잖아요? 그리고 이런 건 양가의 일이니까 저희 아버지의 허락도 얻어야 해요."

"아가씨네 아버지한테는 이미 허락을 받았어. 그렇지, 와타루?"

타케루가 말을 넘기자, 와타루가 대답했다.

"응. 얼마 전에 전화로 부탁드리니까 '그래라'라고 하셨어."

가볍다. 하지만 그 가벼움이 너무나 소타로다웠다. 타케루가 이어서 말했다.

"아주 경사스러운 일이야. 호죠 소타로는 내 최대의 적이었다. 그런 남자와 싸우는 대신 친척이 됐단 말이지. 이렇게 경사스러운 일이 또 어디 있겠어?"

이것이 미쿠모 타케루의 본심일 것이다. 하지만 정말 이래도 되는 것일까. 탐정 일가에 도둑 일가의 장남이 데릴사위로 들어오다니, 정말 상상도 못 한 전개였다.

"이제부터는 젊은 사람들끼리 좋을 대로 해. 우리가 너무 방해하기도 뭣하니까. 하나코, 너희도 눈치 있게 빠져줘라."

타케루가 자리에서 일어나자, 다들 줄줄이 방에서 나갔다. 마지막으로 하나코가 "미쿠모, 파이팅."이라는 말을 남기고 복도로 나갔다. 남은 사람은 미쿠모와 와타루 둘뿐이었다.

침묵이 흘렀다. 마침 미쿠모의 대각선 방향에 와타루가 앉아 있어서 두 사람 사이에는 거리가 꽤 있었다. 미쿠모는 무슨 말을 해야 좋을지 몰랐다. 먼저 침묵을 깬 사람은 와타루였다.

"미안해, 미쿠모. 내가 멋대로 얘기를 진행한 건 사과할게. 하지만 이런 것 말고는 방법이 없었어. 미쿠모가 나랑 헤어지려 한다는 걸 어렴풋이 알고 있었거든. 그래, 우리가 함께하기는 힘들지. 너는 형사고, 나는 해커인 데다 우리 가족은 전부 저런 사람들이니까. 하지만 미쿠모, 나는 너를 처음 만났을 때 생각했어. 이런 사람과 결혼하면 행복하겠다고."

미쿠모 혼자만 느낀 것이 아니었다. 와타루도 미쿠모처럼 첫 만남에서 어떤 예감 같은 것을 느낀 것이다. 그 사실을 안 것만으로도 미쿠모는 참을 수 없이 기뻤다.

"미쿠모, 결혼하자. 앞으로 이런저런 힘든 일이 생길지도 모르지만, 우리 둘이라면 잘 헤쳐나갈 수 있을 거야. 우리 둘이서 행복해지자."

어느새 미쿠모의 뺨에 눈물이 흐르고 있었다. 와타루가 일어나 미쿠모를 향해 걸어왔다. 미쿠모도 일어나서 와타루에게 고개를 숙였다.

"앞으로도… 앞으로도 잘 부탁드립니다."

와타루가 미쿠모의 어깨에 손을 올렸다. 미쿠모가 고개를 들자, 와타루의 얼굴이 보였다. 그 얼굴이 점점 가까워지자, 미쿠모는 눈을 감았다. 그때 문 열리는 소리가 들렸다. 카즈마의 목소리가 들려왔다.

"미쿠모, 반장님한테 연락이 왔어. 사건이다. 바로 이 근처야."

"알, 알겠습니다, 선배님. 그런데 저 지금 차림이 이런데 괜찮을까요?"

"어쩔 수 없지. 가자."

카즈마가 그렇게 말하고는 복도를 달려갔다. 와타루가 미쿠모를 보며 웃었다. 상황이 너무 절묘해서 터진 웃음인 듯했다.

"미안해요, 와타루 씨."

"괜찮아. 일이니까 어쩔 수 없지. 다녀와."

"고마워요. 금방 해결하고 돌아올게요."

미쿠모는 그렇게 말하며 방에서 나갔다. 그러고는 복도를 달렸다. 역시 기모노 차림으로는 뛰기가 힘들었다. 이럴 줄 알았으면 기모노를 입지 말 걸 그랬다.

'그나저나 나 정말로 결혼하는구나.' 그런 생각을 하자 웃음이 새어 나왔다.

미쿠모는 들뜬 기분을 가라앉히려고 애썼다. 나는 형사다. 사건을 해결하는 것이 직업이다. 미쿠모는 그렇게 자기 자신을 타이르며 계단을 뛰어 내려갔다.

옮긴이 권하영

한국외국어대학교 일본어통번역학과를 졸업하고, 이화여자대학교 통역번역대학
원에서 한일번역을 전공하였다. 번역작으로《루팡의 딸2》,《전남친의 유언장》,《죽
인 남편이 돌아왔습니다》등이 있다.

루팡의 딸 3
DAUGHTER OF LUPIN

초판 2023년 10월 15일 7쇄
저자 요코제키 다이
옮긴이 권하영
ISBN 979-11-90157-40-7 03830

출판사 북플라자
주소 서울시 강남구 논현동 118-13
홈페이지 www.bookplaza.co.kr

영화 판권, 오탈자 제보 등 기타 문의사항은 book.plaza@hanmail.net으로 보내주세요.
잘못된 책은 구입하신 서점에서 교환해 드립니다.